비뢰도

飛雷刀

비뢰도 10

검류혼 新무협 판타지 소설

2판 1쇄 찍은 날 § 2005년 12월 9일
2판 2쇄 펴낸 날 § 2009년 12월 31일

지은이 § 검류혼
펴낸이 § 서경석

편집장 § 문혜영
편집책임 § 장상수

펴낸곳 § 도서출판 청어람
등록번호 § 제1081-1-89호
등록일자 § 1999. 5. 31
어람번호 § 제2-0771호

주소 § 경기도 부천시 원미구 심곡1동 350-1 남성B/D 3F (우) 420-011
전화 § 032-656-4452 팩스 § 032-656-4453
http://www.chungeoram.com
E-mail § eoram99@chollian.net

ⓒ 검류혼, 2005

ISBN 89-5831-865-1 04810
ISBN 89-5831-855-4 (세트)

※ 파본은 본사나 구입하신 서점에서 교환하여 드립니다.
※ 저자와 협의하여 인지를 붙이지 않습니다.

비뢰도

飛雷刀

FANTASTIC ORIENTAL HEROES

검류혼 장편 신무협 판타지 소설

⟨10⟩

천무학관을 떠나다

"드디어 출발이구나."
오늘은 매우 뜻 깊은 날이었다.
그는 가슴이 뿌듯했다.
어제 저녁은 너무 흥분해서 한숨도 자지 못했다.

"출발!"
지평선 너머로 떠오르는 여명이 어둠을 몰아내는 시각,
그들은 그렇게 화산으로 떠났다.

아무래도 비류연 일행의 여정은 순탄치 못한 여정이 될 것 같았다.
마침내 천무학관을 벗어난 그들 앞에 어떤 운명이 펼쳐질지
자신 있게 대답할 수 있는 사람은 아무도 없었다.

목차

비류연 입원하다! _9

천수신의(天手神醫) 허주운(許朱雲)과 기괴한 중환자실 _28

비류연 대 빙검(氷劍) _41

나예린의 병문안 _79

전서응 날다! _88

각서 작성 _102

환마동(幻魔洞) 개문(開門) _114

환마동(幻魔洞) 입동(入洞) _129

부자유친(父子有親) _134

효룡! 피의 악몽을 꾸다 _140

윤준호의 검무(劍舞) _144

모용휘 대 검성(劍聖) _158

청출어람(靑出於藍) 청어람(靑於藍) 사부즉웬수(師父卽怨讐) _172

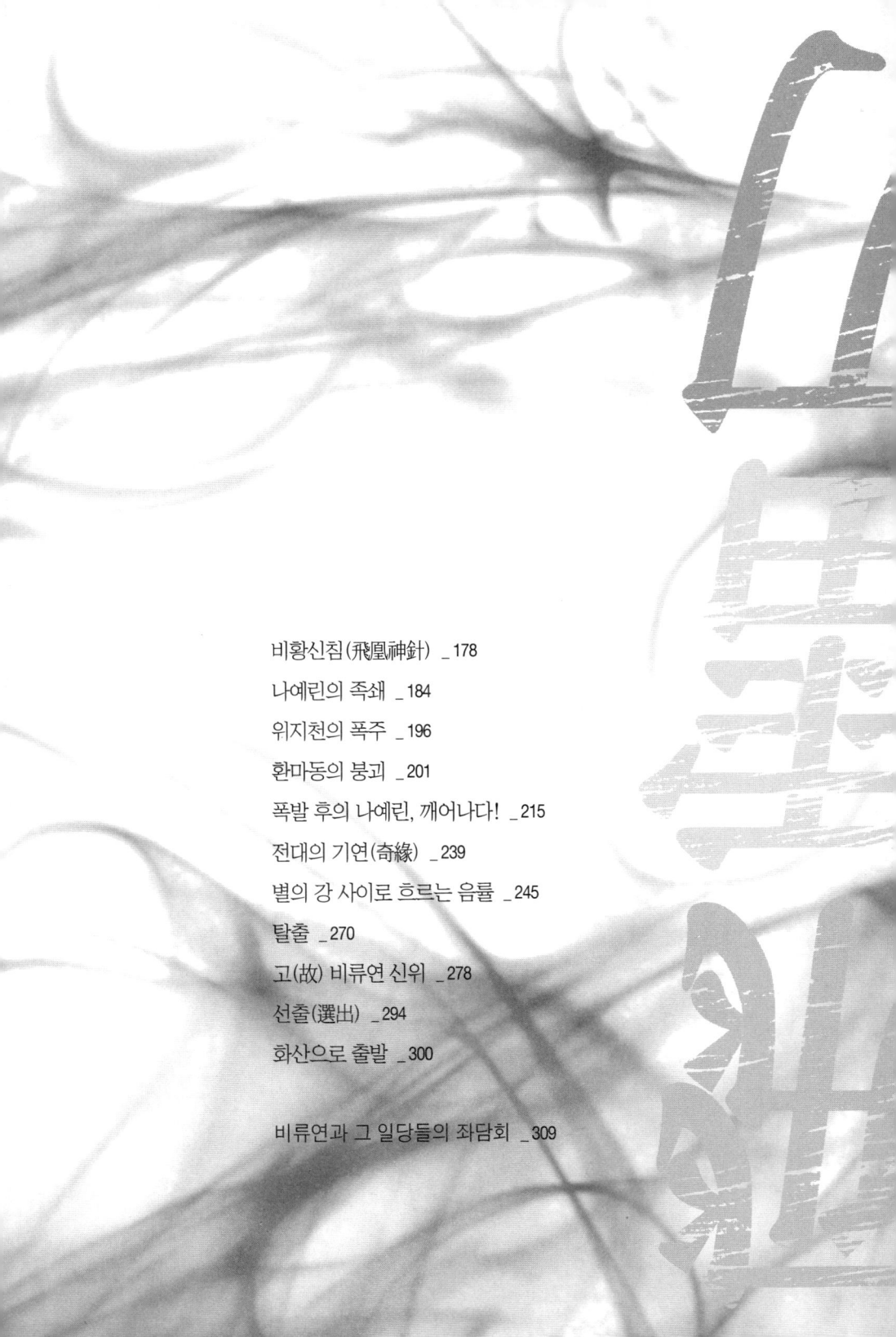

비황신침(飛凰神針) _178

나예린의 족쇄 _184

위지천의 폭주 _196

환마동의 붕괴 _201

폭발 후의 나예린, 깨어나다! _215

전대의 기연(奇緣) _239

별의 강 사이로 흐르는 음률 _245

탈출 _270

고(故) 비류연 신위 _278

선출(選出) _294

화산으로 출발 _300

비류연과 그 일당들의 좌담회 _309

비류연 입원하다!

소문!
사람의 입과 귀를 통해 전달되며 때로는 눈덩이처럼 불어나기도 하고,
어떤 때는 소리도 없이 먼지처럼 사라지기도 하는 것.

발 없는 말을 천 리나 가게 만들며, 때로는 사람들의 상상력의 시험 무대가 되기도 하고, 그로 인해 시작과 끝이 터무니없이 변질되어 사람을 곤혹스럽게 만들기도 한다. 그리고 가끔은 무시무시한 사신의 칼날이 되어 주인의 혀를 자르거나 무 뽑듯 뽑기도 하는 잔혹함마저 지니고 있다.

그러나 이것이 사람의 귀를 즐겁게 해주고 빈번하게 안주 거리를 제공한다는 사실에는 이론(異論)의 여지가 없을 것이다. 만일 이 소문이란 것이 없었다면 전 강호인의 술 맛은 절반으로 줄어들었을 것이고, 많은 주류 업계의 매상 또한 5분의 1로 곤두박질쳤을 것이다. 소문은 주류 업계에 있어 가히 일등공신이라 할 만했다. 그만큼 이 소문이란 것은 사람들의 귀를 흥미롭게 만드는 비밀스런 힘을 지니

고 있었다.

지금 천무학관 안은 한 가지 소문 때문에 무척이나 소란스러웠다. 그 소문의 내용은 9할의 남자 관도 중 6할에 이르는 사람들에게 환호성을 지르게 했고, 2할의 남자 관도들을 광란하게 만들었으며, 나머지 1할의 남자 관도들을 좋아 죽을 뻔하게 만드는 살인 미수를 저질렀다.

여러 가지 억측과 추측과 가설이 난무하는 가운데 진실은 허망하게 파묻힌 채 이야기는 점점 더 끝 간 데 없이 커져가고 있었다. 근래 들어 터진 사건 중에서 가장 흥미로운 일 중 하나였으므로 사람들의 관심이 이곳에 집중되는 것도 당연했다. 그것은 한 남자에 관한 소문이었다.

"소저께서도 그 소문을 들으셨겠지요?"

군웅팔가회 회주의 집무실 한쪽에 우두커니 서 있던 용천명이 군웅회주 철옥잠 마하령을 쳐다보며 물었다. 그녀는 다탁에 앉아 청자색 찻잔 속의 차를 홀짝이고 있었다. 그녀는 여전히 날씬하고 아름다웠다.

용천명이 이곳을 방문한 것은 약 일다경 전이었다. 그의 방문을 전해 들은 마하령은 무척이나 의아한 표정을 지었다.

'그 작자에게 이 정도까지 관심을 두고 있었나?'

특별히 긴급한 일이 발생하지 않는 한, 그가 이곳을 방문하는 일은 드물었다. 어쨌든 그 둘과 그들이 이끌고 있는 두 집단은 경쟁 관계에 있었기 때문이다. 따라서 이렇게 충동적인 수뇌 회동을 전격적으로 갖는 일은 드물 수밖에 없었다. 게다가 과거에 있었던 어떤 추억 때문에 마하령은 용천명을 대할 때 항상 냉랭했다. 자연히 둘의 관계는 소원해질 수밖에 없었다. 그런데 그 자에 관한 깨소금같이 고소한 소문이 용천명을 이곳 군웅회의 회주실까지 오게 만든 것이다.

"날이면 날마다 이곳저곳에서 장소를 가리지 않고 내 귀를 따갑게 만드는 소문이에요. 그 정도면 귀머거리라도 충분히 알아들을 수 있을 정도일걸요?"

대답하는 그녀의 말은 결코 곱지 않았다. 마치 가시가 촘촘히 박혀 있는 듯한 느낌. 어쩌면 자신이 사나운 암고양이와 이야기를 나누고 있는 것은 아닌가 하는 기분이 불현듯 드는 용천명이었다.

"그럼 소저의 생각은 어떠하신지요?"

명확한 목적어가 생략된 질문이었다. 용천명은 자신이 궁금해하는 부분을 정확히 밝히지는 않았다. 질문이 끝나자 갑자기 그녀의 입에서 예상 밖의 폭언이 터져 나왔다.

"그런 예의라곤 쓰레기통에 처넣어 버린 무례하기 짝이 없는 작자가 이번에 임자를 만나 당연히 받았어야 할 천벌을 받았다고밖에는 여길 수 없군요. 매우 당연하고 통쾌한 일이에요. 빙검 노사께서 타의 모범이 되는 무척이나 올바르고 명예로운 일을 하셨더군요. 제 솔직한 심정은 선물을 바리바리 싸들고 감사 인사를 드리러 가고 싶을 정도예요."

용천명은 거침없이 터져 나오는 마하령의 감정의 폭발 속에 휘말려 버렸다. 그의 질문을 계기로 그녀의 감정이 한순간에 폭발해 그를 순식간에 덮친 것이다. 실제로 그녀는 빈말이 아니라 빙검 노사 앞으로 정의를 행한 일에 대해 감사하는 뜻으로 선물을 한아름 싸 보낼까 진지한 고려 중에 있었다. 그만큼 그 소문은 그녀의 꽉 막힌 속을 시원스레 만들어 주었던 것이다. 그 소식을 접했을 때 그녀는 10년을 달고 산 원수 같은 변비가 한순간에 치유되는 듯한 격렬한 쾌감에 몸을 떨어야만 했다. 약간의 성의를 표하지 않는다면 오히려 미안한 마음이 들 정도였다. 그것은 그녀가 얼마나 이 소식에 기뻐하고 있는가를 나타내주는 반증이었다.

실례로 그녀는 비류연이 빙검 노사와 비무를 하고 의약전 중환자실에 긴급히 입원했다는 소문을 들은 이후 입맛이 되살아났는지 식사량이 전주(前週) 대비 2배로 늘어났으며, 그녀의 거칠어지고 푸석푸석해진 피부 또한 빛을 발하는 듯 윤기가 되돌아오고 있었다. 그녀가 그 소식을 들었을 때 속으로 얼마나 많은 쾌재를 불렀는지 세는 건 도저히 불가능했다.

'비류연!'

그녀는 있는 대로 인상을 쓴 채 마치 오물이라도 묻은 것처럼 자신의 손목을 바라보았다. 아직도 그날의 굴욕이 앙금처럼 남아 그녀의 마음을 괴롭히고 있었다.

'비류연… 이 노오옴! 하늘 높은 줄 모르고 까불더니 드디어 임자를 만났구나!'

자신을 '뚱땡이' 라 부르던 그 무례한 낯짝이 아직도 뇌리에서 지워지지 않고 있는 마하령이었다. 잠재된 분노로 그녀의 옥수가 파르르 떨렸다. 그리고 그 분노는 곧 희열로 탈바꿈했다. 현재 그가 어떤 상태에 놓여 있는지 머릿속에 떠올랐던 것이다.
"…제가 궁금한 것은 왜 그가 빙검 노사와 맞붙어서 그런 꼴을 당했는가 하는 겁니다."
잠시 마하령의 행동을 지켜보던 용천명이 다시 말문을 열었다. 그것은 아직도 용천명의 뇌리 속에서 지워지지 않고 남아 있는 의문이었다. 아무리 비류연이 세상모르고 날뛰는 천둥벌거숭이라고 해도 감히 천하오대검수(天下五大劍手) 중 일인인 빙검 관철수 총노사에게 대들었다고 여기긴 힘들었던 것이다.
도대체 그 둘 사이에 무슨 일이 있었단 말인가?
"별게 다 궁금하시군요, 용 공자! 주제를 모르니깐 그렇게 된통 당하고 의약전 중환자실에 입원한 것이겠지요. 주제도 분수도 모르는 놈이 감히 하늘 높은 줄을 모르고 설쳐대다니……. 불나방이 기름칠한 섶을 지고 불 속으로 뛰어든 꼴이라니까요."
여전히 그녀의 어조에서는 찬바람이 쌩쌩 일어나고 있었다. 듣고 있는 이가 창천룡 용천명이 아니라 다른 이였다면 스며드는 오한에 어깨가 으슬으슬했을 터였다.
"소저가 그 정도까지 비류연이란 자를 싫어하는 줄은 여태껏 몰랐구려."
그녀의 분노는 격렬함을 넘어 집요할 정도였다. 그 점은 그로서도 무척이나 의외였다.
'이런 둔탱이!'
용천명의 생각 없는 말에 마하령은 속으로 꿍얼거릴 수밖에 없었다. 여전히 눈치코치가 한없이 부족한 남자였다. 그러나 '둔탱이'란 말을 입 밖으로 내지는 않았다. 그 정도 분별력은 그녀도 충분히 가지고 있었던 것이다.

"소저가 그 자를 아직까지 잡아먹지 않은 게 놀라울 뿐이오."

그녀의 서슬 퍼런 기세에 질린 용천명이 말했다. 그것은 그의 진심이었다. 그녀는 화를 내는 대신 차가운 미소를 지었다.

"차라리 그랬으면 좋겠군요."

"너무 그에게 신경 쓰는 것 아니오?"

순간 마하령이 도끼눈을 하고 그를 쌔려보았다.

"뭐라고요?"

아직까지도 비류연에게 당한 수모가 계속해서 기억의 한편에 찰거머리처럼 철썩 달라붙어 있는 마하령이었다. 그때의 치욕은 마치 망막에 세공이라도 되어 있는 듯 시도 때도 없이 눈앞에서 어른거렸다. 매일 밤 꿈에, 그것도 날이면 날마다, 장면 장면이 이어지는 연결내용으로 등장하는 것은 약과에 애교라 할 수 있었다. 비류연 때문에 지금 마하령은 신경쇠약 일보 직전의 중환자였다.

할 수만 있다면 이 세상에서 그 존재를 완전히 말살해 버리고 싶었다. 그렇게만 할 수 있다면 두 다리 쭈욱 뻗고 악몽에 시달리지 않으며 편히 잠들 수 있을 것을……. 게다가 그녀가 받았던 모욕 또한 비류연의 관에 고이고이 접어 넣어 같이 매장시켜 버릴 수 있을 것을……. 그 점이 못내 아쉬울 따름이었다. 그나마 이번 희소식이 있었기에 그녀는 자신을 가까스로 진정시킬 수가 있었다.

"죽지 않고 숨이 붙어 있는 게 아쉬울 뿐이에요. 아니 오히려 그편이 더 나을지도 모르죠. 왜냐하면 아직 제 손으로 그의 최후를 장식

할 기회가 남아 있다는 뜻이니까요."

독기와 냉기가 한데 어울려 뿜어져 나오는 지독히 독살스런 한마디였다.

파삭!

그녀의 손에 있던 찻잔이 가루가 되어 부서져 내렸다. 비류연의 그림자를 분쇄시키기라도 하듯! 그녀의 분노에 의해 내용물은 이미 증발되어 버리고 난 후라 뜨거운 찻물이 그녀의 손을 타고 흐르지는 않았다. 그녀는 아직도 분을 삭이지 못했는지 이를 빠드득 갈고 있었다. 상상하는 것만으로도 머리 위로 분노가 치솟는 모양이었다.

'…여인이 한을 품으면 오뉴월에 서리가 내린다고 했던가?'

마하령의 무시무시한 반응을 지켜보며 용천명은 여인을 상대할 때 좀더 주의해야만 신상에 이롭다는 사실을 뼈저리게 느꼈다. 그리고는 자비와 불심(佛心)으로 가득 찬 소림사의 제자답게 비류연에 대해 명복을 빌어주는 것도 잊지 않았다. 아무래도 자신과 소림의 신물 녹옥여래신검(綠玉如來神劍)이 받은 모욕을 돌려줄 기회는, 앞으로 차례가 돌아오지 않을 듯했다.

'차라리 그 자는 이대로 중환자실에 누워 일어나지 않는 게 신상에 이롭겠군.'

자신도 비류연에게 모욕을 받았지만, 마하령이 내뿜는 독기에 비하면 자신의 분노는 조족지혈(鳥足之血)이라는데 그는 반론을 제기할 수가 없었다. 역시 여자는 약하면서도 강하고, 온후하면서도 잔인하며, 선하면서도 악하다는 말이 사실인 것 같았다. 이런 여자랑 원한을 맺느니 차라리 귀신하고 원한을 맺는 게 좀더 나을지도 모르겠다는 생각이 그의 머릿속을 맴돌며 떠나지를 않았다.

빛[光]이 있으면 그림자[影]가 따르고, 음(陰)이 있으면 양(陽)이 있다.
물론 그 소문에 대다수의 사람들이 기뻐했다는 것은 부정할 수 없는 사실이지만, 개중에는 기뻐하고 축하하며 환호성을 지르는 사람들만 있었던 것은 아니다. 그의 부상을 믿지 못하는 사람들도 여럿 있었다.
'아무리 믿고 싶은 마음이 굴뚝같아도 아직 실감이 안 나!'
범상한 일반 대중들에 포함되지 못한 그들은 바로 주작단의 구성원들이었다. 남들이 환호성을 지를 때 그들은 불안감에 떨어야 했다. 비류연이 언제 강시처럼 자리에서 벌떡 일어날지 모른다는 공포심이 바로 그 원인이었다. 급기야 그들은 혼자서 끙끙거릴 것이 아니라 머리를 맞대고 의견을 교환하기 위해 한자리에 모이는 데 합의했다. 왠지 아무리 상대가 빙검이라지만 그 천방지축 막무가내 우주광오한 비류연이 맥없이 당했다는 게 도무지 신빙성 있게 느껴지지 않았던 것이다. 그들은 현재 비류연에 관련된 어떠한 상황도 곧이곧대로 믿지 못하는 의심병에 걸려 있었다. 그동안 비류연이 착실히 교육시켜 온 결과였다.
"진짜일까?"
열여섯 명의 주작단원 중 가장 먼저 의문을 제기한 사람은 남궁상이었다. 요즘 들어 무공 실력이 일취월장하는 그였지만, 여전히 눈치는 제자리걸음이었다.
"글쎄……."

현운은 이도저도 아닌 답변으로 그의 말을 받았다.

"솔직히 안 믿어지기는 해. 그 세상 무서운 줄 모르던 음험무쌍한 대사형이 아무리 상대가 빙검 노사라지만 그렇게 쉽게 당해 중환자실에 입원했다는 게 도무지 믿어지지 않는군. 이미 우리는 대사형에 대한 어떠한 일이든 의심부터 하고 보질 않나. 그저 냉큼 믿어버리기에는 그동안 우리가 당한 게 너무 많지. 우리가 대사형에게 어디 한두 번 당했었나?"

그것이 현운의 솔직한 심정이었다. 비류연에 대한 무한의심병(無限疑心病)은 그들의 방어본능이 낳은 사생아였다.

"정말 두 사람이 비무를 하긴 한 건가요?"

남궁산산이 물었다. 평소라면 절대 있을 수 없는 일이기에 그녀의 의문은 정당하다 할 수 있었다.

"물론이에요. 그 점에 대해서는 나예린 소저와 진설이가 이미 증명했어요. 어떤 이유인지는 − 분명 별 이유 같지 않은 이유겠죠 − 모르겠지만 그 두 사람이 비무를 벌였다는 것만은 틀림없는 사실이에요."

남궁산산의 의문을 진령이 확인해 주었다. 그러나 그것만으로 의문이 완전히 풀린 것은 아니었다. 그들은 그동안 어쩔 수 없이 원하지 않았는데도 불구하고 보아 왔던 것이다. 자신들의 대사형인 비류연의 괴물 같은 신위(神威)를…….

가만히 앉아 있던 남궁상이 신중한 어조로 입을 열었다.

"하지만 아무리 빙검 노사랑 붙었다고 해도 그 괴물 같은 사형이 그렇게 맥없이 당했을까? 그 무시무시한 공포의 명성을 자랑하던 철각

비마대 앞에서도 멀쩡히 상처 하나 없이 살아 돌아온 그 대사형이?"

남궁상은 결코 그날 있었던 일을 잊지 못할 것이다. 그것은 다른 이들도 마찬가지였다. 사람들의 얼굴이 금세 심각하게 굳어졌다. 그날의 일만 떠올리면 주작단원들은 너나 할 것 없이 아직도 등줄기에 소름이 돋았다.

"그렇지! 역시 그 빌어먹을 대사형이 그렇게 맥없이 당했을 리가 없어. 이번에도 역시 뭔가 꿍꿍이가 있을 거야. 아주 구린 냄새가 나."

비류연의 쓰다듬어 주는 자상한 손길에 여러 번 당한 전과가 있는 노학이 남궁상의 의견에 적극 동조했다. 거지 생활로 단련된 생존 본능이 그의 정신과 신경을 맹렬히 자극하고 있었다.

"그렇다면 역시 너무 기뻐하는 모습을 보여주지 않는 게 좋겠어. 좋아서 기뻐 날뛰는 모습으로 있다가… 물론 기쁘기야 한량없지만 말이야. 만에 하나라도 대사형의 눈에 발각되기라도 한다면……."

그것은 생각만으로도 몸서리가 쳐질 정도로 끔찍한 재앙을 초래할 터였다. 다들 그런 상상만으로도 얼굴에 핏기가 가시며 창백하게 변해가고 있었다.

노학이 호쾌하게 탁자를 내리쳤다.

"한 번 속지, 두 번 속나!"

사실 당한 걸로만 따지면 열두 번도 넘게 속았었다.

"절대 대사형에게 방심해서는 안 돼. 그는 괴물이라고! 평범한 인간의 잣대로 재는 우를 범하지 말자고. 우리가 그 사악한 꼬임에 넘어간 게 어디 한두 번인가?"

그동안의 경험이 그들에게 가르쳐준 진리는 어떠한 일이 있어도 겉만 보고 판단하다가는 큰코다친다는 사실이었다. 눈앞에 펼쳐지는 현상은 자신의 눈과 귀로 보고 들은 것만이 궁극적인 진실이며, 특히 비류연과 관계된 일은 결코 어떠한 일이 있어도, 어떠한 감언이설 하에서도 절대 방심해서는 안 된다는 것이다.

'대사형이 사탕을 준다 해도 절대 따라가면 안 된다. 표면(表面)이 아니라 그 이면(裏面)에 도사리고 있는 또 다른 측면을 읽어라!'

그것이 바로 그들이 지금까지 비류연에게서 배운 최고의 교훈이었다. 그러나 애석하게도 아직까지 단 한 번도 교훈을 현실에 성공적으로 적용한 적이 없었다. 그들이 지금 이렇게 둘러앉아 진지한 자세로 토론에 임하고 있는 것도 이번 사태의 진실 파악과 앞으로 그들이 취해야 할 행동 강령을 결정하기 위해서였다. 아무리 비류연이 붕대를 둘둘 감고 병상에 누워 있다 하더라도 너무 기뻐하는 모습을 보이면 나중에 돌아올 후환이 두려웠다. 그래서 그들은 천무학관 전체를 휩쓸고 있는 기쁨의 물결에 몸을 맡길 수가 없었다. 그 행동이 야기할 뒷감당이 너무나 두려웠기 때문이다.

"으음……."
"으으음……."
"크흐흐흠……."

천무학관의 총노사 직책을 맡고 있는 희대의 검호(劍豪) 빙검 관철수는 몇 번씩이나 철제 문고리를 잡았다가 놓는 행위를 반복했다. 마치 문고리가 불에 달구어져 있기라도 한 듯 그는 쉽사리 그것을 잡지 못했다. 천하에 명성을 자자하게 떨치는 검의 고수가 지금은 분명 긴장하고 있는 것이다.

콰악!

다시 한 번 굳게 결심을 한 듯 그가 문고리를 힘껏 움켜쥐었다. 그러나 마치 만 근 철벽이라도 되는 양 의약전의 나무문은 열리지 않았다. 물론 그 문이 진짜 만 근이나 나간다는 것은 아니었다. 그러고 싶어도 제작 공정의 난해함으로 인해 불가능했다. 그렇다고 수십 개의 침입방지용 자물쇠가 달려 있는 것도 아니었다. 언제 어디서나 볼 수 있는 평범무쌍한 문임에도 불구하고, 빙검은 그 문에 마치 지옥문의 빗장이라도 걸린 것처럼 좀처럼 열지 못하고 있었다.

"으으음……."

다시 한 번 그의 입에서 나지막한 신음소리가 흘러나왔다. 발걸음이 쉽게 떨어지지 않았다. 마치 발바닥에 아교라도 붙어 있는 듯했다. 아직도 그는 고민에 고민을 거듭하며 막대한 심력을 소모하고 있었다. 이대로 들어가야 할지, 아니면 아직도 늦지 않았으니 몸을 돌려 이 모든 것을 없던 것으로 할지……. 그는 아직 마음의 매듭을 짓지 못하고 있었다. 한참을 망설이던 빙검은 마침내 결심을 한 듯, 단호하게 얼굴을 굳히고 의약전의 문을 힘껏 잡아 당겼다.

끼이익!

날카로운 소리와 함께 의약전 문이 열리며 짙은 약 냄새가 바람을 타고 흘러나왔다. 빙검은 곧 발걸음을 옮겨 안으로 들어갔다.

텅!

힘겹게 열 때와는 달리 문은 너무도 쉽게 닫혔다.

진주빛같이 하얗고 섬세한 가는 손가락이 한 지점을 향해 다가가다가 흠칫 멈추었다. 그리고는 더 이상의 움직임을 거부한 채 허공에 정지했다.

"으음……."

섬섬옥수의 주인이 지금 서 있는 곳은 바로 비류연이 집중 치료받고 있다는 의약전 앞이었다. 그녀의 손 또한 조금 전의 누군가가 그랬던 것처럼 문고리를 잡는 것을 무척이나 망설이고 있었다. 오늘 의약전 문은 아무래도 사람을 고민하게 만드는 특별한 능력을 부여받은 모양이었다. 아까는 얼음덩어리를 연상케 하는 차가운 인상의 사내더니 이번에는 찬란히 내리비치는 햇빛의 편린마저도 무색케 만드는 황홀한 미모를 지닌 여인이었다. 이런 여인의 병문안을 받는다는 그 자체만으로도 엄청난 호강이라고 할 수 있을 것이다.

'내가 왜 지금 여기 있는 걸까?'

나예린은 무엇보다 그것이 의문이었다.

그녀는 지금 의약전 문 앞에 우두커니 서서 들어갈까 말까 망설이는 중이었지만, 그것에 선행하는 의문은 바로 자신이 지금 이곳 이 자리에 서 있는 정당하면서도 설득력 있는 이유였다. 그녀의 차가운 이성으로 돌이켜 생각해 볼 때 자신이 지금 이 자리에 있어야 할 그 어떠한 이유도 의무도 책임도 없었던 것이다. 그러나 그럼에도 불구하고 지금 그녀는 이곳에 서 있었다. 그것이 바로 그녀를 고민케 하는 이유였다.

그녀는 어떠한 설명으로도 자기 자신의 이성을 납득시킬 수가 없었다. 비류연이 빙검 총노사에게 까불다가 된통 당한 다음 꼴좋게도 의약전 중환자실에 입원했다는 소문은 마른 겨울의 산불처럼 거세고 무절제한 속도로 학관 전체로 퍼져나갔다. 그 소문을 들은 사람들은 다들 입을 모아 당연한 운명의 수순, 즉 천벌을 받았다고 입을 모았다. 삼삼오오 짝을 지어 술집에 모여 자축하는 이들도 여럿 있었다. 그동안 쌓아온 비류연의 업적과 훌륭한 인간관계를 여실히 볼 수 있는 부분이었다.

여러 번 본의 아니게 비류연과 얽혀야 했던 나예린의 현재 입장을 굳이 밝히자면 그녀 또한 주작단과 마찬가지로 그의 중상을 쉽게 믿을 수가 없었다. 이상한 일이지만 이번 일이 매우 당연하고 어떠한 불가능성을 잡아낼 수 없음에도 불구하고 굉장한 이질감이 느껴졌다. 즉 실감이 나지 않는 것이다. 그래서 그녀는 지금 이 자리에 서 있는 것인지도 모른다. 자신을 납득시킬 만한 이유를 필사적으로 찾으면서…….

나예린은 다시 한 번 마음속으로 질문해 보았다.

'과연 내가 이렇게까지 해야 할 필요성이 있는 것인가? 난 지금 왜 여기 있는 것인가? 난 무엇을 확인하기 위해 이 자리에 선 것인가? 난 무엇을 알고자 하는 것인가? 내 마음이 진정으로 원하는 바는 도대체 무엇인가? 나는 지금 이 질문들에 대한 대답을 마음속에 지니고 있는가?'

그녀의 마음은 짓궂게도 그녀의 많은 질문들 하나에도 응답해 주지 않았다. 단지 확실한 것은 지금 현재 그녀 자신이 이곳 이 장소에 서 있다는 것뿐이었다. 다음 행동을 결정하기에는 불확정적인 요소가 너무 많았다.

"돌아갈까?"

일생처럼 긴 기다림과 고민 끝에 그녀가 중얼거렸다.

'그래! 이것이 최상의 선택일 거야!' 라고 나예린은 마음속으로 생각했다. 그녀는 끝내 문고리를 잡지 못했다. 의약전의 문은 바로 지척에 한 자(약 3.3cm) 거리밖에 떨어져 있지 않았지만, 마치 만장단애(萬丈斷崖)가 그 앞을 가로막기라도 한 듯 그녀는 그것을 잡지 못했다.

'그래!'

그녀는 마침내 결심했다. 그녀는 획 등을 돌려 뒤로 돌아섰다. 그리고는 본의 아니게 오게 된 그 장소를 미련 없이 떠나려 했다. 하지만 그녀는 앞으로 걸어가지 못했다. 발이 떨어지지 않았기 때문이다. 갑자기 비류연이 못 견디게 보고 싶다든가 하는 터무니없는 이유 때문은 다행히도 아니었다. 그것은 심리적인 장애가 아닌 물리적인 장애 때문이었다. 갑자기 해가 지고 밤이 찾아온 듯한 느낌이었다.

그녀가 뒤돌아서서 걸어 나가지 못한 이유! 그것은 그녀 앞에 거대한 그림자를 드리우고 있는 한 사람의 거한 때문이었다. 그 거한이 그녀가 걸어가야 할 길을 코앞에서 정면으로 막고 있었다.

마치 타오르는 불꽃을 연상케 하는 붉은색 일색의 사내! 그는 바로 염도였다. 나예린과 염도가 나란히 마주서고 보니 마치 '미소저와 야수' 같았다. 염도는 나예린보다 훨씬 큰 키 탓에 나예린을 내려다보고 있었다. 그러나 평소에 보이던 사나운 안광은 빛을 발하고 있지 않았다.

"네가 여긴 웬일이냐?"

의아한 얼굴로 먼저 입을 연 사람은 염도였다. 그가 알기로는 나예린이 여기 올 이유가 전혀 없었던 것이다. 나예린은 그의 질문에 선

뜻 대답하지 못했다. 지금 그녀의 마음은 얼음을 탄 찬물이 끼얹어진 듯 싸늘하게 식어 있었기 때문이다. 그녀는 침묵 속에 꽁꽁 얼어붙었다. 이것은 그녀로서도 예상치 못한 돌발 상황이었다.
'이런! 아무리 방심했기로서니……. 이럴 수가!'
나예린은 잠시 동안 완전 무방비 상태에 놓였던 자기 자신에 대해 어이가 없었다. 평상시라면 절대로 있을 수 없는 일이었다. 그것은 상대가 아무리 천하 오대도객 중 일인이라는 염도라 해도 마찬가지였다. 그리고 이것은 명백한 자신의 실수였다.
"……."
"응?"
나예린의 갑작스런 침묵에 염도는 고개를 갸우뚱했다. 그녀는 매우 혼란스럽고 당황스러워 보였다.
'내가 이렇게 간단히 뒤를 잡히다니… 아무런 반응조차 하지 못하고 자신의 간격 안에 타인이 침범하도록 방치하다니… 아무리 그 상대가 염도 노사라 할지라도 내가 이렇게까지 정신적으로 방심 상태에 놓여 있었단 말인가?'
나예린은 경악했다. 이것은 지금까지 있을 수 없는 일이었다. 아무리 초고수에 속하는 염도라고 하지만 이토록 사람이 가까이 다가올 동안 기척을 느끼지 못한 적은 없었다. 아무리 야비하게 상대가 기척을 죽이고 있다고 해도 그녀는 확실히 그것을 느낄 수가 있었다. 그런데 이번만은 달랐다. 아무런 기척도 느끼지 못한 채 등 뒤를 허용하고 만 것이다. 상대가 염도였기에 망정이지 만일 적이었다면 그녀는 이미 이 세상 목숨이 아니었을 것이다. 무인이 자신의 등을 내준다는 것은 '나 죽여주세요' 라는 소리와 마찬가지였다. 그것은 도저히 용서받을 수 없는 실수였다.

 그녀의 마음속에 존재하는 견고한 얼음의 결정에 작고 미세한 균열이 생긴 것이 분명했다.

 '나는 그동안 무인으로서의 마음가짐조차 잊어버렸단 말인가?'

 점점 더 그녀의 마음은 싸늘하게 얼어붙어 갔다.

 "괜찮으냐? 안색이 좋지 않구나."

 걱정스런 얼굴로 염도가 물었다. 이것은 평소 그가 취하던 일반적이면서도 평범한 행동이 절대 아니었다. 보통 남자 같았으면 예의가 부족하다고 귀싸대기를 한 대 얻어맞았을 것이다. 아니면 하루 종일 연무장에서 땀을 양동이로 흘리며 고생깨나 해야 했을 것이다. 그러나 차마 나예린 앞에서는 그렇게 행동하지 못하고, 관도들에게 평소 '불타는 개차반' 이라 불리던 그가 온화한 옆집 아저씨나 인자한 선생처럼 변모한 것이다. 그제야 염도의 존재를 의식한 나예린이 서둘러 인사를 했다.

 "노사님, 그동안 강녕하셨습니까?"

 그녀의 인사를 받는 염도의 얼굴에 주책 맞은 웃음꽃이 활짝 폈다. 점점 더 행동이 수상해지는 염도였다. 방심은 위험할지도 몰랐다. 원래 가뭄 때의 작은 우물 바닥같이 말라붙어 있던 그의 인내심이 갑자기 온천수처럼 샘솟기라도 한 모양이었다. 그 증거로 그는 똑같은 질문을 사랑스런 여제자에게 세 번째로 묻고 있었다. 그것은 염도에게 있어 경천동지(驚天動地)할 일이었다.

 "여긴 무슨 일로 왔느냐?"

"저……."

나예린은 대답하기가 무척이나 껄끄러웠다. 이제 와서 비류연을 문병 왔다가 기분이 썩 내키지 않아 막 돌아가려던 참이었습니다, 라고 말할 수는 없는 노릇이었던 것이다. 망설이던 그녀는 염도의 왼손을 바라보았다. 그곳에는 큼지막한 바구니 하나가 들려 있었다.

보통의 검객이나 도객들은 오른손에 도나 검을 들어야 하기 때문에 특수한 경우가 아니고서는 오른손에 물건을 드는 법이 좀처럼 없었다. 그래서 염도도 왼손에 자신이 가져온 물건을 들고 있었다.

나예린이 유심히 바구니의 속 내용물을 살펴보자 곧 그 정체가 드러났다. 그녀의 눈에 의아함이 떠올랐다. 그 내용물들은 무척이나 염도와 어울리는 않는 물건들이었다. 최근 제철인 싱싱한 과일들에 가지각색의 전병들과 한과들, 그리고 그 옆에는 통째로 노릇노릇하게 구워진 닭고기와 술병이 위치했다. 그 외의 각종 먹거리들도 수북이 쌓여 있는 게 눈에 띄었다. 염도는 분명 그것을 비류연의 병문안용 위문품으로 가져온 것이 분명했다. 그 사실이 그녀를 더욱더 의아하게 만들었다.

'집중 치료를 받아야 될 정도로 상태가 심각한 것이 아니었나?'

그 정도까지 상태가 나쁘다면 죽이나 미음으로밖에 식사를 할 수 없을 터였다. 하지만 지금 염도가 싸들고 온 것은 일반인도 먹기 부담스러울 정도로 화려하고 풍성한 먹거리들이었다.

"저……."

그러나 그녀의 상념과 의혹은 염도의 한마디에 단숨에 깨지고 말았다. 그가 만면에 호쾌한 웃음을 터뜨리며 말했다.

"오오, 웬일인가 했더니 류연이를 만나러 온 모양이구나. 기특하게도!"

잠시 나예린이 머뭇거리는 사이 평소 쥐꼬리만큼도 없었던 염도의 눈치가 용의 수염처럼 길쭉이 늘어난 모양이었다. 점점 더 상궤를 벗어난 행동을 마구마구 서슴지 않는 염도였다. 그리고 은근슬쩍 사부 이름을 함부로 부를 기회도 잡을 수가 있었다.

"그렇다면 뭘 망설이느냐? 어서 들어가지 않고? 자, 어서 들어가자꾸나. 지금쯤 정신을 차렸을 게다."

"아무리 지금 막 정신을 차렸다 해도 중환자가 이렇게 위에 부담이 가는 음식을 먹을 수가 있나요?"

그 정도 중상을 입은 환자라면 탕약을 식사 삼아 먹어야 정상이었다. 그러나 그녀는 자신의 의혹을 완전히 풀지 못했다. 그러기에는 염도의 행동이 너무나 갑작스러웠던 것이다. 스스로 나예린의 목적을 단정 지은 염도는 ― 그리 틀린 단정은 아니었지만 ― 의약전 안으로 나예린을 적극적으로 밀어 넣었다. 그녀가 거부하고 사양할 틈은 어디에도 없었다.

염도의 행동은 명백히 안내라 규정할 수 없는 행동이었다. 그러나 나예린은 거부할 권한이 없었다. 때문에 그녀는 염도에게 휩쓸려 어쩔 수 없이 의약전 안으로 내키지 않는 발걸음을 들여놓을 수밖에 없었다.

천수신의(天手神醫) 허주운(許朱雲)과 기괴한 중환자실

확 밀려오는 알싸한 약향에 순간 빙검의 몸이 주춤했다.
그러나 그는 곧 발을 옮겨 의약전 안으로 들어갔다.

빙검의 얼굴을 알아본 접수 일을 맡아보고 있던 관도 한 명이 '헉' 하고 놀라며 벌떡 일어나 인사를 했다. 빙검이 손을 들어 그만 됐다고 하자, 그는 안으로 부리나케 달려갔다. 기별을 전하기 위해서였다. 빙검은 자신을 둘러싼 약향 속에서 가만히 서서 기다렸다. 잠시 후 기별을 받은 의약전주 천수신의(天手神醫) 허주운(許朱雲)이 다가와 그에게 포권을 취하며 허리를 가볍게 숙여 인사했다.

"허허허. 어서 오십시오, 총노사님. 오래간만에 오셨군요."

그는 만면에 웃음을 띠며 빙검을 맞이했다. 빙검도 마주 보고 예의를 차렸다.

"오래간만입니다, 허 의원. 많은 사람의 생명을 돌보느라 노고가 크십니다."

죽은 사람도 살린다는 신의 의술을 지닌 신수! 천무학관 사람 중 그 어떤 이유로든 그의 손을 거치지 않은 자는 없었다. 강호인이란 항상 위험한 칼날 위를 살아가는 사람들이기에 누구나 한 번쯤 의례적으로 그의 신세를 지게 마련이었다. 당연히 빙검도 그에게 여러 번 신세를 진 기억이 있었다. 그는 빙검으로서도 함부로 대할 수 없는 사람이었다. 그뿐만 아니라 천무학관 사람이라면 누구나 다 그랬다.

"총노사님 같은 분이 어디 아프시거나 부상을 당하셔서 이곳을 찾아 왔을 리는 없을 테고……."

허주운이 조용한 시선으로 물끄러미 빙검을 바라보았다. 신의라 불릴 정도의 실력을 지닌 그였다. 웬만하면 척하고 한눈에 상대의 병세를 파악할 수 있는 그였다.

"몸에는 병이 없는데 마음에 병이 있는 듯싶습니다. 요즘 무슨 고민이라도 있으신지요?"

상통천문(上通天文) 하통지리(下通地理)! 위로는 하늘의 모든 뜻을 헤아리고 아래로는 땅의 이치를 꿰뚫었다는 광오한 깃발을 내건 족집게 도사도 울고 가게 만드는 실력이었다. 순간 빙검의 안색이 흐릿해졌지만 금방 원상태로 복구되었기에 허주운은 이 잠깐의 변화를 그만 감지하지 못했다.

"앞으로 다가올 환마동 시험 때문에 처리해야 할 일이 산더미처럼 쌓여 있기에 그런 것일 뿐, 별일 없습니다."

그렇게 빙검은 대충 얼버무렸다. 그의 냉막한 인상 때문에 허주운은 더 이상 캐들어 가기가 힘들었다. 대충 용건을 눈치 챈 허주운이 말했다.

"무슨 일로 찾아 오셨는지는 대강 짐작이 갑니다. 그 아이를 찾아오신 거군요. 며칠 전에 총노사님에게 호되게 당하고 중환자실에 입원한 그 아이 말입니다. 이름이……."

잠시 기억을 뒤적거리던 허주운을 빙검이 도와줬다.

"비류연이라고 하오."

무뚝뚝한 어조에는 냉기가 풀풀 날렸다. 사회성을 쌓는 데 도움이 되는 어투라고는 도저히 말할 수 없었다.

"아! 맞습니다. 바로 그런 이름이었지요. 그렇지만 수련도 좋지만 이번에는 너무 지나치셨습니다. 겉은 멀쩡해 보여도 속은 엉망진창이더군요. 어떻게 사람의 맥이 뿔난 망아지처럼 그토록 불규칙하게 뛸 수 있는지… 게다가 노사님 특유의 수법에 당했다는 것은 알고는 있었지만 몸 안의 오행의 기운들이 마구 헝클어져 있어 어디서부터 손을 써야 할지 난감하기만 하니……. 여러 가지 다양한 무공에 당한 징후를 알고 있지만 이번과 같은 증상은 처음입니다. 하여튼 지시하신 대로 아무런 조치도 취하지 않고 절대 안정만 시키고 있습니다."

허주운의 장황한 말을 묵묵히 듣고 있던 빙검이 고개를 끄덕였다.

"그것이면 충분합니다. 저의 독특한 독문절기인 설음무형무흔장(雪陰無形無痕掌)에 당한 터라 저의 특별한 조치가 필요했던 것입니다. 이미 필요한 조치는 다 취해 놨으니 서서히 몸이 회복될 것입니다. 당분간 신체에는 손을 대지 말고 절대 안정을 취하게 놓아두십시오. 그걸로 충분합니다. 나머지는 제가 알아서 하겠습니다."

"알겠습니다. 노사님이 그렇다면 그런 거죠. 그럼 안내하겠습니다."

빙검은 그의 안내를 받아 경환자들이 있는 병실을 지나 상세가 중

한 환자들만 따로 수용되어 있는 중환자실로 향했다.

경환자실을 지날 때는 크게 다치지 않은 환자들이 너나없이 병상에서 일어나 그에게 인사를 하려고 해 그것을 거절하느라 상당히 곤혹스러웠다. 중환자실로 들어서는 문도 경환자실로 들어가는 문과 별 차이가 없었다. 그러나 그 안은 경환자실과는 천양지차(天壤之差)였다.

빙검이 중환자실로 들어서자 경환자실과는 비교도 할 수 없는 약향의 탈을 쓴 고약한 냄새가 확! 하고 강하게 풍겨져 나왔다. 일반 사람이라면 단번에 기절해 버렸을 그런 지독한 냄새였다.

'독하군!'

빙검은 순간 얼굴을 찡그려야만 했다.

고름으로 얼룩진 침대, 코끝을 찌르는 짙은 약향, 보통 사람이라면 당장에 인상을 찡그리며 코를 틀어막고 질식사를 방지하기 위해 깨끗한 공기가 있는 창가를 찾아 맹렬한 속도로 달려갔을 것이다. 그만큼 짙고 강렬한, 후각이 마비될 정도로 지독한 약향이었다. 그 한가운데에 빙검은 인상을 찌푸리며 서 있었다. 허주운은 이제 만성이 된 듯 태연자약하기만 했다.

"자! 이쪽입니다."

허주운이 앞장서자 빙검은 그 뒤를 따랐다. 여기저기서 환자들의 신음소리가 그의 귓전을 때렸다.

"으으윽……."

"아아아악……."

"크으으윽!"

자연히 빙검의 시선이 그들을 향할 수밖에 없었다. 그것은 결코 미적으로 아름답다 말할 수 없는 광경이었다. 그러나 허주운은 신경조차 쓰지 않고 있었다. 그에게는 이런 모습이 일상이었던 것이다.

중환자실은 역시 그 이름값을 하는지 경환자실과는 증상의 격이 달랐다. 꽤나 무시무시하고 끔찍한 상처를 입거나 혹은 독특하면서도 괴이한 이상 증세를 보이는 많은 사람들이 이곳에서 치료를 받고 있었다. 아무리 주의를 기울인다 해도 사람인 이상 사고(事故)를 궁극적으로 막는 방법은 이 세상에 존재하지 않는다. 할 수 있는 일은 어떻게 하면 사고 발생 빈도와 그 피해를 줄이는가 하는 것뿐이다. 그럼에도 불구하고 사고를 미연에 방지하지 못한 사람들이 바로 이곳에서 치료를 받고 있었다. 그들의 증상은 좌판의 노리개만큼이나 다양했다.

독공(毒功)을 수련하다 오히려 독에 중독되어 울긋불긋한 반점이 전신에 퍼진 사람, 그 환자의 손은 병상 양쪽 위에 밧줄로 칭칭 묶여 있었다.

"독이 피부로 침투해 항상 가려움을 느끼지요. 저렇게 묶어 놓지 않으면 피부가 벗겨질 때까지, 아니 살점이 떨어질 때까지 긁습니다. 때문에 저렇게 사지를 구속해 놓고 있는 것이지요."

허주운의 담담한 설명이었다.

그 옆은 외상인 것 같았다.

"특이한 상처로군요."

그 자는 어떤 연유에서인지, 무슨 초식에 당했는지 알 수는 없었지만 가슴에 일곱 개의 상처가 북두칠성(北斗七星)을 그리며 새겨져 있었다.

"가장 절친한 친구와 여자 문제 때문에 싸우다 저렇게 됐다더군요. 멋 때문에 일부러 저런 게 아니니 오해는 마십시오. 안타까운 친구입니다. 완치되어도 저 상처는 평생 가슴에 남을 겁니다. 북두신권(北斗神拳)을 연마하던 친구지요."

"그렇군요."

그의 친절한 설명에 빙검은 고개를 끄덕였다. 그때 빙검의 시선이 한 환자에게 머물렀다. 그의 동공은 완전히 풀려 있었고, 다물어질 줄 모르는 입 사이로 침이 쉴 새 없이 흘러내리고 있었다.

"흐으으으으… 헤에에에에에……."

백치가 아니라면 정신이상자가 분명했다. 마치 넋이 나간 사람 같았다. 입가로 침이 질질 흐르는 그 자의 얼굴 여기저기에는 다듬어지지 않은 수염들이 수북이 나 있었다. 게다가 나이도 상당히 들어 보였다. 적어도 50세 정도는 될 듯했다. 수염을 깎으면 그보다 조금 젊어 보일지도 몰랐다.

"저 환자는 누굽니까?"

"저… 그러니깐……."

허주운도 답변하기가 좀 껄끄러운 모양이었다. 대답을 망설이는 그 모습이 빙검의 호기심을 더욱 부채질했다. 무엇 때문에 그가 대답을 꺼리는 것일까? 그 대답은 곧 들을 수 있었다.

허주운이 꺼리기는 했지만 답변을 회피하지는 않았던 것이다.

"바로 18년 전에 있었던 마지막 환마동 시험에서 사고를 당한 관도입니다. 그때부터 18년이 지난 오늘날까지 저렇게 백치 상태로 살고 있습니다. 자기가 누군지, 어디서 무엇을 했는지 아무것도 기억하지 못합니다. 한때는 잘나가던 화산파 기재였다고 하던데 참으로 안타까운 일이지요."

허주운의 대답은 놀라운 것이었다. 어지간해서는 안색이 바뀌지 않는 냉정함의 대명사인 빙검도 적잖게 놀랐다. 도대체 그 환마동이 무엇이기에 한때 잘나가던 화산파 기재를 저 모양 저 꼴로 만들 수 있다는 말인가? 이런 사실이 밖으로 새나가면 천무학관으로서는 좋을 일이 하나도 없을 것이다. 허주운이 왜 답을 회피하려 했는지 그 심정을 이해할 만도 했다.

그 외에도 중환자실에는 여러 종류의 증상을 지닌 환자들이 즐비했다. 왼팔이 기하학적인 각도로 뒤틀려 있는 사람, 팔의 마디마디가 연쇄골절을 일으킨 사람, 상대가 던진 바늘 크기의 암기가 전신에 빽빽이 박혀 있는 사람도 있었다. 무척이나 참혹한 모습이었다. 담당 의원이 가는 집게로 하나씩 하나씩 암기를 조심스럽게 빼내고 있었다.

"독이 묻어 있지 않아 즉사를 면했죠. 저 몸에 박혀 있는 암기를 모두 뽑으려면 아마 반나절 정도는 족히 걸릴 겁니다. 암기와 같은 위험한 무공 수련은 안전이 제일인데……. 요즘 들어 관도들이 혈기만 믿고 안전에 그다지 신경을 쓰지 않는 경우가 너무 많지요. 애석한 일입니다."

중환자실에 누워 있는 환자들을 한 명 한 명 설명하는 허주운의 말을 들을 때마다 아무리 차가운 성정의 소유자인 빙검이라 할지라도 인상이 찌푸려질 수밖에 없었다.

아직 죽지 않고 살아 있는 게 신기한 환자도 많았다.

비무 때 실수로 상대의 칼이 뱃가죽을 훑고 지나가 그 사이로 내장이 흘러나온 사람들도 있었다. 만일 치료하는 의사가 천수신의 허주운만 아니었다면 그는 이미 이승에 볼일이 없는 사람이 됐을 것이다. 가지각색의 사람들이 알 수 없는 병명이나 기이한 증상, 그리고 치명적인 상처들을 입고 강력한 치료를 집중적으로 받고 있었다.

아직도 죽지 않고 살아 있는 게 신기한 중환자들을 헤치고 더욱 안으로 들어가자 문이 하나 나왔다. 그 문 앞에는 눈높이에 팻말이 하나 걸려 있었는데, 그곳에는 '출입금지! 절대안정!'이라는 여덟 글자가 하얀 바탕 위에 붉은 글씨로 위협적으로 적혀 있었다.

허주운의 발이 멈춘 곳은 바로 여기였다.

"바로 이곳입니다. 부탁대로 독방을 준비해 격리시켜 놓았습니다."

허주운이 빙검을 돌아보며 말했다. 빙검은 고개를 끄덕였다. 허주운의 조치에 아무런 불만이 없다는 뜻이었다.

끼이익!

문을 열고 들어가자 방금 전의 지독한 약향 냄새는 거의 나지 않고 청결한 공기가 폐부에 느껴졌다. 약을 쓰지 않기 때문에 타 병실과는 달리 깨끗한 공기가 방 안 가득하였다. 그 외에도 약향을 중화시키는 특별한 장치가 설치되어 있다는 게 허주운의 부연 설명이었다.

이곳은 의약전에 몇 개 마련되어 있지 않은 귀빈용 독실이었다. 일반 관도라면 여러 사람들과 함께 공동 병실을 써야 하는데 혼자서 병실을 독차지하고 있다니……. 비류연은 꽤나 팔자 좋은 환자라 할 수 있었다.

깔끔한 병실 안에는 커다란 병상 하나가 놓여 있고, 그곳에는 마치 죽은 듯이 눈을 감고 가사 상태에 빠져 있는 환자가 한 명 누워 있었다. 긴 앞 머리카락이 누워 있는데도 불구하고 눈 주위를 가리고 있어 눈을 감았는지 떴는지 눈으로 확인하기는 불가능했지만 꼭 눈으로 보아야만 모든 것을 알 수 있는 것은 아니다. 때로는 안 보고도 기(氣)만으로 모든 것을 알아차릴 수도 있다. 규칙적이지만 가늘고 약한 숨결로 보아 확실히 그는 아직 의식불명 상태에 빠져 있는 모양이었다.

그 환자는 바로 비류연이었다.

"여깁니다, 총노사. 보시는 바와 같이 아직은 의식불명 상태입니다. 벌써 며칠째 계속해서 혼수 상태지요. 무슨 궁금한 점이라도 있으신지요?"

"없습니다. 앞으로도 이 상태를 계속 유지해 주셨으면 합니다."

"잘 알겠습니다."

허주운이 흔쾌히 대답했다.

"잠시 혼자 있고 싶군요."

자리를 비켜달라는 이야기였다. 허주운은 고개를 끄덕였다.

"그럼 전 이만."

허주운이 인사를 하고 물러가려 하자, 빙검은 그의 배려에 감사하며 같이 예의를 갖추었다. 이윽고 문이 닫히고 멀어져 가는 허주운의 발걸음 소리가 들려왔다. 삭막하고 휑한 병실 안에는 빙검과 쥐죽은 듯 누워 있는 비류연만이 남게 되었다. 빙검은 복잡 미묘한 심경이 뒤범벅된 시선으로 한참 동안 물끄러미 비류연을 바라보았다.

 아직 의식이 돌아오지 않았는지 사람이 들어왔음에도 불구하고 비류연은 아무런 움직임이 없었다. 보통 잠자는 사람보다 훨씬 긴 호흡으로 미루어 볼 때 가사 상태임이 분명했다.

"큭!"

 순간 빙검의 가슴에 통증이 밀려왔다.

 와락!

 빙검은 자신의 가슴팍을 오른손으로 쥐어짜듯 힘껏 잡았다. 아직도 지금 자신이 현실 속에 서 있는 것인지 아니면 미몽 속을 헤매고 있는 건지 의심이 들 지경이었다.

 '이것은 현실인가? 아니면 꿈인가? 만일 이것이 꿈이라면 나는 지금 이 세상에서 가장 끔찍한 악몽에 사로잡혀 있는 것이다.'

 그렇지 않고서는 그날의 일을 설명하는 건 도저히 불가능했다. 다시금 그의 침묵이 이어졌고, 그 침묵이 깨지는 데는 한참의 시간이 소요되어야만 했다.

"언제까지 그렇게 누워 있을 건가?"

 마침내 침묵으로 일관하던 빙검이 말문을 열었다.

 그러자 지금껏 의식불명 상태라고 알려져 있던 비류연의 눈이 번쩍 뜨였다. 하지만 아직 그의 눈에 초점은 없었다. 물론 빙검은 긴 앞머리 때문에 그 사실을 알아차리지 못했다. 잠시 뒤 그의 몸이 부들부들 떨리고, 전신의 모공이 일제히 열린 듯 휜 기류를 뿜어냈다.

 고오오오오!

 병실 안의 공기가 그를 중심으로 돌아가기 시작했다.

우득우득! 뚜둑! 파파박!

그러자 목석처럼 뻣뻣하게 굳어 있던 그의 팔과 다리가 꿈틀거렸다. 핏기 하나 없이 창백하던 피부가 발그스름하게 혈색을 되찾기 시작했다. 그의 전신 뼈와 근육이 생기를 되찾고 있었다. 그의 전신에 기가 원활하게 돌기 시작했다는 증거였다. 그것은 마치 무생물이 생명을 가지는 듯한 경이로운 광경이었다. 빙검은 한동안 넋을 놓은 채 이 장관을 바라보았다.

"흐으읍!"

몸 주위를 떠돌고 있던 하얀 기류가 공기의 흐름을 따라 회전하다가 종국에 가서는 비류연의 코로 빨려 들어가기 시작했다. 멍하던 그의 눈동자에 초롱초롱한 빛이 되돌아왔다.

스으윽.

비류연이 천천히 침대에서 몸을 일으켰다. 빙검을 바라보는 그의 입가에는 보일 듯 말 듯한 희미한 미소가 걸려 있었다.

"환자놀이는 재미있나?"

빙검이 물었다.

"그럭저럭, 지루한 것만 빼면 견딜 만하네요."

온몸을 발작적으로 뒤틀며 비류연이 대답했다.

"대단한 꾀병 신공이로군."

솔직한 감탄이었다. 사실 어지간한 대법으로는 아무리 그의 도움이 있다 해도 천수신의의 이목을 속일 수가 없었을 것이다. 천하에서 둘째가라면 서러워할 의술 대가인 신의(神醫) 허주운의 이목을 속일 정도이니 과연 독보적인 천하제일의 꾀병 신공이라 해도 아무런 하자가 없을 것이다. 그리고 그 시전자인 비류연은 당연히 천하제일의 꾀병쟁이라 불릴 만한 자격 요건이 충분했다.

"생존생환대법 중의 심정귀면대법(心停鬼眠大法 : 심장이 정지하고 귀신처럼 잠드는 대법)이라고 불러주세요."

이 신공은 ― 과연 이것이 감히 신공이라고 이름 불릴 자격이 있는지는 의문이지만 ― 효과가 한마디로 끝내주는 무공이었다. 이것을 익히고 이 대법을 운용하면 눈 속에 파묻혀서도 사나흘은 너끈히 버틸 수 있는 효용을 지니고 있었다. 실례로 비류연은 아미산에 있을 때 이 신공을 운용해 눈 속에 파묻혀 몇 날 며칠을 보내고도 멀쩡하게 살아 돌아온 경력이 있었다. 물론 감기 같은 무시무시한 질병도 감히 그의 몸을 범접하지 못했었다.

이 신공을 발휘하면 마치 심장이 정지한 것처럼 맥과 호흡이 느려지고, 전신의 기운이 서서히 몸속 깊은 곳으로 가라앉아 마치 죽은 자처럼 보이는 것이다. 그러나 그것은 몸이 소모하는 기운의 양을 최소한으로 하기 위한 신공의 특성에 기인한 것이었다.

비류연은 이 기공으로 신의라 불리는 허주운의 이목마저 감쪽같이 속여 넘겼던 것이다. 이제는 완전히 정상인으로 되돌아온 비류연이 빙검을 보며 뭔가 꿍꿍이가 담긴 미소를 머금었다. 아주 해맑게 해맑게 웃으며 그는 아무런 망설임 없이 말했다.

"오랜만에 봐서 기쁘긴 한데… 말이 조금 짧네요. 그렇지 않아요?"

그의 안하무인 격인 한마디에 겨울 사내의 얼굴이 대번에 흙빛으로 변했다. 혹시 비류연이 겁이라도 상실했단 말인가? 감히 빙검에게 말이 짧다고 시비를 걸다니……. 비류연의 그 같은 무례에도 빙검은 한참 동안이나 아무런 대꾸도 하지 못했다. 말 그대로 그는 얼어 붙어 있었다.

　차갑고 투명한 얼음 같은 그의 눈은 다시금 얼마 전의 악몽 속을 방황하고 있었다.

비류연 대 빙검(氷劍)
- 뇌전과 얼음

콰콰콰콰쾅!
천지를 진동시키는 폭음과 함께 대지를 가득 뒤덮는 흰빛의 물결!
작열하는 태양의 빛과도 같은 눈부신 백색 섬광 속에서도 비류연은 눈을 감지 않았다.

지금 두 사람의 간격은 이번 격돌로 인해 영(零)이 되어 있었다. 즉 서로가 서로의 간격 안에 포개어져 있다는 것이다.

초고수와의 결전에서 상대와의 간격 안에 있을 때 눈을 깜빡인다는 것은 죽음을 자초하는 일이나 진배없었다. 목숨이 여벌로 마련되어 있지 않는 한 절대 취해서는 안 될 금기 중의 금기였다. 비가 오든 바람이 불든 폭풍이 몰아치든 마찬가지였다.

먼저 감는 쪽이 먼저 죽는 것이다. 단지 그것뿐이었다. 생사는 순간에 결정된다. 때문에 고수들은 어떠한 상황에서도 적의 움직임을 놓치지 않기 위한 안력(眼力) 단련에 상당한 비중을 두고 심혈을 기울인다. 아무리 위력적인 무공의 보유자라 해도 그것을 써보지도 못하고 죽는다면 그 절세위력의 무공이 무슨 소용이겠는가. 문자 그대로 순간의 허점이 자신의 목숨을 앗아가는 것이다. 만일 이 눈부신 백광에 일순간이라도 눈을 깜빡였다면 비류연은 이미 빙검의 칼날 아래 쓰러졌을 것이다.

하지만 비류연은 그 어떤 상황에서도 시야와 시선을 잃지 않는 안법 단련을 어릴 적부터 받아 왔었다. 때문에 그는 이 작열하는 빛무리 속에서도 눈을 감지 않고 일목요연하게 빙검의 일거수일투족을 놓치지 않고 지켜볼 수 있었다. 물론 이러한 안법 수련을 받은 것은 빙검 또한 마찬가지였다. 게다가 자신의 초식을 펼치며 자신이 눈을 감는다는 따위의 행동은 얼치기 바보나 하는 짓인 것이다. 어떠한 경우에도 시야 확보가 최우선이었다. 그것이 바로 무공의 기본이었다.

빙검의 검이 새하얀 빛무리 속을 뚫고 눈부신 속도로 비류연의 얼굴을 찔러 왔다. 그 속도는 너무나 신쾌무비해 가히 쾌검의 정화(精華)라 할 수 있었다. 하지만 비류연도 '한 속도' 하는 인간이었다. 아직까지 그는 빠름에 있어 단 한 사람을 제외하고는 져본 적이 없었다.

패배를 모르는 속도로 그가 잽싸게 몸을 비틀었다. 그는 빙검의 이번 공격이 단 일초 일격으로 끝날 것이라고는 여기지 않았다. 당연히 이초 삼초가 연속해서 그의 몸에 몰아칠 것이라는 것을 그는 누구보다도 잘 알고 있었다.

파밧! 슉! 팟! 슉! 슉! 슉!

예상대로였다. 월광을 얼려 놓은 듯한 차가운 검기가 비류연의 인후와 명치를 노리고 날아들었다. 그뿐만 아니라 나머지 네 군데 대혈로도 극음의 검광이 뻗어 왔다. 어느 곳 하나 감히 소홀할 수 없는 치명적인 급소들이었다.

"야이, 빌어먹을 놈아!"

염도가 터져 나오는 빛 때문에 눈을 가늘게 뜬 채로 욕설을 퍼부었다. 천무학관 총노사 신분인 빙검이 일개 관도에 불과한 비류연에게 이런 치명적인 살초를 전개한다는 것은 여러모로 문제가 많았다. 그의 신분으로는 있어서는 안 될 일이었지만 자꾸만 공격이 실패하자 사정 봐주는 것을 잊고 있는 것이다.

항상 냉정하고 차가워 보이는 그였지만 그도 인간인 이상 화내는 방법은 숙지하고 있었다. 그는 촌스럽고 저급하게 말로 화내지 않고 곧장 행동으로 자신의 의사를 표현했다. 눈부시게 빛나는 순백의 빛무리 속에서 일곱 개의 별이 오롯이 빛났다.

빙령수류검(氷靈水流劍)
검한기(劍寒氣) 오의(奧義)
극광백렬환무(極光白烈幻舞)
북극칠성인(北極七星刃)

북해 하늘에 비단처럼 드리워진 신비스런 극광(極光)의 빛무리 속에서 북두칠성을 닮은 일곱 개의 검기가 뿜어져 나와 적을 유린하는 것 같은 절세의 초식이었다. 일곱 줄기 차가운 검기가 비류연의 전신 사혈을 향해 작열했다. 빙검은 더 이상 공격을 할 필요가 없을 것이라고 확신했다. 이번 초식은 자신이 생각하기에도 지나치게 강한 초식이었다.

비류연은 '이런 제기랄!' 이라고 욕지거리를 뱉을 시간조차 없었다. 화낼 시간조차 아껴 가며 빙검의 가공할 절초를 피하는 데 혼신의 힘을 기울여야 했기 때문이다.

봉황무(鳳凰舞) 오의(奧義)
환절불영(幻絶不影)의 장(章)
월영비익(月影飛翼)
잔무(殘霧)

슈슈슈슈슈슉!
일곱 줄기 빙청색 검기가 비류연의 전신을 뚫고 대지에 북두칠성을 새겨 놓았다. 염도의 눈이 찢어질 듯 부릅떠졌다. 그의 눈에는 분명 비류연이 일곱 개의 창에 전신을 꿰뚫린 꼬치 신세가 된 것처럼 보였던 것이다.
"이런!"
빙검 또한 기겁했다. 이렇게까지 직격으로 당할 줄은 예상치 못했던 것이다. …그러나 피는 튀지 않았다.
새벽의 여명(黎明)에 흩어지는 안개처럼 비류연의 그림자가 빙검의 눈앞에서 사라졌던 것이다.
"아니?"
스르륵.
신기루처럼 사라진 비류연의 몸이 홀연히 나타난 곳은 바로 빙검의 코앞이었다. 얼마나 가까웠는가 하면 빙검이 비류연의 얼굴에 있는 땀구멍까지 셀 수 있을 정도였다. 마치 아지랑이 같은 신기묘묘한 신법이었다.
"이… 이럴 수가!"
빙검은 자신의 눈을 의심했다. 그의 망막에 순간 떠오른 것은 동요(動搖)가 분명했다. 비류연의 오른손은 굳게 말아 쥐어져 있었다. 눈을 부릅뜬 빙검이 그의 공격에서 벗어나기 위해 몸을 급격히 틀었다. 이미 공격 준비가 완료된 상태인 비류연을 상대로 다시 공격을 하기에는 너무나 간격이 짧고 시간도 없었다. 여태껏 보여준 비류연의 속도로 볼 때 자신이 뒤질 수도 있었기 때문이다. 지금 이 순간 비류연은 빙검으로부터 엄청난 고평가를 받은 것이지만 본인은 그것을 전혀 인식하지 못하고 있었다.
스으윽.
바람을 가르며 빛조차 양단할 듯한 가공할 속도로 비류연의 주먹이 뻗어졌다.
빡!
순간 빙검은 가슴으로부터 극렬한 통증이 폭주하는 야생마처럼 질주해 오는 걸 느꼈다. 그는 터져 나오는 비명을 가까스로 되삼켰다. 그래도 체면이 있는 것이다.
"하핫… 괴물은 괴물이로구만, 젠장!"
염도가 씁쓸한 어조로 내뱉었다. 비류연이 설마 저 정도 경지의 경신법(輕身法)까지 구사할 줄은 그도 예상치 못했던 것이다. 솔직히 고백하건대 현재 그의 속도가 빙검에는 미치지 못해 비류연의 속도가 어느 정도 수준인지 경험해 보지 못했던 것이다.

"젠장! 아무래도 오늘밤은 술 없이는 넘기기 힘들겠구만."

있는 대로 인상을 쓰며 염도가 중얼거렸다. 입맛이 썼다. 하나 그의 시선은 여전히 격전장을 향해 고정되어 있었다. 빙검의 얼굴은 창백할 정도로 심하게 굳어 있었다. 믿어지지 않는 현실이 그의 안색을 단번에 어둡게 만들었던 것이다. 염도는 그의 표정을 보면서 마음의 위안을 삼아야 했다.

"헉헉헉!"

어떠한 경우에도 흔들릴 것 같지 않던 부동심의 소유자인 빙검이 숨을 거칠게 몰아쉬었다.

"큭!"

굳게 얼어붙어 있던 그의 입술 사이로 나지막한 신음이 흘러나왔다. 그는 가슴을 와락 움켜쥐었다. 하마터면 무릎을 꿇고 주저앉을 뻔했을 정도로 극심한 통증이었다. 빙검은 싸늘한 안광에 한기를 담아 비류연에게 쏘아 보냈다. 비류연은 얼음장처럼 빛나는 빙검의 안광에 사정없이 꿰뚫리고 있었다. 빙검은 비류연을 옹이 구멍 투성이의 정원수용 고목이나 장식용 분재(盆栽)로 만들고 싶은 모양이었다. 물론 창작의 자유는 보장되어야 하겠지만, 개인의 권리 또한 침해받을 수는 없는 노릇이다. 가만, 이건 좀 별개의 문제인가?

비류연의 순간 도약력과 귀신같은 신법은 도저히 인간의 것이라고는 생각할 수 없을 정도로 비상식적인 것이었다.

'어떻게 이런 자가 겨우 그런 말도 안 되는 소문의 주인공이 될 수 있었지?'

빙검은 이해할 수가 없었다. 이제까지 천무학관 대다수의 사람들이 비류연의 실력을 인정하지 않고 모두 다 하늘의 농간과 천혜의 운 탓으로 원인을 돌렸다는 것이 믿어지지 않았다. 자신이 본 비류연의 실력은 진짜배기였다. 그렇지 않고서야 어떻게 자신의 칼날 아래서 아직도 굴복하지 않고 저 정도로 생생한, 아니 쌩쌩한 움직임을 보여 줄 수 있겠는가. 게다가 이번엔 역습(逆襲)까지…….

비류연의 이번 역공 일초는 빙검의 간담을 서늘하게 만들었다.

'모든 것이 처음부터 잘못 전해졌던 거야. 아니라면 저 녀석이 세상에서 가장 교활한 녀석이든가. 2년이 다 돼 가도록 여태껏 자신의 본 실력을 겨우 그 정도밖에 노출시키지 않았다는 게 놀라울 뿐이로군. 도대체 그럴 만한 이유가 어디에 있단 말인가? 뭔가 감추어야 할 목적이라도 있단 말인가?

비류연 본인은 결코 의도적으로 그런 것은 아니었지만, 빙검의 독단적인 생각은 이미 그렇게 단정 짓고 있었다.

'얼마나 음흉한 속셈을 품고 있기에 자신의 본 모습을 그토록 필사적으로 숨긴 것일까? 흑천맹의 첩자인가? 아니면, 설마! 천접령의 간세란 말인가?

빙검에겐 미안한 말이지만 비류연은 한 번도 필사적으로 자신의 정체를 숨긴 적이 없었다. 그는 그저 평소 좌우명대로 약간 음흉하고 무척 이성적이며 조금 똑똑하게 행동했을 뿐이었다. 단지 그는 나서지 않아야 할 때 일부러 귀찮음을 무릅쓰고 나서지 않았으며, 분노했을 때 별로 참지 않았을 뿐이다. 그저 마음이 가는 대로 당당하게 행동한 것, 단지 그것뿐이었다.

그러나 그런 전말을 알지 못하는 빙검으로서는 오해하는 게 당연했고, 현재 그의 본심을 읽는 재주가 없는 비류연으로서는 그의 오해를 풀어줄 방법이 없었다. 물론 알았다 해도 풀어줬을지는 의문이지만 말이다.

그래서 빙검은 오해와 편견과 자기 직관에 의존한 무모하고도 성급한 일반화의 오류를 범하고 말았다.

'도대체 저놈의 진실한 정체가 뭐지? 도둑, 자객, 인자(認者), 간세, 비영(秘影)?'

오만 가지 의심이 그의 뇌리 속을 미친 듯이 날뛰고 광폭하게 헤집자 아무리 날카로운 이성의 소유자라 자칭하는 그로서도 쉽사리 결론을 내릴 수가 없었다. 생각하면 생각할수록 자꾸만 미궁에 빠져드는 듯했다. 그러나 이제 그것은 별로 중요한 문제가 아니었다. 빙검은 이미 결단을 내렸던 것이다.

'이놈은 필시 천무학관에 해가 될 놈이 분명하다. 그러니 오늘 반드시 내 손으로 처단하고야 말리라.'

빙검의 몸에서 본격적인 처절한 살기가 얼음송곳처럼 뿜어져 나오기 시작했다.

"어어어, 저 망할 녀석이 갑자기 왜 저러지?"

빙검을 지켜보던 염도는 그의 갑작스런 기세 변화에 어이가 없었다. 그는 어리둥절했다. 왜 갑자기 저 자식이 저렇듯 사람 잡아먹을 정도로 처절한 살기를 내뿜는단 말인가?

"오늘 끝장이라도 내보겠다는 거야 뭐야? 야! 이 망할 놈의 빌어먹을 얼음탱이야! 갑자기 그런 지독한 살기를 뿜어내는 이유가 뭐야?

이유가?"

 빙검은 염도의 폭포수처럼 쏟아지는 질문에 대꾸조차 하지 않았다. 그는 그저 상큼하게 씹어줬을 뿐이다.
 "으으으으으, 이 노무 자식이……."
 염도의 얼굴에 열이 뻗쳐오르기 시작했다. 그는 뚜껑이 열리기 일보 직전까지 와 있었다.
 그러나 빙검은 그에게 대답하며 신경을 분산시킬 여유가 없었다. 모든 전력을 다하기로 결심했던 것이다.
 패배를 염두에 두고 있지 않은 빙검이었다.
 시작한 싸움을 멈출 수는 없었다. 둘의 싸움은 점점 격렬함을 더해 가고 있었다. 이제는 싸움의 신이 피를 보기 전에는 그들을 놓아 줄 것 같지 않아 보였다.

 스으윽.
 필살의 의지를 다진 빙검은 고요하게 검을 들어올려 자신의 중심선에 가져다 놓았다. 그러자 빙검의 몸은 사라지고 검만이 홀로 남아 세상에 존재하는 듯했다. 마치 검과 그가 하나가 된 듯한 그런 느낌이었다.
 "신검합일(身劍合一)! 아무나 할 수 있는 재주는 분명 아니지."
 염도가 중얼거렸다.
 신검합일! 검과 몸이 하나가 되어 검을 자신의 수족처럼 마음껏 부릴 수 있는 경지. 검으로부터 자유로워져 가는 상승의 단계 중 하나였다. 누구나 검의 길을 걷는 자라면 어느 정도 단계를 통과하면 도달하는 경지였고, 이곳 천무학관에도 이 경지에 오른 자는 수도 없이 많지만, 이렇게까지 확실하게 신검합일의 모습을 보여줄 수 있는 자는 많지 않았다. 빙검이 지금 보여주는 경지는 신검합일을 넘어서 심검합일(心劍合一)의 경지에까지 이른 것 같았다.

빙검의 검신이 허리 뒤로 돌아갔다. 자세가 컸다. 그것은 곧 강한 초식을 쏜다는 것과 동일한 뜻이었다. 자세를 갖추지 않고는 제대로 이길 수 없다고 판단한 것일까?

'설마, 설마, 설마!!!!'

염도의 입에서 느닷없는 욕지거리가 폭포수처럼 튀어나왔다. 염도는 빙검이 지금 취하는 자세가 뭘 준비하는 자세인지 너무도 명확히 알고 있었다. 때문에 그는 가슴 깊은 곳에서 솟구쳐 나오는 뜨거운 욕지거리를 거부할 수가 없었던 것이다.

"야, 임마! 그건 반칙이라구!"

염도가 화들짝 놀라 그 자리에서 방방 날뛰었다. 염도는 왕년에 저 초식을 받고 학을 뗀 적이 있기 때문에 아직도 치를 떨고 있는 무시무시한 초식이었다. 저것은 제압기가 아닌 살인기였다. 제압만을 목적으로 한 비무에서는 써서는 안 되는 초식이었다.

'저 얼음탱이가 미쳤나?'

감정은 모두 꽁꽁 냉동 포장된 상태라 남아 있는 건 이성뿐이라는 빙검에게 정말 어울리지 않는 행동이었다.

'…아니면 벌써부터 비류연의 본 실력을 눈치 챘단 말인가?'

그것은 최고의 방어 초식인 염화지벽(焰火之壁)을 펼치고서야 빠져나올 수 있었던 무지막지한 살초였다.

"야 이 자식아! 네놈 그걸 쓸 작정이냐?"

염도가 두 눈을 부릅뜬 채 고래고래 소리 질렀다.

염도는 그 치사하고 밉살스런 초식이 뭔지 누구보다도 잘 알고 있었다. 그것은 빙검이 생사대적(生死對敵)을 만났을 때나 쓰는 초식이었다. 근 10년 가까이 펼쳐지지 않은 환상의 초식, 그리고 20년 전 염도에게 치명상을 가해, 그의 패배에 결정적인 역할을 미친 매우 악질적이고, 악연이 깊은 초식이기도 했다. 이렇게 관도와 마주쳐서 쓸 수 있는 초식이 아니었다. 그만큼 그 초식은 은밀하고 무섭고 악랄하고 강했다.

아무리 상대가 관도의 탈을 쓴 괴물이라 해도 어지간한 수를 써서는 죽을 가능성이 보이지 않는 애물단지라 해서 그 일이 용납되는 것은 절대 아니었다.

'그만큼 저 새파랗게 젊은 사부가 그를 궁지에 몰아넣은 것인가? 그가 비기의 봉인을 풀지 않으면 안 될 정도로?'

빙검의 눈이 북풍한설을 담아 놓은 것처럼 차갑게 얼어붙었다.

우우우웅!

빙검의 애검 빙루가 푸른빛의 한기를 띠며 빛나기 시작했다.

"이런 빌어먹을! 망할! 썩을!"

염도가 급격하게 숨을 들이마셨다. 그의 눈이 한없이 부릅떠졌다.

"위험해!"

염도가 소리쳤다. 그러나 비류연은 그 소리를 제대로 들을 수 없었다.

빙령수류검(氷靈水流劍)

극상오의(極上奧義) 비검(秘劍)
무영무흔비월인(無影無痕飛月刃)
쌍월(雙月)

빙검이 검을 바람처럼 휘두르자 두 가닥 푸른 섬광이 그의 몸 앞에서 대기를 갈랐다.

"어라?"
비류연이 고개를 갸우뚱했다.
그 거창했던 한 수의 동작에 비해 주변에 파생된 일은 별것 없었다. 검풍이 대지를 가르지도 않았고, 검기가 하늘을 두 조각 낸 것도 아니었다. 그저 아무런 일도 일어나지 않았다. 단지 푸른 섬광이 순간적으로 번뜩였다가 사라졌을 뿐이었다.
"지금 뭐 하신 거예요?"
"……."
빙검은 아무런 대꾸도 없었다. 그는 여전히 형형한 안광을 내뿜으며 검극으로 비류연을 가리키고 있었다.
"……???"
비류연은 점점 더 알쏭달쏭한 기분을 느껴야 했다.
그때였다. 흠칫 하는 느낌과 함께 비류연이 반보 뒤로 물러났다.
서걱!
차갑고 시리도록 섬뜩한 감각이 그의 팔을 훑고 지나갔다. 옷자락이 베어지고 그 안으로 살이 드러났다. 다행히 상처는 없었다. 종이

한 장 차이였다.

'아무런 소리도 없었는데…….'

부지불식간에 일어난 일이었다.

아무래도 본능은 ─ 특히 비류연의 본능은 ─ 위기의 순간에 빛을 발하는 모양이었다. 생존본능이란 가장 극악한 상황에서 순간의 번뜩이는 휘광(輝光)처럼 나타나는 작용 원리를 가지고 있는 듯했다.

보이지 않는 무형무음(無形無音)의 칼날이 그의 옷자락을 베도록 놔둔 것은 본능과 감각의 무능을 탓할 만한 일이었지만, 그의 목이 달아나지 않도록 보존시켜 주고, 그의 피 흘림을 방지해 준 것은 칭찬받아 마땅한 일이었다.

"이런 일이……. 그걸 피했단 말인가? 믿을 수가 없군!"

빙검의 얼굴에는 도저히 믿을 수 없다는 표정이 어려 있었다. 아직 한 번도 실패한 적이 없는 초식이었다. 비류연 같은 젊은 애송이를 상대로 설마 이 비기가 실패로 돌아갈 줄은 상상도 못했던 것이다.

"어떻게 한 거죠? 무척이나 신기한 수법이군요."

비류연으로서도 처음 경험해 보는 듣도 보도 못한 초식이었다. 당하는 순간을 전혀 포착하지 못했다. 피한 것은 그저 감이었다. 위험에 대한 본능적인 직감, 하마터면 진짜로 베일 뻔했다. 기억하는 것은 옷자락이 베이는 순간의 싸늘하고 차가운 느낌뿐이었다.

"알 필요 없네."

빙검이 차갑게 대꾸했다.

"이 비열한 자식! 그 치사한 수법을 쓰다니! 정말 죽일 셈이냐?"

분노에 얼굴이 벌게진 염도가 고래고래 고함을 질렀다. 그가 분노하는 것도 당연했다. 그는 과거 빈번하게 이 공격에 노출되었던 적이 있었다. 그리고 그것뿐만이 아니라 여러 번 당한 적도 있었다.

염도는 이것이야말로 빙검의 비열하고 저열하며 음흉한 성질을 그대로 드러내는 초식이라고 굳게 확신하고 있었다. 금성철벽보다 더 단단하고 금강석보다 더 굳건하게.

그리고 5년 전에야 저 비열, 비겁, 비도덕적인 삼비무쌍(三卑無雙)한 ― 염도의 표현을 빌리자면 ― 초식을 막아낼 수 있는 초식을 개발할 수 있었다.

알면서도 보이지 않기에 막을 수 없는 무형무흔의 사형집행인.

비류연이 옷자락만을 재물로 내준 것만 해도 기적이었다.

"치사일수(恥事一手)를 펼치다니 무슨 망할 심보냐?"

치사일수란 염도가 이 무영무흔비월인(無影無痕飛月刃)을 부를 때 쓰는 그만의 명칭이었다. 이 세상에서 가장 치사한 초식이라는 의미로 예전에 이 초식에 당했던 자신의 쓰라린 한이 서린 작명이었다.

"치사일수라뇨? 그게 뭐죠?"

전신의 신경을 곤두세워 적의 존재를 감지하면서도 비류연이 물었다. 아직 여유가 있다고 자랑하는 듯한 행동이었다.

여전히 불쾌함을 감추지 않는 얼굴로 염도가 말했다.

"저 녀석의 검, 빙백(氷魄)에는 빙루(氷淚)라 불리는 이슬이 항상 검신에 맺히지. 그게 검의 눈물 같다 해서 빙루라 부르는데 그 빙루를 한곳에 모아 보이지 않는 무형의 칼을 만드는 것이지. 투명한 얼음의 '회선표(回旋鏢)'를!"

빙검의 칼날은 날을 제외하고는 빙루가 편편하게 얼어붙어 만들어진 한 겹의 얇은 얼음으로 감싸져 있었다.

그리고 얼음으로 날을 감싸거나 날을 드러내는 것도 내공에 의해 자유자재로 조절할 수 있었다. 날이 얼음 위로 드러나고 감춰지고에 따라 상대의 상처 깊이도 달라진다. 죽이고 사는 것이 빙검의 손에 달려 있게 되는 것이다.

무형무흔비월인은 이 편형 얼음을 적에게 형체도 소리도 없이 날려 보내는 초식이었다.

염도가 이를 바드득 가는 것도 당연했다. 저것과 얽힌 추억은 잊으려야 잊을 수 없는 추억이기 때문이었다.

"조심해! 저것의 악질적인 면은 한번 지나갔다고 해서 그것이 끝이 아니란 점이야! 상대를 굴복시킬 때까지 계속해서 목표의 주위를 돌며 끊임없이 사람을 괴롭히지. 그야말로 망할 놈의 치사 염병할 초식이야!"

아무래도 원한이 뼈에 '사무칠' 정도로 깊은 모양이었다.

"보이지 않는 무형 무음의 얼음 칼날이라……. 흐흠! 그렇다면 볼 수 있어요."

비류연이 활짝 웃으며 자신 있게 말했다. 그의 대답은 너무나 시원했기 때문에 정말 그렇게 될 것처럼 느껴졌다.

그러나 도대체 어떻게?

염도와 빙검 모두 그 철철 흘러넘치는 자신감에 놀란 모양이었다.

빙검은 그 말이 귀에 거슬려 그냥 흘려들을 수가 없었다. 자신의 초식이 파해된다는 것은 자신의 명예와 관련된 일이기 때문이다.

"그게 가능하다고 보는가? 자신이 할 수 없는 것을 할 수 있다고 말하는 무모함은 배짱이 아니라 허풍에 불과할 뿐이지."
　빙검의 말은 신랄하기 짝이 없었다. 그러나 비류연은 웃음을 거두지 않았다. 그의 고양된 자신감은 여전히 잔존하고 있는 게 분명했다.
"없다면 모르되 그 존재가 확실하다면 오감뿐만 아니라 육감까지 최대한으로 높여 그 존재 자체를 잡아낼 수 있죠."
　그렇게 쉬운 것도 모르냐는 투였다.
　보이지 않는 것을 본다!
　그것이 바로 비뢰문의 가르침이었고, 그것을 가능하게 하는 게 바로 홀황경(惚恍境)의 경지였다.
　싸움에 있어서만큼 비류연은 허언을 한 적이 없었다. 진실을 교묘하게 숨긴 적은 있어도 말이다.
"해볼 테면 해보거라, 말리지는 않으마."
"그러지요."
　비류연이 순순히 대답했다.
　'진짜로 할 작정인 모양이네? 그러나 어떻게?'
　염도는 여전히 의혹 어린 시선으로 비류연을 바라보았다. 역시나 봐도 봐도 정이 안 가는 얼굴이었다. 그러나 지금 그는 비류연의 편에 서 있었다. 빙검을 골탕 먹일 수만 있다면, 그의 자존심에 먹칠을 할 수만 있다면 다른 건 어떻게 되도 상관이 없었다.
"헉!!!"
　비류연이 취한 행동은 두 사람을 경악하게 만들기에 충분했다. 비류연이 과감하게 눈을 감았던 것이다. 두 사람이 보기에 미친 짓거리였지만 비류연은 그렇게 했다. 아무런 망설임도 없이.

'미, 미쳤나?'

염도가 눈을 동그랗게 떴다. 무리도 아니었다. 빙검 역시 어이가 없다는 표정이었다.

"눈을 감는다 해서 소리를 감지할 수는 없을 것이다."

빙검이 싸늘하게 말했다.

여느 사람이 그랬던 것처럼 청각에 의지하려 한다고 생각한 것이다. 그러나 비류연이 지금 하고자 하는 일은 차원을 달리하는 일이었다. 그는 육신의 눈을 감았지만 그의 마음의 눈은 여전히 떠져 있었다.

이윽고… 전신의 감각을 극대화하자 그의 의지에 반응하기라도 하듯 희미하게 투명한 칼날의 궤적이 보이기 시작했다. 그것은 시체 냄새를 맡고 모여든 두 마리의 까마귀처럼 그의 주위를 배회하고 있었다. 투명한 칼날은 죽음을 찾아 나선 까마귀에게 어울리지 않는 우아한 곡선을 그리며 비류연의 주위를 맴돌았다.

비월인은 모두 두 개였다. 하나는 큰 궤적을, 다른 하나는 작고 빠른 궤적을 그리며 시간차 공격이 가능하도록 되어 있었다.

스르륵.

비류연의 말뚝처럼 멈춰져 있던 몸이 살짝 앞으로 움직였다. 그러자 작은 궤적을 그리던 비월인이 그의 등을 살짝 훑고 지나갔다. 그러나 간발의 차로 아무런 성과도 건질 수 없었다. 이미 조금 전 한 발자국 앞으로 나감으로써 비류연은 그 궤적에서 몸을 빼내었던 것이다.

"이럴 수가!"

빙검은 눈을 부릅떴다. 보지 않고는 믿지 못할 일이었다.

눈을 감고 있는데도 불구하고 비류연은 전혀 아무런 불편함도 느낄 수 없었다. 오히려 은빛 선을 그리며 자신의 주위를 맴돌고 있는 두 개의 비월인의 존재를 선명하게 느낄 수 있었다. 그것들은 마치 두 마리 제비처럼 그의 몸 주위를 맴돌고 있었다. 우아한 나선의 궤적을 그리며…….

다시 한 번 얼음의 비월인이 자신을 향해 여느 때와 같은 나선을 그리며 날아오고 있었다.

'그렇다면 직각(直角)으로는 못 움직이겠지!'

비류연은 비월인의 궤도와 직각이 되는 방향으로 몸을 움직였다. 그것이 그가 생각한 가장 안전한 위치였던 것이다.

그런데 그것이 치명적 방심이었던 것이다.

그렇게 단정지어 버린 것은 비류연의 최대 실수였다. 단순하게 한 면만 보고 섣불리 단정하는 것은 강호인으로서 지양해야 할 악덕임에도 불구하고 그는 너무 쉽게 방심해 버렸다. 그 방심은 당장에 그를 위험에 빠뜨렸다.

그 틈을 빙검은 보기 좋게 비집고 들어왔다.

"어림없는 짓!"

팟!

곡선을 그리며 날아오던 비월인이 물 찬 제비처럼 직각으로 방향을 바꾸었다. 속도 또한 눈부시게 증가되어 있었다.

두 개의 얼음 칼날이 비류연이 전혀 예상치 못한 방향으로 순간적으로 각을 꺾으며 그의 정면과 배후면으로 찔러 들어온 것이다.

염도가 이것을 볼 수 있었다면 분명 이렇게 외쳤을 것이다.

'이기어검(以氣御劍)!'

분명 이 한 수는 이기어검의 변형 수법이었다. 그렇지 않고서는 자신의 손을 벗어나 일정한 궤도를 그리며 허공중을 맴도는 비월인을 이토록 급격하게 조정할 방법이 없었다.

"하압!"

비류연은 사람의 몸으로 과연 가능이나 할까 하는 움직임을 아주 적나라하게 보여주었다. 찰나지간에 그가 보여준 모습은 너무나 빨라 육안으로도 거의 파악이 불가능했다.

그의 몸은 위기의 순간에 공중에서 순간적으로 정지한 듯 보였다. 여전히 비류연의 몸에 두 개의 무형무흔비월인은 사신의 손길만큼 무서운 존재였다. 게다가 그 속도 또한 사람의 목숨을 취하기에 충분할 정도로 위협적이었다.

두 개의 보이지 않는 궤적과 한 사람의 몸이 한곳에서 교차했다.

파바바밧!

그의 몸이 허공중에 팽이처럼 맹렬히 회전한 다음 사뿐히 지상에 착지했다. 비류연은 착지한 다음 잠시 동안 미동도 하지 않았다.

피는 떨어지지 않았다. 원래대로라면 피가 대지를 흥건히 적셔야만 하는 상황이었다. 염도마저도 그 사실에는 동의하고 있었다. 그런데 그들의 예상이 깨져 버린 것이다.

비류연은 가슴 앞으로 양손을 교차시킨 채 무릎을 꿇고 앉은 자세를 취하고 있었다. 그의 팔뚝은 기울어진 열십자를 연상시키듯 좌우로 교차해 있고 검지와 중지 두 손가락만이 곧게 뻗어 있었다. 그것은 좌우 양손 모두 마찬가지였다.

그의 양손 검지와 중지를 타고 싸늘한 한기가 흘러들어 왔다.

"이… 이럴 수가! 이건 꿈이야. 이건 악몽이라고!"

빙검은 자신의 생애에 놀람과 경악으로 이 정도로 많은 단어를 쓴 적이 결코 없었다. 명백히 이번이 처음이었다.

"어때요?"

비류연이 득의양양한 미소를 지으며 빙검을 쳐다보았다. 그의 손에 맥없이 잡혀 있는 것은 분명히 자신이 날려 보낸 두 개의 얼음 칼날이었다.

"어, 어떻게……? 무슨 수로?"

의문스럽기는 염도 또한 마찬가지였다. 자신을 그렇게나 애먹인 악몽의 그림자가 비류연의 좌우 손가락에 의해 완전히 짓밟혀 버렸다. 부릅떠진 염도의 눈에서 왕방울만큼 튀어나온 눈이 마치 땅바닥으로 굴러 떨어질 것만 같았다. 그러나 다행히 그런 일은 벌어지지 않았다. 두 눈깔이 없는 무시무시한 얼굴의 염도를 보지 않아도 되는 행운을 누릴 수 있게 된 것에 대해 주작단원들은 신께 감사해야 할 것이다.

파삭!

비류연의 양손에서 얼음 결정이 산산이 부서지며 투명한 결정의 조각들이 햇빛 속에 반사되며 반짝였다.

고수 앞에서는 상대가 그의 간격 안에 자신을 가둬두고 있을 때는 눈조차도 깜빡일 수 없다. 자신의 눈꺼풀이 자신의 눈을 덮는 그 순간이 바로 자신의 목숨이 이 세상에서 그 명을 다하는 날이기 때문이다. 그 점에서 빙검은 그답지 않은 방심을 했다고 할 수 있었다. 자신의 비기가 깨지는 것을 본 그는 순간적인 공황(恐慌) 상태에 빠졌던 것이다.

빙검의 순간적 공황 상태는 그의 몸에 작은 허점을 만들어냈다. 비류연은 그 찰나를 놓칠 만큼 어리석지 않았다. 비류연의 손에서 무수한 하얀 섬광의 궤적이 그려졌다. 비류연은 무척이나 공평한 사람이었다. 그 증거로 그는 지금 염도를 쓰러뜨렸을 때와 같은 초식을 전개하고 있었다. 여름날의 악몽을 부른다는 환상의 초식!

삼복구타권법(三伏毆打拳法)
중복(中伏)
무한연환구타(無限連環毆打)

파바바박!
빙검의 눈앞에서 은모래가 찬연하게 빤짝이며 그의 정신을 농락했다. 그의 방어 본능은 이 악몽 같은 초식에 마비되고 말았다. 그걸로 끝이었다. 그것은 완벽한 패배였다.

"…아프군! 내가… 졌다."
이 말 한마디가 빙검이 짜낼 수 있는 마지막 힘이었다.
"크윽!"
그리고는 털썩 제자리에서 쓰러져 정신을 잃었다. 정신적으로 너무나 엄청난 충격을 받았기 때문이다.

이때 그는 자신이 한 약속, 즉 세 가지 부탁을 들어주겠다는 약조를 잊고 있었음이 틀림없었다. 그렇지 않았다면 그렇게 쉽게 패배를 인정하지 않았을 것이다. 그가 다시 이 사실을 머릿속에 떠올렸을 때는 이미 배가 나루터를 떠난 이후였다.

이대로 두 번 다시 눈뜨지 않았으면 좋았을 것을…, 이라고 그는 진심으로 생각했다.

빙검이 다시 눈을 뜬 것은 시간이 한참 지나고 난 뒤였다. 그 기다림의 시간은 염도에게는 마치 천 년처럼 긴 시간이었다. 그리고 염도의 바람대로 마침내 빙검의 눈이 미세한 꿈틀거림과 함께 떠졌다. 그는 자신의 현재 상태가 잘 이해가 되질 않는지 여러 번 눈을 깜빡이며 주위를 둘러보았다.

"깨어났어요?"

재수 지지리도 없게 빙검이 깨어나서 처음 본 것은 바로 비류연의 얼굴이었다. 그리고 그 옆에는 더욱더 재수 없는 얼굴인 염도의 낯짝도 함께 있어 그의 기분을 더욱더 찝찝하게 만들었다.

빙검이 자리에서 벌떡 일어났다. 그제야 자신이 어떤 상황에 처했는지를 이해한 것이다.

"확실히 정신이 든 것 같군요. 이제 본론에 들어가 볼까요?"

비류연이 씨익 웃으며 말했다. 맹세컨대 빙검은 여태껏 살아오면서 그만큼 불길한 미소는 처음 보았다.

"자, 그럼 이제 약속을 이행해야죠. 설마 무림의 명망 높으신 빙검 노사께서 어린 저에게 말을 번복하시는 추태를 보이시지는 않겠죠?"

비류연이 생글거리며 말했다.
"물론이다."
여태껏 신의를 목숨처럼 지켜온 빙검이었다.
남아일언(男兒一言) 중천금(重千金)! 일구이언(一口二言) 이부지자(二父之子)! 사내가 한 입으로 두말 한다는 것은 있을 수 없는 일이라는 게 그의 평소 지론이었다. 그러나…….
비류연이 손가락 하나를 쭉 앞으로 내밀어 빙검의 눈앞에 갖다 댔다. 그는 엄청난 의미를 내포하고 있는 말을 빙그레 웃는 얼굴로 안색 하나 변하지 않은 채 어떤 망설임도 없이 뱉어냈다.
"그럼 첫 번째 조건을 말하겠어요. 첫 번째 조건은 바로 빙검 노사께서 저의 제자가 되는 것이죠. 쉽죠?"
비류연이 첫 번째로 내건 조건을 들은 빙검은 태어나서 처음으로 자신의 신념을 박살내 버리고 싶은 격심한 충동과 격렬한 갈등을 겪어야만 했다.
"터무니없는 소리! 말도 안 된다!"
그가 소리쳤다. 당연한 반응이었다. 물론 염도도 이런 똑같은 과정을 겪었기에 비류연은 당황하지 않았다. 비류연은 태연하게 반문했다. 진짜로 이유를 모른다는 듯.
"왜죠?"
"당연히 그건 불가능하다. 그건 있을 수 없는 일이기 때문이다."
"누가 그걸 있을 수 없는 일이라고 법으로 규정하기라도 했나요?"
"그… 그건…….
물론 그런 법 조문이 있을 리 없었다. 빙검은 대꾸할 말이 없었다.

"이 세상에는 의외로 많은 사람들이 자신보다 나이가 적은 이를 사숙이나 사백으로 모시고 있습니다. 항렬이 존재하는 이 강호에선 너무나 비일비재한 일이라 이제는 놀라울 것도 없는 일이죠. 그것은 일상 그 자체니까요."

맞는 말이었다. 문파에서 항렬이 자기보다 높은 사람이 있다면 설혹 나이가 어릴지라도 사숙이라 부르며 깍듯이 모셔야 했다. 즉 한 문파에 열 살 먹은 제자 갑(甲)과 서른 살 먹은 제자 을(乙)이 있다고 하자. 두 사람은 같은 시기에 입문했지만 안타깝게도 그들의 사부는 각기 달랐다.

나이가 열 살인 갑은 비록 나이는 어리지만 그 출중한 재능과 잠재력을 인정받아 장문인(掌門人)의 제자로 들어갔고, 서른 살의 제자 을은 재능이 부족하여 장문인의 제자인 병(丙)의 제자로 들어가게 되었다. 그렇게 되면 아무리 나이가 많고 입문 시기가 같다 해도 을은 갑을 사숙이라 불러야 했다. 예외란 있을 수 없고 거부도 있을 수 없다. 그것이 바로 강호의 법규였다. 이것은 그리 특별한 일도 아니었다.

"나이 적은 이를 사숙이라 부를 수는 있어도 사부라고 부를 수는 없다니, 세상에 그런 억지가 어디 있나요? 생각을 해보세요. 나이 적은 이가 사부가 될 수 없다는 것은 그저 강호에 만연한 잘못된 인식과 강호에 팽배한 편견일 뿐이에요. 사례가 드물기 때문에 우리들은 그 사실을 가끔 잊고 살죠. 지긋지긋하고 고지식한 유교의 장유유서의 가르침이 그 사실에 안개를 더한 것은 부인할 수 없는 일이죠. 그런데도 나이 적은 이가 나이 많은 이의 사부가 될 수 없을까요?"

비류연의 청산유수 같은 언변에 빙검은 말문이 꽉 막혀 감히 반박할 엄두를 내지 못했다. 비류연은 속으로 쾌재를 불렀다.

"물론 생각하고 자시고 할 문제도 아니죠. 당연히 그런 일은 가능하니까요. 이제 우리는 이 사회에 팽배한 편견과 악습을 타파하고 좀 더 자유롭고 유연하며 합리적으로 사고하는 법을 터득해야 합니다.

옛말에 이르기를 공자 왈(孔子曰) 삼인행(三人行)이면 필유아사(必有我師)라! 위대하시고 현명하시고 유명하신 공자님께서 말씀하시기를 사람 셋이 걸어가면 그 중에 반드시 자신의 스승이 있다고 했지요. 또한 이건 그분만큼은 유명하지 않지만 다른 분이 말씀하신 건데 배움의 길은 끝이 없다고 하셨답니다. 그리고 육십이 넘어서도 열 살배기 소년에게도 반드시 배울 점이 있다고 하셨지요. 그런데도 제가 노사의 스승이 되는 것이 불가능한 일인가요?"

이제 비류연의 어조는 추궁조로 바뀌어 있었다. 여전히 빙검은 대답할 말이 없었다.

"그것은 궤변이오. 여태껏 그런 선례가 없지 않았소?"

궤변이라고 외치고 있지만 자신도 모르게 말이 높아진 것을 빙검 자신도 눈치 채지 못하고 있었다. 그는 점점 더 자신도 모르는 사이에 비류연의 기세에 휘말려 들어가고 있었다.

"선례가 없다고요? 누가 빙검 노사에게 그런 거짓을 고했죠? 그런 간악무도한 인간이 다 있다니… 강호의 앞날이 걱정스럽군요."

그 정도로 호들갑 떨 일은 아니었다. 비류연이 빙검을 똑바로 쳐다보며 또박또박 말했다.

"선례는 있죠. 원하신다면 지금 당장 보여드릴 수도 있습니다. 한 호흡이 지나기 전에 당장 눈앞에 증거를 들이밀 수도 있어요. 만일 못 보여드린다면 저의 이 조건은 없던 일로 하셔도 좋습니다. 어떻습니까?"

자신만만한 태도였다.

"정말인가?"

놀란 얼굴로 빙검이 되물었다.

"물론이죠."

망설이지 않고 비류연이 시원스럽게 대답했다.

빙검에게는 가뭄에 단비 같은 대답이었다. 그는 조심스럽게 주위를 둘러보았다. 그러나 둘만의 대결을 위해 인적 없는 곳으로 끌고 왔기에 당연히 다른 사람은 한 명도 없었다. 있다면 20년 전부터 알고 온 재수 없는 염도의 낯짝만 보일 뿐이었다. 빙검의 시선이 잠시 염도의 얼굴 위에 머물렀지만 곧 흔들리는 고개와 함께 다른 곳으로 움직였다.

'설마 그럴 리는 없겠지. 염도 저 자가 어떤 작자인데 그런 말도 안 되는 조건을 순순히 수락했겠는가. 차라리 자결을 택하면 택했지 그런 비굴하고 수치스러운 삶을 수락할 만큼 배알이 없는 놈은 아니지. 아무리 놈이 마음에 안 든다 해도 인정할 것은 인정해야 하지 않겠는가.'

염도에 대한 선입관에 대해 빙검은 너무 확신하고 있었다. 그것이 패착이었다. 그것은 비류연이 교묘하게 파 놓은 마지막 함정이었던 것이다.

"좋네! 내 수락하지. 자네가 당장에 이 자리에서 움직이지 않고 증거를 보여준다면 내 자네를 앞으로 영원토록 사부로 모시겠네."

빙검이 마침내 승낙의 뜻을 표했다.

비류연은 회심의 미소를 지었다. 물론 밀어붙이면 처음의 조건만으로도 충분히 빙검을 제자로 확보할 수 있었다. 그러나 비류연은 사냥감을 좀더 완벽한 올가미로 포획한 다음 헤어 나올 수 없는 수렁으로 빠뜨리는 게 취미였다. 이 일에 그는 완전한 쐐기를 박고 싶었던 것이다.

"남아일언(男兒一言)!"

비류연이 선창했다.

"중천금(重千金)!"

빙검이 답했다.

"일구이언(一口二言)!"

"이부지자(二父之子)!"

비류연은 호쾌한 웃음을 터뜨렸다. 그것은 승자의 웃음소리였다. 패배자는 결코 그런 웃음을 흉내 낼 수 없을 것이다.

"하하하하하! 좋습니다. 그럼 약조대로 이 자리에서 그 증거를 보여 드리지요. 돌이킬 수도 없고 조작할 수도 없는 살아 있는 생생한 증거를요. 염도!"

비류연이 큰 소리로 염도를 불렀다. 그러나 염도의 위치는 바로 그의 등 뒤에 있었기에 그렇게까지 큰 소리로 부를 필요는 없었다. 이 것은 일종의 연출이라 할 수 있었다.

"부르셨습니까, 사부님!"

염도가 살짝 포권을 취하며 대답했다. 빙검을 약 올릴 수 있는 절호의 기회였기에 그의 태도에는 상당한 공경심이 묻어 있었다. 빙검도 감히 반론을 제기하지 못할 정도로.

"헉!"

 차가운 냉기를 담고 있던 그의 눈동자가 경악과 불신으로 휘둥그레졌다. 얼음 조각 같던 녀석이 하늘이 무너진 듯 당황하자 염도는 매우 고소했다. 비류연은 즐겁게 웃었다.

"하하하하! 좋겠네요, 염도. 이제 사제가 들어왔으니 더욱더 노력해 주길 바래요."

"물론입니다, 사부님! 아주 확실히 교육시켜 놓겠습니다."

 염도가 힘차게 대답했다. 그는 지금 터져 나오는 웃음을 가까스로 삼키고 있었다. 내심 환희에 전율하며 쾌재를 부르고 있는 게 분명했다.

 빙검은 이 순간, 기절하고 싶은 생각이 굴뚝같았지만 그것조차 마음대로 할 수 없었다.

"어때요?"

 비류연이 다시 빙검을 돌아보며 말했다. 그에게 할 말이 있을 리가 없었다. 그가 할 수 있는 가장 최선의 일은 꿀 먹은 벙어리가 되는 것뿐이었다.

"어… 어떻게 이런 일이……."

 빙검은 믿을 수가 없었다. 그의 얼굴은 여전히 불신에 가득 차 있었다. 그가 강렬한 시선으로 염도의 전신을 아래위로 훑었다.

"내 얼굴에 뭐라도 묻었나?"

 빙검은 고개를 가로저었다.

"그럼 왜 그래? 기분 나쁘게!"

 염도가 퉁명스럽게 말했다. 빙검이 물었다.

"자네 진짜로 염도 맞나?"

"뭬이야?"

 염도가 발끈했다. 그러나 빙검은 태연했다.

"혹시 그 얼굴 피부 붙인 거 아닌가?"

"뭐라고? 말이면 단 줄 아나?"

"어떻게 자네가 그런 모습으로 전락했는지 믿기지 않아서 말일세. 혹시라도 인피면구를 뒤집어쓴 가짜인가 했지?"

 캬오오오!

"이런 싸가지가! 그 잘난 대갈통, 이 몸이 부숴 줄까?"

 염도가 길길이 날뛰며 막말을 퍼부었다. 그 과격한 모습을 보고서야 빙검은 확신할 수 있었다.

'저 개차반 같은 화급한 성격, 분명 염도가 틀림없군.'

 갑자기 눈앞이 암담해지는 듯한 느낌이었다. 전신에서 맥이 빠지는 듯했다.

"…내가 졌네. 자네의 조건을 수락하지."

 그러자 비류연은 인상을 살짝 찌푸리며 그의 눈앞에서 왼손은 허리를 짚은 채, 오른손 검지를 좌우로 흔들며 혀를 찼다.

"쯧쯧쯧, 그게 아니죠."

 그러자 빙검이 다시 포권지례를 취하며 자신의 말을 정정했다.

"제가 졌습니… 다. …사부님."

"앞으로 잘 부탁해요, 제자."

 비류연은 다시 한 번 그 특유의 만족스러움을 표하는 미소를 지었다. 여전히 존대와 사부란 말에 적응이 되지 않았다. 비류연은 염도 때도 그랬다면서 지금은 적응 기간이니 곧 익숙해질 거라고 웃으며 말했다. 그러나 빙검은 그의 말에 전혀 기뻐할 수가 없었다.
"아! 그리고 남은 두 가지 조건 말인데요."
 순간 빙검의 얼굴에 공포가 드리워졌다.
'아직도 남은 게 있단 말인가? 그것도 하나도 아니고 두 개씩이나?'
 그는 지금 첫 번째 조건을 감수하는 것만으로도 벅찼다.
"아직도 남은 게 있습니까?"
 여기서 이보다 더한 충격을 받으면 그는 자살하는 게 낫다고 느낄지도 몰랐다. 비류연은 잠시 빙검을 물끄러미 바라보기만 했다.
 비류연이 살짝 웃었다.
"남은 두 개는 나중에 청산하도록 하죠. 지금 한꺼번에 다 말하면 재미없지 않겠어요?"
 빙검은 잔뜩 긴장했던 어깨에 힘이 빠지는 듯한 느낌이었다.
"감사합니다. 사부… 님."
"뭘요! 당연한 일이죠. 전 제자를 무척이나 아끼는 훌륭한 사부거든요."
 역시 이건 지독한 악몽임이 틀림없다고 빙검은 다시 한 번 생각했다.

 그 다음날 자리에서 일어났을 때도 빙검은 이 끔찍한 악몽에서 깨어날 수 없었다. 그제야 그는 이 악몽이 현실이라는 것을 깨달았다. 그때의 막막함은 살아생전 처음 느끼는 아득함이었다. 여전히 이 상황에서 현실감을 느낄 수 없는 것은 지금도 마찬가지였다.
 그렇다면 분명 당한 것은 빙검인데 입원한 이는 왜 비류연인가? 그것도 보통 위중한 상태가 아니면 들어올 수도 없는 중환자실에……?
 이것은 비류연의 제안이었다. 빙검을 제자로 만들고 난 후 비류연이 말했다.

"으음……. 일단 어디 의원에라도 입원하는 게 좋겠군요."

"아니, 누가 말입니까? 다 멀쩡해 보이는데?"

염도가 물었다. 빙검이 좀 두들겨 맞기는 했어도 입원할 정도는 아니었다.

"물론 나죠!"

당연한 걸 왜 묻느냐는 어투였다.

"아니 왜요? 어디 보이지 않는 내상이라도 크게 입었나요?"

그렇다면 염도에게 있어 그것은 금상첨화였다.

"왜요? 혼자서 자축이라도 하시게요? 미안하지만 아쉽게도 멀쩡하고 쌩쌩해요. 한 5백 년 걱정 없이 살 정도로 팔팔하죠."

같은 말이라도 얄밉게 해서 듣는 사람을 약 올리는 방법을 비류연은 매우 잘 숙지하고 있었다.

"그런데 왜?"

궁금한 건 질문한 염도뿐만 아니라 빙검 또한 마찬가지였다.

"내가 빙검 노사랑 같이 비무하러 가는 모습을 여러 사람이 목격했으니까요. 이제부터 남들 앞에서 해줄 변명거리를 찾아야죠. 내가 멀쩡하게 돌아다니면 아무도 안 믿을 거 아니에요? 그러니깐 사람들이 원하는 결과를 보여줄 필요가 있죠. 다들 납득할 수 있는 그런 결과를!"

역시 머리 하나는 약삭빠르게 잘 돌아가는 비류연이었다.

"그거 정말 저 얼음탱이를 위한 건가요?"

염도는 의심의 눈초리를 쏘아 보냈다. 함께 지내 온 시간 동안 생성된 감이란 게 작용했던 것이다.

"물론이죠. 절대 수업이 하기 싫어서 이러는 게 아녜요. 호위를 등한시하기 위한 것도 절대 아니구요. 물론 내가 없으면 모용휘가 고생 좀 하겠지만 좋은 일도 있겠죠. 미녀를 호위하는데……. 젊었을 때 고생해야지 언제 하겠어요?"

망설임 없는 대답이었지만, 내용이 좀 마음에 걸리는 것들 투성이였다. 솔직하게 '나 공부하기 엄청 싫으니 며칠 땡땡이치겠소' 라고 말하면 될 것을……. 여전히 솔직하지 못한 비류연이었다.

그러나 더 이상 꼬투리 잡기는 무의미하다는 것을 염도는 잘 알고 있었다.

"맘대로 하시죠!"

두 사람이 비류연의 의견에 동의하자 비류연이 세부 사항을 지시했다. 일단 이 비무의 승자는 빙검으로 설정하기로 했다. 그래야지 입원할 명분이 서기 때문이다. 그것이 사람들을 쉽게 납득시키는 데다가 제자의 체면 또한 지켜주는 일석이조의 효과를 볼 수 있다는 것이 비류연의 깊은 뜻이었다. 그리고 그렇게 체면을 차려 주는 편이 좀더 쉽게 빙검을 승복하게 만드는 효과도 누릴 수 있다는 계산도 있었다. 비록 이 부분은 두 사람에게 설명을 해주지 않고 뺐지만, 사실은 일석이조가 아니라 일석삼조, 아니 사실은 일석사조의 효과를 거둘 수 있는 방책이었던 것이다. 나머지 하나는 바로 남들이 지옥 훈련이다 뭐다 땀범벅이 되어 뼈 빠지게 수련할 때 푹신푹신한 침대에 누워 편안하게 지낼 수 있다는 사실이었다.

천수신의 허주운이 비류연의 꾀병을 눈치 챌 가능성이 있으므로 빙검의 독문신공에 의해 상처를 입어 빙검 독문의 수법으로 치료해야 된다는 설정도 부가해서 넣었다. 그리고 특별히 빙검이 힘을 써서 독실을 얻을 수 있게 해달라고 지시했다.

빙검은 좋든 싫든 비류연의 말을 따를 수밖에 없었다. 어찌되었건 그는 이제 비류연을 사부로 모시기로 맹세한 몸이었기 때문이다. 게다가 자신의 대외적인 체면까지 지켜주겠다는데 아쉬울 게 없었다. 그렇게 해서 비류연은 이렇게 말짱한 몸으로 편안한 병상에 팔자 좋게 누워 있을 수 있었던 것이다.

이런 이유로 해서 비류연은 요 며칠 동안 계속해서 입원해 있었던 것이다. 그리고 현재 상태로 보건대 아직 수십 일은 더 퇴원할 마음이 없는 것 같았다.

아주 지능적인 수법으로 수업을 빼먹는 비류연이었다. 또한 비록 수업은 빼먹지만 보충 수업으로 이미 그의 밤나들이 계획은 쉴 틈 없이 빽빽하게 짜여져 있음이 분명했다.

푸드득!

빙검을 무한한 악몽 속에서 현실의 바닥으로 끌어내준 것은 푸드득 하는 힘찬 날갯짓 소리였다. 병상에 부상도 없이 누워 있던 비류연이 왼손을 옆으로 힘차게 뻗자 소리 소문 없이 창문이 활짝 열리며 그곳을 통해 푸른 깃털을 가진 창공의 제왕 우뢰매가 날아 들어와 그의 어깨 위에 우아하게 날개를 접으며 내려앉았다. 그리고는 그의 머리에 얼굴을 비비며 재롱을 떨었다. 비류연은 웃으며 그 재롱을 받아주었다.

"아하하하! 그만, 그만! 간지러워! 간지럽다니깐……."

시간이 없다는 핑계로 요즘 제대로 안 놀아 줬더니 어리광만 늘어난 것 같았다.

삐익! 삐익!

잘못하면 부리로 눈알을 쪼을 만큼 과격한 우뢰매의 애정 공세가 비류연에게 가해졌다. 마치 맹금에게 습격당하는 사람처럼 보일 가능성마저 있었지만, 비류연은 크게 신경 쓰지 않는 듯했다.

"환자에게 찬 바람은 나쁜 것 아니었나요?"

싸늘한 어조로 빙검이 말했다. 그의 말은 혀가 꼬인 것처럼 퉁명스러웠다.

'아아! 저의 제자들에게 어찌 이토록 사부에 대한 애정과 존경심이 부족한지……. 오호! 통재라' 하며 잠시 속으로 현 세태의 문제점에 대해 한탄한 비류연은 활짝 웃는 얼굴로 그의 질문에 대답해 주었다. 제자가 모르는 게 있으면 가르쳐 주는 것 또한 사부의 도리가 아니겠는가.

"보통은 그렇죠. 하지만 가끔 예외도 있는 법 아니겠어요?"

물론 꾀병 환자는 확실히 예외에 속하지만 빙검은 분별력 있게도 그 말을 입 밖에 내지는 않았다.

"그런데 무슨 일이죠? 이런 약 냄새 풀풀 나서, 가끔 코를 틀어막고 싶은 곳을 방문하다니?"

"그냥 걱정이 되었을 뿐……."

그것은 물론 진심이 아니었다. 그러나 현실을 똑바로 바라보기 위한 각오를 하는 데 그는 많은 용기와 인내가 필요했다. 오늘이 있기까지 그는 수백 번에 걸친 맹렬한 살인 충동과 수십 번에 걸친 강렬한 자살 충동으로부터 자신을 다스려야 했던 것이다. 그것은 결코 쉬운 일이 아니었다.

"훌륭한 제자로군요."

웃는 낯으로 말한 비류연이 구사한 언어에 빙검은 순간 가슴이 저며 왔다.

제자(弟子)!

"크으으으윽!"

마치 마음을 쥐어짜내는 듯한 신음소리였다. 아직도 들을 때마다, 아니 떠올릴 때마다 그의 폐부를 아프게 하는 소리였다. 언제나 위화감이 들었다. 지금도 그를 급습한 이 위화감은 영원히 없어질 것 같지 않았다. 그 언어가 주는 싸늘한 느낌과 어쩔 수 없는 위화감을 그는 아직 극복하지 못했다. 그것은 그의 인생에 다시없는 굴욕이었다. 그리고 그는 그 굴욕에 그 누군가처럼 익숙해지지 않았다. 아직은!

이런 일에 있어서 비류연은 그다지 성급하지 않았다. 그는 완벽을 좋아했다. 특히 염도의 표현대로라면 이렇게 남을 등쳐먹는 일에는 특히나 더 집요했다.

"너무 그렇게 쳐다보지 마세요. 부끄러우니깐!"

한참 동안 침묵을 유지하며 자신을 쳐다보던 빙검에게 비류연이 한마디 했다. 그는 아직 철저한 이성주의자였다. 작금에 와서 그 신념을 바꿀 생각은 없었다.

"이제 몸은 괜찮나… 요?"

아무리 서로를 '지지리' 싫어해도 동문은 동문인 모양이었다. 어쩜 그렇게 염도가 초반에 했던 행동들을 똑같이 답습하고 있는지…….

"괜찮냐고요? 물론 괜찮죠. 왜냐하면 애당초 다친 데 없이 멀쩡한데 어떻게 안 괜찮을 수 있겠어요?"

만물이 생동하는 봄같이 생기가 가득 차 있는 말이었다. 그의 병실 앞에 위협적으로 걸려 있는 '출입금지! 절대안정!'이란 경고가 무색해지고 부끄러워지는 순간이었다.

"혈색이 너무 좋은 것 아닌가… 요?"

"쿡쿡쿡, 좀 더 피폐해져야 하는 건가요? 그래도 명색이 중환자인데……. 쿡쿡."

비류연은 이 상황이 무척이나 재미있는 모양이었다.

"어떻게 용케도 허 전주의 눈을 속일 수 있었군요. 그 어떤 꾀병도 그의 눈과 그의 손을 피해간 적이 없었거늘……."

신의라 불리는 허 전주(殿主)의 이목을 이토록 감쪽같이 속일 수 있으리라고는 빙검 자신조차도 자신하지 못했던 일이었다. 그러나 비류연은 보란 듯이 해냈다.

"자신의 육체에 대한 완벽한 제어력만 지니고 있다면 그리 어려운 일도 아니죠."

별로 대수롭지 않다는 듯한 특유의 말투로 비류연이 말했다.

"저번에도 말하지 않았나요? 한번 한 대답을 다시 반복하는 비효율적인 일은 사양하고 싶군요."

"그것이 진짜 당신이 이곳에 있는 이유입니까? 진실로?"

그는 지금 비류연이 이렇게 하고 있는 진짜 이유를 알고 싶었다. 자신의 패배를 자랑스럽게 떠벌이지 않은 이유, 그러기 위해 중환자로 위장한 이유. 그는 그 내면에 깔린 진정한 이유와 진실한 목적을 알기 위해 껄끄러움을 무릅쓰고 이곳을 찾아온 것이다. 비류연이 하는 말을 곧이곧대로 믿기에는 그는 세상을 너무 오래 살았다. 그러나 비류연에게 좀더 수준 높은 이유를 요구한다는 자체가 웃기는 일이었다.

"글쎄요, 그 이상의 이유가 꼭 필요한가요? 난 제자가 필요했지 제자를 쓰러뜨린 명성이 필요했던 건 아니니까요. 그리고 가장 힘들 때 수련도 피할 수 있고 열두 시진 편히 쉴 수 있고……. 생각해 보니 이유가 너무 많군요. 역시 탁월한 선택이었던 것 같아요!"

비류연은 그렇게 대답하며 싱긋 웃었다. 비아냥거림은 분명 아니었다. 그러나 빙검의 눈에는 결코 믿음이 가는 웃음이 아니었다.

"꼭 알고 싶네. 그것을 납득하지 않고서는 이 현실을 받아들이기가 힘들어! 제발 가르쳐주게!"

빙검이 그답지 않게 감정적으로 외쳤다.

"이런, 이런! 사부에게 너무 말을 낮추는군요. 잊지 마세요, 이제부터 당신은 나를 사부라고 불러야 한다는 사실을. 그것이 바로 그 비무의 결과물이자 노사와 나의 약조라는 것을!"

여전히 웃고 있었지만 그의 말은 칼날처럼 단호했다.

"잊지 않지요."

"좋아요!"

비류연이 고개를 끄덕였다.

이제 남은 용건은 없었다. 돌아가는 게 나을 듯했다.
"그럼 돌아가겠습니다. 편히 쉬십시오."
"잘 가요. 그리고 다음에 올 때는 꼭 병문안 선물을 잊지 마세요. 사람 사이란 사소한 일에도 원한이 쌓일 수 있는 법, 항상 조심조심 또 조심해야 하죠."
비류연은 손을 흔들며 빙검을 배웅했다. 아무래도 빙검이 병문안 선물을 들고 오지 않은 게 줄곧 마음에 걸렸던 모양이었다.

나예린의 병문안

흠칫!
의약전을 나서던 빙검의 얼굴이 자연스럽게 찌푸려졌다.
염도와의 예기치 않은 마주침을 그는 결코 기뻐할 수 없었던 것이다.

염도도 흠칫하기는 마찬가지였지만 이내 원상태로 복귀했다. 빙검이 염도의 얼굴을 꼴 보기 싫다는 듯 외면했다.
"어쭈!"
염도가 눈을 가늘게 뜨며 빙검을 쏘아보았다. 그러나 빙검은 그런 염도를 무시했다. 아무래도 그는 염도를 이 세상에 없는 존재로 여기기로 작정한 모양이었다.
"흥!"
염도도 그런 빙검을 같이 무시했다. 자신도 질 수 없다는 강박관념이 그를 사로잡았던 것이다. 둘은 서로를 외면한 채 우뚝 멈춰 섰다. 염도와 빙검이 정면으로 마주친 곳은 한 사람이 겨우 드나들 수 있는 문턱 부근이었다. 두 사람이 외면한 채 동시에 스쳐 지나갈 수 있는 곳이 아니었다. 누군가 한 사람은 물러나야 했다. 그러나 둘 중 누구도 먼저 물러설 생각을 하지 않고 있었다. 나예린은 그런 두 사람 사이에 흐르는 복잡 미묘한 감정에 의아해할 수밖에 없었다.

여전히 딴청을 부리며 염도가 말했다.

"여긴 웬일이신가? 혹시 사부님 병문안이라도 오셨는가?"

'사부님?'

신기하게도 빙검 노사의 사부는 강호에 알려져 있지 않았다. 그것은 염도 노사도 마찬가지였다. 그런데 염도 노사가 어떻게 그 사실을 안단 말인가?

염도의 염장에 빙검이 차가운 시선으로 그를 노려보았다. 염도의 입가에 걸린 비웃음이 자꾸 눈에 거슬렸다.

"사돈 남 말 하고 있는 거 아닌가? 똥 묻은 개가 겨 묻은 개를 나무란다는 말도 자넨 모르나?"

피차일반인 주제에 거들먹거리지 말라는 이야기였다.

"흥! 자신이 부족했던 것을 남에게 화풀이하다니 어른답지 못하군."

염도가 빈정거렸다. 그리고는 느닷없이 나예린을 보며 말했다.

"예린아! 요즘은 사제가 사형에게 대드는 일이 아주 빈번하게 일어나고 있어 강호의 문제가 되고 있다는 이야기를 들은 적이 있느냐?"

"없습니다."

그런 이야기는 풍문으로도 들은 적이 없었다. 그러나 빙검의 얼굴은 확연하게 굳어져 있었다. 무엇인가가 그를 동요시킨 게 분명했다.

"무슨 얘기를 하는지 알 수가 없군. 오래 바라보고 싶은 면상이 아니니 빨리 지나가게. 언제까지 사람 지나가는 길을 막고 있을 건가?"

그러면서 빙검이 한 발짝 뒤로 물러났다. 더 이상 염도와 대치하는 것은 시간 낭비이자 체력 낭비라는 것을 깨달았던 것이다.
  그제야 나예린은 이 기묘한 대치 상태에서 빠져나올 수가 있었다.
  "흠! 깨어났던가?"
  염도가 턱으로 비류연의 병실 문을 가리키며 물었다. 공손하게 물어도 대답해 줄까 말까 한 판국에 좋은 대답이 돌아올 리가 없었다.
  "자넨 눈이 없나? 직접 확인해 보시게!"
  빙검은 차가운 냉기를 풍기며 사라졌다. 염도의 얼굴은 울긋불긋했다. 나예린은 두 사람이 왜 이러는지 전혀 이해할 수가 없었다.
  "정말 예의를 모르는 시건방진 사제라니깐!"
  투덜거리는 염도의 불평불만 소리는 다행히 나예린의 귀에 들어가지 않았다.

  염도와의 우연찮은 만남은 정말 최악이었다. 하마터면 이성이 날아가 버릴 뻔했던 터였다.
  빙검은 의약전 문을 열고 밖으로 나섰다. 후각을 마비시켜 버릴 듯한 강렬한 약향이 섞인 안의 공기와는 극명하게 대비되는 상쾌하고 쾌적한 공기가 그의 폐부 깊숙이 흘러 들어왔다. 머리가 조금 맑아지고 이성이 차가워지는 듯한 느낌이었다.
  '이제 앞으로 어찌하면 좋단 말인가?'
  사방이 꽉 막힌 듯 탈출구가 없었다. 너무 부끄럽고 수치스러워 감히 남의 도움을 요청할 엄두도 나지 않았다. 또한 개망신을 당하느니 차라리 비밀리에 비류연의 제자 노릇을 하는 게 나을 것도 같았다.

'그 성질 더러운 염도도 하는데 나라고 못할 이유가 무에 있겠는가!'
 하지만 아직은 그의 자존심이 심각한 반란을 일으키고 있었다. 당연한 일일 것이다. 그러나 그 자존심을 죽여야만 했다. 이를 악물고, 필요하다면 혀를 깨물어서라도, 약속은 약속! 신의는 신의였다. 한번 한 맹세를 개인적인 자존심으로 깰 수는 없었다.
"큭!"
 여러 가지 상념이 그의 머릿속을 헤집자 다시 한 번 극심한 통증이 찾아왔다. 그는 가슴을 움켜잡았다. 빙검은 앞섶을 들어 자신의 가슴을 물끄러미 내려다보았다. 그의 얼굴에 짙은 어둠이 깔렸다.
"아직도, 란 말인가?"
 아직도 심장 부위에 찍힌 낙인은 지워지지 않고 있었다.
 푸른 낙인.
 남의 주먹이 자신의 심장을 뒤흔들었음을 증명하는 증거!
 빙검은 이 푸른색 멍울이 마치 노예의 낙인처럼 느껴졌다.
"이 무슨 터무니없이 부끄러운 일이란 말인가……."
 그는 거칠게 가슴팍을 움켜잡았다. 운명의 신은 너무나 잔혹했다.
 염도는 물론이고 나예린에게도 눈은 제대로 달려 있었다. 병실로 들어선 나예린의 눈이 순간 크게 떠졌다. 엄청난 부상으로 혼수 상태라고 들었던 비류연이 자신의 생각과는 달리 깨어나 있었던 것이다. 그를 보는 순간 그녀는 마음이 편안해짐을 느꼈다. 그녀는 '다행이야'라고 안도하는 자신의 마음에 흠칫 놀랐다. 왜 자신이 비류연의 건강 상태에 영향을 받아야 하는가? 그럴 만한 이유가 무엇인지 혼란스러운 나예린이었다.

환하게 밝아지던 나예린의 얼굴이 금방 어두워진 것은 비류연의 안색이 눈에 띄게 창백해져 있었기 때문이다. 방금 전 빙검 앞에서 보였던 생기발랄한 모습은 온데간데없고 왠지 초췌하고 허약한 모습을 하고 있었다. 한 가지 확실한 점은 비류연이 '일부러' 이렇게 했다는 것이었다.

"깨어나셨군요, 비 공자! 다행이에요."

"하하하! 소저께서 걱정해 주시는데 언제까지나 침상에 누워 있을 수는 없죠. 소저가 병문안을 왔는데, 누워 있는 그런 결례를 범할 수야 없는 일 아니겠습니까?"

비류연은 슬쩍 힘없이 웃으며 말했다. 전신에 힘이 없는 게 눈에 확연히 보일 정도였다. 마치 오랜 투병 생활에 지쳐 버린 병든 서생 같았다.

'저… 저런 가증스러운……!'

아프긴 언제 아팠다고 저런 중환자 행세를 한단 말인가. 염도는 기가 막혀 뭐라 할지 말문이 막힐 정도였다.

"걱정하신 모양이군요, 나 소저."

자신을 바라보며 힘겹게 웃는 그 모습에 나예린은 왠지 마음 한구석이 따끔했다.

"제가 왜 당신을 걱정했다고 생각하는지 이유를 알 수 없군요."

당황한 나예린이 차갑게 말했다.

"후우, 그런가요? 그럼 아무 근심 걱정 안 하시는 분이 이곳에는 웬일이신지 모르겠네요. 이 약 냄새, 고름 냄새 풀풀 풍기는 곳에 말이죠. 걱정되니깐 오신 것 아닌가요? 사실 저와 소저 사이에 개인적인 감정을 빼면 이곳을 방문하실 이유가 전혀 없을 텐데요?"
그의 말은 사실이었다.
"그… 그건……."
나예린이 다시 당황하자 비류연은 더 이상 그녀를 궁지에 몰아넣지 않기로 했다. 이런 때는 예술적인 긴장의 완급 조절이 필요한 것이다. 너무 여인을 구석으로 몰아서는 안 된다. 지나친 부담감을 느낄 수 있기 때문이다. 그것이 연애의 철칙이었다.
"괜찮습니다. 소저께서 이곳에 오신 것만으로도 저는 충분히 감사하고 있습니다. 일단 이 정도로 만족하죠. 이건 예상외의 성과였으니까요."
사실 나예린의 병문안은 비류연의 기대 밖의 일이었던 것이다. 때문에 부랴부랴 이렇게 병자 행세를 하고 있는 것이다. 순간적인 연기로 이렇게 나예린이 속아 넘어가는 것을 보면 비류연의 연기는 상당한 수준이라 할 수 있었다.
"물론 염도 노사님도 마찬가지고요."
비류연이 염도를 향해 의미심장한 미소를 지으며 말했다. 그러나 병색이 완연한 비류연의 얼굴이 염도는 너무 부담스러웠다.
"허허허, 별 말을……."
'네가 시킨 거잖아!' 라고는 죽어도 말 못하는 염도였다. 비류연에게 필요한 것은 자신의 병문안이 아니라 왼손에 들고 있는 바구니일 터였다.
"병문안 선물일세!"
염도는 음식 바구니를 비류연의 침상 옆 탁자에 올려놓았다.

'염도 노사가 남 병문안할 때 위문품까지 챙겨올 만큼 세심한 사람이었나?'

나예린은 또 한 번 의아함을 느껴야 했다. 오늘 이 자리에 있는 염도 노사는 평상시 자신이 보아온 염도 노사와는 너무나 느낌이 달라 당황스러울 정도였다.

"뭘 이런 걸 다! 잘 먹겠습니다."

비류연이 활짝 웃으며 바구니를 받았다. 음식을 보자 생기가 도는 모양이었다. 이것은 그가 매우 고대하고 있던 물건이었다.

"허허허! 별 말을……."

'가지고 와야 할 음식 목록까지 빼곡하게 적어준 주제에!' 라고는 죽어도 말 못하는 염도였다.

"자! 나 소저도 좀 드셔보세요?"

비류연이 바구니 안에서 사과 하나를 힘겹게 꺼내들며 나예린에게 권했다. 힘겨운 몸짓으로 건네주는 성의를 생각해서라도 나예린은 그 사과를 받아들 수밖에 없었다. 명배우 뺨치는 연기였다.

"막 혼수 상태에서 깨어났는데 이렇게 부담스런 음식을 먹어도 되나요?"

자신의 손에 들려 있는 빨간 사과를 바라보며 나예린이 물었다.

"네?"

나예린이 뭐라고 묻는지도 모른 채, 그의 손은 바쁘게 바구니를 들락날락하고 있었다.

"비 공자? 방금 전 들고 있던 전병은?"

다시 시선을 비류연에게 향한 나예린이 놀라 되물었다.

"네? 무슨 사과요? 전 기억에 없는데요? 잘못 보신 거겠지요."

　비류연이 동작을 멈추고 나예린을 바라보았다. 그의 텅빈 손은 바구니 바로 위에 고정되어 있었다. 금방이라도 녹아 없어질 듯한 엷은 미소를 지으며 비류연은 그렇게 대답했다. 그러나 나예린은 비류연이 금방 손에 전병 하나를 들고 있는 것을 보았었다.

"이게 어찌된 일이지? 아니?"

　한두 번도 아니고 여러 번째였다. 여러 번 연속으로 착시 현상이 일어날 리가 없었다. 잠시 시선을 돌렸다가 다시 쳐다보니 또다시 비류연의 손에 들려 있던 음식물이 방금 전 전병과는 다른 것으로 바뀌어 있었다. 이번에는 한과였다.

　나예린은 마치 귀신에게 홀리기라도 한 듯 어리벙벙했다. 다시 비류연을 살펴보았지만 그에게서는 어떠한 의문점도 발견할 수가 없었다. 알 수 없는 공간으로 음식물이 계속 사라져 버리는 듯한 그런 느낌이었다.

　'알 수가 없군. 분명히 지금 몸 상태로는 죽도 먹기 힘들 텐데……'

　정말 이해할 수 없는 일이었다. 그걸 바라보는 염도는 더욱더 어처구니가 없었다.

　'저… 저런 괴물이…….'

　나예린이 잠시 한눈파는 사이 염도는 그 놀라운 광경을 두 눈으로 똑똑히 목격할 수 있었다.

"보통 사람은 도저히 저렇게 **빠른** 속도로 못 먹을 거야! 속임수도 아니고 손 안의 음식을 통째 입 안으로……."

　바구니가 동이 나는 데는 오랜 시간이 걸리지 않았다. 점점 더 줄어가는 바구니 안의 음식물들과 그 주된 원인인 비류연을 번갈아 바라보며 나예린이 말했다.
"왠지 제 걱정이 무의미했다고 여겨지는 것은 저만의 착각인가요?"
 그녀가 그런 생각을 품는 것도 무리는 아니었다.
"오오! 역시 걱정을 하긴 하셨군요!"
 비류연이 나예린의 말에서 꼬투리를 잡았다.
"이제 걱정할 필요가 없어졌으니 그나마 다행이군요."
 나예린이 차갑게 대답했지만 비류연은 개의치 않았다.
"천 리 길도 한 걸음부터라고 했잖아요. 그리고 시작이 반이라 했으니 우린 지금 반보다 더 가까이 온 거군요. 남은 거리야 차츰차츰 줄이면 되겠죠."
 마냥 태평하기만 한 비류연이었다.

 나예린과 염도가 다녀간 뒤… 잠시 후.
 비류연의 병실에는 텅 빈 바구니 하나가 놓여졌다. 조금 전까지만 해도 빼곡히 들어 있던 음식물들은 자취를 감추고 없었다. 때문에 염도는 내일 사 올 음식물의 목록을 다시 받아야만 했다. 목록을 받는 것만 해도 열 받는 일인데 더 열 받는 것은 목록만 있고 돈은 없다는 사실이었다. 그 돈은 모두 염도 주머니의 몫이었다.
"사흘을 굶었으니 세 배는 더 많이, 더 빨리 먹는 게 당연하잖아요! 그렇지 않아요?"
 빙그레 웃으면서도 염도에게 뻔뻔스럽게 할 말은 다 하는 비류연이었다.

전서응 날다!

푸드드득! 푸드드득!
각 문파와 무림맹을 향한 전서구들과 전서응들이 비응각에서 일제히 날아올랐다.
그들은 각각 전통을 다리에 매달고 바람을 타며 창공 위를 날갯짓하여 날아갔다.

자신의 임무를 수행하기 위해.
 그들은 자신들을 목 빼고 기다리고 있는 사람들을 향해 빠른 속도로 날아갔다. 그들이 전할 소식은 바로 화산규약지회 대표 선발전에 참가할 자격이 있는 사람들은 모두 이번에 치러질 환마동 시험을 통과해야만 하므로, 조속히 시험을 치르기 위해 정해진 날짜까지 천무학관으로 오라는 내용의 전서였다. 오늘 이때를 기다리며 기량을 닦아온 수많은 무사들이 환호성을 내지를 소식이었다. 그러나 그만큼의 위험을 감수해야 한다는 뜻이기도 했다. 하지만 겨우 위험 가능성 때문에 이 반가운 소식을 기피할 사람은 없었다.
 전서응들은 푸른 하늘을 가로지르며 소림, 무당, 화산, 아미 등의 구대문파와 개방, 남궁세가, 사천당가를 포함한 팔대세가 그리고 그

외의 각 중소방파로 빠짐없이 날아갔다.
 이제 본격적인 화산규약지회가 시작되는 것이다.
 앞으로 각 문파에서 엄선된 정예들이 천무학관으로 몰려들 것이다. 그들은 바로 모두가 다 예전에 천무학관을 졸업한 선배들이었다.

 '천무학관의 모든 과정을 수료한 선배들이 대거 몰려든다!'
 이것은 늑기한과 고약한의 신경전보다도 더 신경 쓰이는 문제였다. 단순한 신경전이 아니었다. 18년 만에 다시 개방되는 환마동이었다.
 화산규약지회에 참석할 자격을 지닌 사람은 현 천무학관도들뿐만이 아니었다. 자격 시험을 통과하는 30세 이하의 사람이라면 누구나 다 이 시험에 참석할 수 있는 자격이 주어졌다. 즉 천무학관의 졸업생들도 이 시험에 명예와 자존심을 걸고 대거 참가하게 되는 것이다. 개중에는 자신들의 사형이나 사저, 혹은 혈육들이 있을 수 있었다. 그러나 이 일에 양보란 있을 수 없었다.
 게다가 그들은 자신들보다 먼저 천무학관의 모든 수업 과정을 거친 이들이었다. 그들 또한 경쟁자였다. 누구보다 강하고 까다로운 경쟁자였다. 즉 현 천무학관 관도들은 자신들이 화산규약지회에 나가기 위해 선배들과 기량을 겨루어 그들을 능가해야 하는 것이다.
 그만큼 화산규약지회의 대표 선발전은 어려웠다.
 "괴물들과 빌어먹을 자식들이 대거 몰려들겠군."
 못마땅한 얼굴로 장홍이 중얼거렸다.
 "원치도 않는데 밉상들을 봐야 하다니……. 내 비위는 그만큼 좋지 못하다고. 젠장, 젠장, 젠장! 하다못해 그 녀석만이라도 낯짝을 안 봤으면 원이 없겠건만……."

 계속해서 술을 홀짝홀짝거리며 중얼중얼거리는 모양새가 아무래도 불안과 짜증으로 점철된 모습이었다. 그런 그의 행동거지를 물끄러미 지켜보던 효룡과 윤준호로서는 그 이유를 도무지 알 수가 없었다.

"빌어먹을!"

 다시 장홍이 쭈욱 한 잔을 들이켰다. 윤준호가 보기에 너무 폭음을 하는 것 같았다.

"저… 저런!"

 윤준호가 안타까운 듯 소리를 질렀다.

"그냥 냅두자고! 저러다가 취하면 저 자리에서 쓰러져 자겠지."

 효룡의 의견에 윤준호는 마지못해 동의했다. 사람은 때론 혼자 있고 싶을 때가 있는 법이다. 이유는 알 수 없지만 지금은 감싸줄 때가 아닌 내버려둘 때였다.

"하지만 특이한 일이군."

 효룡 역시 내색하지 않았을 뿐 의아하긴 마찬가지였다. 언제나 연장자인 형 같은 분위기를 풍기던 장홍답지 않은 행동이었다. 항상 여유 넘치던 그 모습은 온데간데없었다.

"저대로 놔두어도 괜찮을까요?"

 근심을 떨쳐버리지 못하는 윤준호였다.

"내버려 두기로 약속했잖아. 사람은 누구나 하나 둘쯤 가슴속에 남들에게 말 못할 사정을 묻어두고 있지. 그럴 때는 혼자 내버려두는 게 최고야."

 지금 장홍에게는 술만이 유일한 위안인 모양이었다. 그러나 왜 그렇게 폭음을 하는지는 윤준호도 효룡도 도무지 알 수가 없었다.

 무심히 길을 걸어가는 사내는 길 가던 행인들이 발걸음을 멈추고 다시 한 번 돌아볼 정도로 헌앙한 기도를 가진 장부였다. 열에 여덟은 그를 다시 한 번 돌아보고 그 기도에 감탄할 정도였다.
 청년은 비취색 취의를 입고 있었는데 그 옷은 그의 얼굴을 더욱더 돋보이게 해주었다. 그리고 그의 허리에는 순백의 검이 메어져 있었는데 그 끝에는 특이하게도 적(赤), 청(靑), 홍(紅), 황(黃)의 사색 수실이 매달려 있었다.
 청년의 발걸음이 한곳에 이르러 우뚝 멈추었다. 그가 고개를 들어 정문의 커다란 현판을 바라보았다. 그곳에는 용사비등(龍蛇飛騰)한 필체로 '천무학관(天武學館)'이라 적혀 있었다.
 "이곳도 오래간만이로군!"
 그의 목소리에서는 정이 느껴졌다. 그는 거침없이 발을 옮겨 앞으로 나아갔다. 그의 행보가 얼마나 거침이 없었는가 하면 정문을 지키는 위병들조차도 신원 확인 없이 그냥 지나쳐 버릴 정도였다.
 보초 근무를 서고 있던 천무학관 관도 둘은 황당하기 짝이 없었다.
 "멈춰라!"
 챙챙!
 정문을 지키던 정일건과 정대추는 검을 뽑아들었다. 그러나 청년은 유연한 신법으로 그 둘 사이를 빠져나갔다. 두 사람은 한 줄기 바람이 자신들을 지나간 듯한 느낌을 받았다. 그리고 너무나 맥없이 돌파당한 사실에 망연자실했다.

"고수다!"

정일건이 비상 호각을 꺼내들어 불려던 참이었다.

"하하하하하. 미안, 미안. 오래간만에 집에 돌아온 느낌이라 장난 좀 쳤다네. 하하하하! 놀랐다면 미안하이. 내 사과하지! 그러니 그 시끄러운 걸 불 생각은 접는 게 어떻겠나?"

청년이 호탕하게 웃으며 정일건의 행동을 막았다. 두 사람은 마치 귀신에 홀린 듯한 느낌이었다. 취의 청년이 품속에서 은패(銀牌) 하나를 꺼내들었다. 그 패를 보자마자 두 사람은 얼른 포권하며 예를 취했다.

"몰라봐서 죄송합니다, 선배님!"

취의 청년이 내보인 패는 바로 그가 무림맹 소속임을 뜻하는 패였다. 게다가 그 패는 철패(鐵牌)도 동패(銅牌)도 아닌 은패였다. 그만큼 청년의 신분이 높다는 것을 뜻했다. 게다가 그 안에 새겨진 천무검룡(天武劍龍)의 문양은 그가 바로 천무학관의 졸업생임을 말해주는 것이었다. 그리고 그 아래에 적혀 있는 그의 이름에 두 사람의 시선이 도착했을 때 그들은 더욱더 놀라야만 했다.

"이제 가도 되겠나?"

"물론입니다."

"그럼 수고하게나."

취의 청년의 그림자가 멀어져 가자 정대추가 정일건에게 약간 흥분한 어조로 말했다.

"저… 저 사람이 바로!"

정일건은 고개를 끄덕였다.

"그래, 바로 그 사람이 틀림없어. 저 검에 매달린 사색 수실을 보고도 눈치 채지 못하다니……."

"글쎄 말이야. 이런 쓸모없이 한심한 눈깔을 보았나. 저 사람이 바로 전번 화산규약지회의 사강(四强) 중 한 명인 취영검(翠影劍) 신유성이 틀림없어."

그 두 사람의 눈에 선망의 빛이 어른거렸다. 그 청년은 바로 자신들이 되고자 하는 목표였던 것이다. 취의 청년은 바로 그들의 우상 중 한 사람이었다.

관주전으로 발걸음을 옮기던 신유성의 눈이 부릅떠졌다. 어디선가 본 듯한 자가 방금 그의 곁을 스친 것이다.

'서… 설마?'

신유성의 뇌리에 문득 한 남자의 얼굴이 떠올랐다. 그러나 그 자가 여기에 있을 리가 없었다. 그리고 그 자보다는 훨씬 어리고 또 순하게 보였다. 그러나 그는 그냥 지나칠 수가 없었다.

"내가 아는 누구랑 많이 닮았군. 자네!"

효룡은 느닷없이 나타나 자신의 앞을 가로막는 청년을 보고 놀랐다. 그는 은설란, 모용휘와 함께 식당으로 가던 길이었다.

"누구시죠?"

효룡이 물었다. 그는 처음 보는 얼굴이었던 것이다.

"아니 자네 날 모른단 말인가? 아니 어떻게 나처럼 유명인을 모를 수 있단 말인가?"

다 좋은데 신유성은 가끔씩 경박한 면이 돌발적으로 나타난다는 게 문제였다.

"본 학관의 졸업생이자 전회 화산규약지회의 4강 진출자인 날 모른다는 건 문제가 있지. 자네 정말 날 모르나? 난 이 강호에서 모르는 사람이 없을 정도로 초유명한데? 날 모르면 간세로 취급될 정도인데 나를 정말, 진짜로 모른단 말인가?"

그의 호들갑은 멈출 줄을 몰랐다.

"옛? 무… 무슨 말씀이십니까?"

경박하긴 해도 악의 없는 농(弄)이었지만 화들짝 놀라버린 효룡이었다. 심장이 목구멍 밖으로 튀어나오지 않은 게 다행이었다.

"좀 침착하게. 쯧쯧, 자네의 그런 어수룩한 행동을 보고 누가 간세로 생각하겠냐마는……. 너무 어수룩하군."

"죄… 죄송합니다."

말은 그렇게 했지만 효룡의 등은 이미 식은땀으로 축축이 젖어 있었다.

악의가 없는 게 가장 나쁠 때도 있는 법이다.

"다… 당신은……."

그제야 남자가 누군지 눈치 챈 은설란은 깜짝 놀랐다. 오히려 의아한 것은 신유성 쪽이었다.

"소저, 혹시 저와 만나신 적이 있었던가요? 이상하군요. 소저 정도의 눈부신 미녀를 제가 기억하지 못할 리가 없을 텐데요?"

"아… 아니에요. 소문으로만 듣던 취영검 신유성 소협을 처음 봐서 놀랐을 뿐이에요. 신경 쓰지 마세요. 과연 듣던 대로 훌륭한 기도로군요.”

 그녀의 태도에는 당황한 기색이 역력했지만, 칠칠치 못한 신유성은 그 사실을 전혀 알아차리지 못했다. 그제야 은설란을 자세히 본 신유성은 그 미모에 입을 쩌억 벌리며 감탄했다. 미녀를 보고 헤벌쭉하는 지금 그의 모습을 보고 누가 전회 화산규약지회 4강 진출자라고 여기겠는가? 하지만 그것은 틀림없는 사실이었다.

 신유성은 오히려 헤벌쭉거리며 싱글벙글 웃었다. 은설란 같은 초절정 미녀가 자신을 확실히 인정해 주는데 기분 나빠할 이 누가 있겠는가?

 “하하하하하, 별 말씀을! 오늘 소저께서 저의 얼굴에 금칠을 해주시는군요. 오늘을 기념해서 앞으로 일주일 간은 세수를 안 해야겠습니다. 하하하하하.”

 “호호호, 관심은 고맙지만 작업은 나중에 해주세요.”

 은설란이 생글생글 웃으며 한마디 덧붙였다.

 “그리고 작업에 들어가시기 전에는 꼭 절차를 밟으셔야 하거든요?”

 “절차요? 오오, 그런 것도 있나요?”

 신유성은 호기심이 동하는 모양이었다.

 “헉!”

 모용휘는 화들짝 놀랐다. 갑자기 은설란이 옆에 있던 자신의 팔짱을 끼었던 것이다. 은설란은 활짝 웃었다. 마치 백만 송이 꽃이 만개하는 듯한 미소였다.

 “저… 는 소저… 아니… 그게…….”

 그녀의 말과 돌발적인 행동은 오해의 소지를 불러일으키기에 충분했다. 모용휘는 당황스러웠다.
"호오, '정인(情人)'인가요?"
 신유성이 모용휘의 아래위를 찬찬히 훑어보았다. 모용휘는 무척이나 불쾌한 기분이었다.
"뭡니까? 그렇게 사람의 허락도 받지 않고 훑어보다니. 너무 무례한 행동이라고 여겨지지 않습니까?"
"아, 미안하네. 앞으로 한 여인을 두고 나와 경쟁자가 될 남자를 살펴본 것뿐이야. 불쾌했다면 미안하군. 모용세가의 사람들은 융통성을 모른다더니……. 자네의 몸에서 발산되어 나오는 검기를 보니 자네가 바로 요즘 강호에 이름을 날리는 칠절신검 모용휘로군."
 신유성은 전혀 미안한 기색이 아니었다. 말로만 미안하다 해도 사과가 된다고 생각하는 어리석은 사람들이 가끔 있는데 그것은 정말 크나큰 오산이다. 마음에서 우러나지 않은 사과는 사과일 수가 없다.
 신유성이 금세 자신의 정체를 파악하자 모용휘는 깜짝 놀랐다. 한없이 가볍기만 한 사람 같았는데 눈썰미는 예리했던 것이다.
"저에게 소저의 방명을 알 영광을 주시지 않겠습니까?"
 신유성이 지나칠 정도로 정중하게 물었다
"인사가 늦었군요. 흑천맹에서 조사 임무를 띠고 파견된 은설란이라고 합니다."
"아! 소저가 바로 그!"
 그제야 그도 그녀의 정체를 알 수 있었다. 그러나 그녀의 놀라운 신분에도 불구하고 크게 동요하는 기색은 없었다.
"하하하하. 사랑에는 국경도 없다고 하지 않습니까? 출신이나 소속

따위는 아무런 문제가 없으니 걱정 마십시오."
"호호호. 왜 제가 걱정을 해야 될까요? 그럴 이유가 전혀 없는데 말이죠."
 은설란이 웃으며 재치 있게 그의 말을 받아넘겼다.
"이거 한 방 먹었군요. 하하하하."
 신유성은 멋쩍게 한 번 웃고 나서, 이번에는 모용휘를 바라보고 포권하며 말했다.
"앞으로 우리 둘은 경쟁자가 될 모양이니 잘 부탁하겠네. 우리 둘 모두 최선을 다하세나."
"예……? 예예……."
 얼떨결에 같이 인사해 버린 모용휘는 무척이나 곤혹스러움을 느껴야만 했다.

"어이! 효룡, 휘이! 밥 먹으러 가는 거라면 같이……."
 효룡의 등 뒤에서 들려온 것은 바로 장홍의 목소리였다. 그런데 그들에게 다가오며 소리치던 장홍의 목소리가 한순간 멈추었다. 그것은 바로 장홍이 신유성을 본 바로 그 순간이었다.
'저… 저 빌어먹을 녀석이 왜 여기에?'
 효룡의 눈이 부릅떠졌다. 세상에서 가장 보고 싶지 않은 녀석 중 하나를 본 것이다.
"우리 어디서 만난 적이 있었던가?"
 신유성이 장홍을 물끄러미 바라보며 물었다. 그 역시 장홍을 어디선가 만난 느낌이 들었던 것이다. 장홍이 호탕하게 웃으며 대답했다.

"하하하! 남자의 추파는 사양하는 바입니다. 선배님! 은 소저가 거절했다 해서 저한테 이러시면 곤란하지요."

"내가 미쳤다고 자네 같은 늙은 아저씨에게 추파를 던지겠나? 사람 모함하지 말게!"

순간 신유성의 얼굴이 벌게졌다. 그가 버럭 소리를 질렀다.

"어머, 그런 취미셨어요? 참 고상한 취미시네요."

옆에서 은설란까지 거들자 신유성은 미치고 환장할 노릇이었다.

효룡의 표정도 심상치 않았다.

"설마 나한테 아는 척을 한 것도 그럼……?"

효룡의 얼굴이 창백해졌다.

"이러시면 곤란합니다."

모용휘도 정색하며 말했다.

"아니… 그게… 아니… 저…….."

신유성은 갑작스런 오해의 물결 속에 속이 터질 지경이었다.

"뭔가 오해를 하신 것 같으니 다음에 다시 차분한 마음으로 뵙도록 하겠습니다. 그럼 다음에 뵙죠."

서둘러 인사를 한 신유성이 그들 앞에서 빠른 속도로 사라졌다.

"꼬시다!"

장홍이 그가 사라진 방향을 보며 말했다.

'저 녀석만 없었어도 저 네 개의 수실은…….'

다시 떠올려도 좋은 추억은 아니었다. 효룡과 은설란과 장홍은 서로의 얼굴을 번갈아 바라보며 득의의 미소를 지었다.

"쿡!"

은설란은 더 이상 웃음을 참지 못했다.
"크큭!"
　효룡도 마찬가지였다.
"……??"
　모용휘만이 상황이 어떻게 돌아가는지 모르는 모양이었다.
"하하하하하하!"
"으하하하하하!"
"호호호호!"
　동시에 터져 나온 세 사람의 웃음소리가 연무장을 가득 메웠다. 그들은 한참 동안이나 배꼽을 잡고 웃었다.

"효 공자, 저 사람을 조심하세요."
"네?"
　그녀의 얼굴은 진지하기 그지없었다. 방금 전 그와 함께 배꼽을 잡고 웃던 그 사람과 동일 인물이라고는 도저히 느껴지지가 않는 변모였다.
　모용휘와 장홍은 용무를 핑계로 잠시 먼저 보낸 터였다.
"저 사람이 바로 저번 화산규약지회 때, 형님의 가장 강력한 경쟁자 중 한 명이었던 사람입니다. 겉보기에는 가벼워 보여도 그 검기는 결코 가볍지 않습니다. 형님과 막상막하의 기량을 선보였었죠. 간발의 차로 패하긴 했지만 형님께서 여러 번 저 자의 검에 낭패를 당할 뻔했습니다. 저렇게 바람둥이 행세를 하고는 있지만 결코 만만히 볼 상대가 아닙니다. 저 자가 들고 있는 검병에 달린 사색 수실이야말로 그가 화산지회 4강 진출자라는 증명이죠. 그리고 그는 그럴 만한 충분한 자격이 있습니다. 절대 요행으로 얻은 것이 아니죠."

효룡의 얼굴이 금세 어두워졌다. 형과 비등한 실력을 지녔다고 평가받는 사내를 과연 자신이 이길 수 있을지 의문이었던 것이다.

비류연은 자리에서 일어나 그동안 자신이 지내 왔던 침대를 바라보았다. 그동안 꽤나 신세를 진 처지였다.
"드디어 떠나는가?"
"예, 그동안 감사했습니다, 허 의원님."
"허허허, 내가 뭘 한 게 있다고……. 거의 자연 치유에 의해 낫지 않았나. 내가 도움이 되지 못해 미안할 따름이네. 이제 몸은 괜찮고?"
"예, 많이 좋아졌습니다."
비류연이 대답하자 허주운의 얼굴에 안쓰러움이 떠올랐다.
"그렇게 허약한 몸으로 환마동 시험을 치를 수 있겠는가?"
허주운의 말에서 잔정이 묻어 나왔다.
"열심히 노력해야죠. 게다가 만일 잘못되더라도 허 의원님이 계시는데 무슨 문제가 있겠습니까?"
비류연이 엷은 미소를 지었다.
"이런, 이런. 늙은이 고생시킬 생각하지 말고 몸조리 잘하게. 항상 건강 조심하고!"
"네!"
허주운은 무척이나 잔걱정이 많은 사람이었다.
비류연은 주섬주섬 책과 여타 물건을 챙겨 짐을 쌌다. 그날까지 비류연은 병실에서 수련은 제쳐두고 줄곧 놀기만 했다. 밤이면 밤마다 월담이 그의 일상 생활이었다. 좀더 완벽한 외유(外遊)를 위해 여러 가지 잠행술을 서책을 스승 삼아 익히기는 했지만 그 외에는 별로 한 일이 없었다.

"그럼 가보게나."

"예, 수고하십시오! 이만 가보겠습니다."

깍듯이 인사를 한 비류연은 성큼성큼 발을 움직여 의약전 밖으로 나왔다. 찬연한 햇살이 그의 온몸에 스며들었다.

"아아, 한낮의 태양 아래를 당당하게 걸어본 게 그 얼마 만인가……."

비류연은 감개무량했다. 창백하던 뺨에 분홍빛 혈색이 돌아오고 약간 앞으로 구부정하던 어깨와 등이 꼿꼿이 펴졌다. 은은한 달이 순식간에 타오르는 태양으로 바뀐 것 같은 느낌이었다.

"역시 병약한 미소년 연기는 너무 힘들단 말이야……."

체질에 맞지 않는 일을 하려고 하니 온몸에 부작용이 발생하는 것 같았다. 앞으로 그런 설정은 되도록 자제해야겠다고 그는 결심했다.

꾀병으로 천수신의 허주운의 이목까지 감쪽같이 속여 넘긴 그의 연기력은 요즘 들어 점점 발전하고 있었다.

각서 작성

시험까지 앞으로 3일!
세 번의 낮과 세 번의 밤만 지나면 환마동 시험이 시작되는 것이다.
노점상들에게는 미안한 일이지만 화려한 축제 분위기의 떠들썩한 전야제는 없었다.

비류연은 내심 그런 것을 바란 것 같지만 이것은 봄꽃 축제 같은 놀이가 아니라 생사가 갈릴지도 모르는 시련 속으로 걸어 들어가는 것이었다. 다들 각오를 다지며 자신들의 무기를 손질하고 내일을 대비하고 있을 가능성이 높았다.

돌아온 탕아 비류연을 바라보는 주위의 시선은 결코 곱지 않았다. 다들 비류연이 없는 동안 엄청난 수련을 해야 했다. 고약한은 늑기한에게 이기기 위한 각오를 보여 줄 요량이었던지 흑검조들을 마치 지옥의 마귀처럼 닦달했던 것이다.

"저 녀석은 뭐 하러 돌아왔어? 계속해서 병상에나 쓰러져 있지… 에이, 눈에 거슬리게!"

한 관도가 투덜거렸다. 그러자 또 다른 관도가 곧장 그의 말에 고개를 끄덕였다.
"맞는 말일세. 저 녀석이 없는 동안 우리가 얼마나 고생했는가? 그동안 우리가 당한 시련을 저 녀석이 감히 어찌 알겠는가. 그 지옥은 겪어본 사람만이 느껴볼 수 있을걸세! 저 녀석은 이미 이곳에 있을 자격이 없어!"

그의 말에는 적의가 가득했다. 그동안 그들이 치러 왔던 수련은 눈물 없이는 말할 수 없는 힘든 수련의 나날이었다. 매일매일 땀을 한 양동이씩 쏟으며 작열하는 태양 아래에서 검을 휘둘러야 했다. 입 안에 소금이 버석버석 씹힐 정도로 훈련은 고되고 악랄했다. 하지만 고약한 노사는 멈추지 않았다. 수련 중에 부상은 예사였다.

'무공은 장난이 아니다. 그러므로 훈련 또한 실전처럼 해야 한다!'

…라는 것이 고약한의 지론이었던 것이다. 일단 그의 밑에 들어간 이상 하라면 군말 없이 해야 했다. 결코 반항은 있을 수 없었다.

검을 만 번 휘둘렀는지 아니면 십만 번 휘둘렀는지 셀 수도 없었다. 고약한의 혹독한 수련을 제대로 따라가는 사람은 주작단과 나예린과 독고령과 효룡과 윤준호와 장홍뿐이었다. 주작단을 제외한 다섯 명은 다들 무당산에서 혹독한 수련을 겪은 경험이 있었기에 그나마 여유를 가질 수 있었다.

주작단은 이 정도 수련도 웃으면서 해냈다. 그들은 혹독함과 지독함과는 매우 친숙한 관계에 있었기 때문에 이 정도는 아무것도 아니었다.

비류연과 얽힌 이후 그들이 치러 온 훈련 중에 지옥 훈련 아닌 훈련은 단 한 번도 없었다 해도 과언이 아니었다. 이제 주작단도 주위 사람들로부터 괴물 소리를 듣고 있었다. 주위 사람들에게 그들은 지치지 않는 초인(超人)처럼 보였던 것이다.

주작단은 예외로 치더라도 다른 관도들은 소위 말하는 지옥 수련의 혹독함을 맛보았던 것이다. 비류연이 팔자 좋게 병상에서 뒹굴거리는 동안에!

물론 중상을 입고 병상에서 병치레하는 것도 무척이나 고역이었지만 지금 이들에게 그런 사정까지 신경 써줄 온정은 남아 있지 않았다. 혹독한 수련은 그들에게 악과 깡만 남아 있게 만들어 버린 것이다.

그러니 줄곧 병상 위에서 뒹굴다가 시험 기간이 다가오자 슬그머니 병상에서 내려온 비류연이 눈에 거슬리는 것은 당연했다. 그만큼 그는 수련 또한 게을리 하지 않았던가. 모두들 협심 합동하여 그의 시험 참가 불가를 외치고 싶었으나 애석하게도 삼성무제 우승경력을 가진 그는 참가 자격이 충분했다.

"할 수 있겠느냐?"

"물론이죠."

"넌 그동안 있었던 모든 수련을 빼먹었다. 그런데도 상관없다는 것이냐?"

"물론입니다. 그런 것에 연연했다가는 이 험한 강호에서 못 살아남죠."

"좋다. 참가해라!"

흑검조의 담당 사부인 고약한 노사 또한 대부분의 수련에 불참한 비류연이 무척이나 미덥지 못했지만 빙검 총노사의 요청이 있어 가타부타 말을 하지 않고 그의 시험 참가를 허락했다. 그래서 비류연은 아무런 장애 없이 환마동 시험에 참가할 수 있었다.

그리고 3일 후 있을 미확인 부분인 시험의 생사 문제에 대해 노사들도 할 일이 있었다.

3일 후 시험에 참가할 관도들을 일제히 불러 모은 고약한이 날카롭고 뾰족한 쇠작살 같은 시선으로 관도 하나하나의 심장을 꿰뚫었다. 그 시선에 담긴 힘이 너무나 강렬해 개중에는 그 기운에 반응해 움찔하는 이들도 있었다. 그의 눈빛은 왠지 사람들에게 방어 본능을 가동케 하는 묘한 힘이 있었다.

"……"

고약한은 귀찮은지 아무런 말도, 그 어떤 부연 설명도 하지 않은 채 그저 개인당 종이 두 장씩을 일일이 나누어 주었다.

"으잉?"

"어라?"

"뭐지?"

"얼레?"

종이를 받아든 관도들 입에서 의아함이 연속적으로 터져 나왔다. 현재 자신들이 받아든 그것은 단순한 종이가 아닌 게 분명했다. 이 종이는 매우 불쾌하고 음산한 기운을 내포하고 있었다. 종이 주제에… 왠지 모를 불길함이 배어 있는 느낌이었다. 분명 모종의 용도가 있는 게 분명했다.

"이게 뭡니까, 노사님?"

개방 출신답게 궁금증을 참지 못하는 ─ 개방 방도의 방규 중 하나가 바로 맞을 때 맞더라도 알건 알고 죽자였다 ─ 노학이 손을 번쩍 들어올리며 용기를 내어 물었다. 돌아오는 말은 싸늘했다.
"써라!"
고약한 노사의 말은 그게 다였다. 평소 고약한의 짧은 말에 불만이 많았던 노학은 기어이 오늘을 길일(吉日)로 잡아 폭발하고야 말았다.
"뭔지 알아야 쓸 것 아닙니까! 아무것도 알려주지 않으면서 도대체 무엇을 쓰란 말입니까?"
고약한 노사가 고개를 홱 돌려 휘번뜩이는 눈으로 그를 바라보았다. 노학은 순간 찔끔했지만 이미 엎질러진 물이었다. 그래서 그는 오히려 배짱을 튕겼다. 이미 돌아올 수 없는 강을 건넜다고 생각하는 것일까?
"말해 주지 않으시면 못 쓰겠습니다. 아니 안 씁니다!"
등이 뒤로 굽어질 정도로 배를 내밀며, 완전한 배 째라 자세를 완벽히 갖춘 노학이 말했다. 고약한의 눈매가 더욱 가늘어졌다. 그에 반비례해 그 눈에 맺힌 기세는 더욱더 막강해졌다.
흑검조 사람들은 다들 긴장된 시선으로 두 사람을 번갈아 가며 보았다. 그 중에서도 비류연은 꽤나 흥미진진한 시선이었다.
'쓸데없는 일에 목숨 거는 것은 여전하군. 저 녀석은 저러다가 항상 본전도 못 건지지.'
당장이라도 고약한이 노학의 배를 반으로 가를 것만 같은 흉험한 기운이 흘렀다.
잠시 뒤 고약한은 단 두 글자를 내뱉었다.
"각서!"
이 말을 내뱉을 때 고약한의 얼굴 상처 몇 개가 동시에 꿈틀거리며 사람들에게 더욱더 괴기스런 인상을 심어 주었다. 각서라는 말이 고약한 노사의 입에서 나오자 더욱더 불길함을 내포하고 있었다.

"무슨 각서요?"

노학은 어리둥절했다.

"이번 시험 도중 만일에 사고로 죽더라도 천무학관을 향해 불평불만하지 않고 조용히 성불하겠다는 내용의 각서지, 흐흐흐."

갑자기 찬물을 끼얹은 듯 강론실 안이 조용해졌다.

노학은 갑자기 피가 차갑게 식는 느낌이었다.

"노… 농담이시겠죠?"

그렇게 말하는 노학의 이마에는 식은땀이 송글송글 맺혀 있었다. 오늘 처음 고약한의 농담을 들었다고 노학은 자조했다. 그것은 무척이나 생경한 경험이었다. 그러나 차마 입 밖에 내지는 못하지만 재미없는 농담이었다. 아마 이곳 강론실 전체의 관도들이 자신의 의견에 동의할 것이다.

"그럼 그 다음 종이는요?"

나눠 준 종이는 전부 두 장이었다.

"흐흐흐, 그건 유언장이다. 혹시 죽을지도 모르는데 아무 말 없이 죽으면 부모님들이 얼마나 슬퍼하시겠느냐. 자식 된 도리로서 마지막 말은 남기고 가야지, 안 그러냐?"

노학의 얼굴이 휴지통에 버려진 종이 쓰레기처럼 구겨졌다. 차라리 안 들으니만 못한 말이었다. 그들을 놀리며 그것을 즐기고 있는 듯한 인상이었다. 정말 성질 고약한 영감탱이라고 노학은 속으로 욕을 퍼부었다.

"그 정도로 위험한 곳이란 말입니까? 이 환마동이란 곳이? 그렇게 젠장맞을 곳이라면 생각을 달리 해야겠는데요."

물건을 함부로 여기는 것은 거지 된 도리가 아니었다. 목숨 또한 마찬가지였다.

"나도 모른다!"

고약한이 대답했다.

"그럼 누가 압니까?"

노학은 기가 막혔다.

"노부도 들어가 보지 못한 곳인데 내가 어찌 안다고 말하겠느냐. 직접 겪어 보면 알게 되겠지. 내가 알 바는 아니다. 시험 문제를 미리 가르쳐 주는 선생도 있다더냐?"

"없죠!"

어디다 대고 감히 화를 내냐는 투였다. 사실 고약한은 정말로 그것을 소문으로만 접했을 뿐 그 실체를 경험한 적은 없었다. 더 이상 할 말도 없었다.

"그럼 3일 간 시간을 줄 테니 무서운 놈은 포기해라! 포기 신청도 받아준다. 겁쟁이는 포기해도 좋다."

최고 명문명가의 자손들과 제자들만 엄선해서 모아 놓은 곳이었다. 감히 낯부끄러워 포기한다는 사람은 없었다.

이들은 알고 있었다. 만일 여기서 포기하면 환마동에서가 아니라 가문이나 사문의 불같은 아버지나 사부 손에 맞아 죽으리란 것을 말이다. 그들은 자신들의 명성에 먹칠이 되는 것을 결코 원하지 않을 것이기 때문이다.

"사후대책(死後對策)이란 살아 있는 자에게 무엇보다 중요한 일 중 하나이다. 한정된 시간을 사는 자는 자신의 죽음 그 뒤를 항상 생각해야만 한다. 그러니… 잔말 말고 써라!"

그리고 고약한은 애들이 못 미더운 듯 한마디 더 덧붙였다.

"이번이 마지막 휴식이 될지 모르니… 제군들의 생애에 있어서 충분히, 그리고 천천히 즐기도록."

정말 농담이라면 상당히 악질적인 농담이었다. 사람들을 약 오르게 하는 가장 효과적인 말이었다. 그는 본능적으로 사람을 약 오르게 만드는 가장 효과적인 방법을 터득하고 있는 듯했다.

그리고 3일 간의 휴식이 정해졌다. 아주아주 운이 안 좋은 사람에게는 마지막 휴식이 될지도 모르는 귀중한 시간이었다.

사망자가 드물다는 말로 주위에서는 안심시키려 하였지만 드물다는 것은 있다는 말과 동일한 말이었다. 게다가 18년 동안 폐쇄되어 있었던 것을 보면 충분히 그 내포된 위험성을 짐작할 수 있었다.

마천각을 이기기 위해서 혈안이 되어 있는 이곳 천무학관에서도 그 위험성 때문에 봉인을 결정한 것이었다. 그 봉인이 지금 18년의 시간을 넘어 다시 풀리려 하고 있었다.

달이 휘영청 밝은 밤, 바람이 쓸쓸하게 불어오고 있었다.

"오래간만이군, 천!"

"그래, 오래간만이네, 청혼! 저번에 만난 이후로 반년 만인가?"

청혼이 위지천의 방을 마지막으로 방문했던 것은 오래전 일이었다. 그리고 한참 동안의 침묵이 이어졌다.

청혼이 그답지 않은 날카로운 시선으로 위지천을 쏘아보았다. 그는 점점 더 타락해 가는 자신의 친구를 보는 게 너무나 싫었다. 그리고 화가 났다.

"언제까지 그러고 있을 건가?"

"무슨 말인지 알아들을 수가 없군."

"정말 모른단 말인가? 정말로?"

청혼이 버럭 언성을 높였다. 그는 친구로서 위지천에게 화를 낼 수밖에 없었다. 지금의 그에게 예전의 총기(聰氣)와 예기(銳氣)는 전혀 찾아볼 수 없었다.

"이제 그만 잊고 포기하게."

청혼은 차마 그 대상을 정확하게 지칭할 수가 없었다.

"흐흐흐……. 죽여 버릴 거야! 그 자식을 반드시 죽여 버릴 거야! 그런 해충은 살아 있다는 것 자체가 세상과 그녀에 대한 해악이야! 반드시… 반드시… 죽여 버릴 거야."

위지천의 눈에 광기가 일렁거렸다. 비류연을 당장이라도 씹어 먹을 기세였다.

'이 정도일 줄이야…….'

청혼은 암담한 생각이 들었다.

위지천의 정신은 지금 너무나도 황폐하게 망가져 있었다. 그는 마음이 아려 왔지만 이 순간 더 이상 대화를 진전시킬 수 없다는 사실도 알고 있었다. 사람은 어떤 하나에 집착하게 되면 주위가 보이지 않기 때문이다. 위지천의 경우도 그러했다.

"정신 차리게! 여자에 미쳐 있는 자네의 모습이 결코 보기 좋지는 않군!"

"뭐라고? 지금 뭐라고 했나? 내가 누구에게 미쳐 있다고?"

위지천이 버럭 소리를 질렀다. 다시 한 번 그의 눈에 광기가 번뜩였다. 청혼은 더 이상 소모적인 말싸움으로 의를 상하게 하고 싶지는 않았다. 현실은 오늘의 방문으로 충분히 절감할 수 있었다.

"내가 말을 심하게 한 것을 인정하고 사과하겠네. 하지만 여전히 자네의 말에 동조할 수 없으며 자네의 행동을 지지할 수 없음도 잊지 말아주게나. 이것이 친구로서 내가 할 수 있는 마지막 충고일세. 달라진 자네의 모습을 볼 수 있기를 바라네!"

청혼이 자리에서 일어났다.

쾅! 쾅! 쾅!

위지천이 탁상을 거칠게 두들겼다.

"그만! 이제 그만해! 그마아아안!"

그는 고개를 세차게 흔들며 고함을 질렀다. 더 이상 듣기 싫다는 듯 귀를 틀어막았다. 청혼은 안타까운 시선으로 그를 쳐다보았다.

"셋이서 강호를 풍미하고 다니던 때가 그립군. 하루 빨리 예전의 자네로 돌아오길 바라고 있겠네. 한 명의 여자 때문에 자네의 모든 인생을 내버리는 어리석은 행동은 하지 말게. 그럼 난 이만 가보겠네. 내일 시험에서는 서로 최선을 다해 보세나."

그렇게 말을 마친 청혼은 방문을 열고 나갔지만, 자신의 말이 실현될 가능성이 무척이나 미미하다는 사실을 그도 잘 알고 있었다.

사랑이란 게 무엇이기에……. 그 사랑 중에서도 짝사랑만큼 서글픈 것도 없었다. 대답 없는 메아리를 기다린다는 것은 엄청난 인내심을 요하는 고약한 일이기 때문이다. 개중에는 그 때문에 산을 뒤엎으려는 자까지 있었다. 그러나 그렇다고 해서 메아리가 되돌아오는 것은 아니었다. 단지 산만 황폐해질 뿐!

청혼의 기척이 멀리 사라진 것을 확인하자, 위지천은 조그맣게 흔들리는 불빛에 의지해 품속에 고이 모셔 놓은 한 가지 물건을 꺼내 불빛 아래에 비추어 보았다. 귀한 도자기를 만지는 것처럼 그의 손은 조심스럽기 짝이 없었다.

'힘을 원하는가?'

아직도 귓속을 생생히 울리는 그날의 목소리! 그의 간절한 소망에 응답한 목소리의 주인이 자신에게 준 물건이었다.

'이것이라면 반드시!'

그는 그 물건을 조심스럽게 바라보다 다시 품속으로 조심스럽게 옮겼다.

"죽일 거야……. 반드시 죽여 버릴 거야!"

눈엣가시는 빼서 완전히 소멸시켜 버릴 때만이 안전할 수 있다.

"반드시!"

시퍼런 안광을 빛내며 위지천은 그 사람으로부터 받은 물건을 손에 꽉 쥐었다.

"드디어 시작이군요."

대공자가 하늘의 바람을 타고 날아온 보고서를 보며 말했다.

"네! 드디어 내일입니다."

허리를 거의 직각에 가깝게 굽히며 치사한이 대답했다.

그들이 지금 나누고 있는 대화의 주제는 바로 정파 화산규약지회 대표 선발 시험인 환마동 시험에 관한 것이었다. 이들의 관심이 그것에 쏠려 있는 게 당연했다.

"그렇다면 축하 선물로 관(棺)이라도 보내야겠군요."

너무나 섬뜩한 말이었다. 장례식 때나 필요한 관이란 물건은 절대 추천할 만한 선물이 아니었다. 그러나 그 말을 들은 치사한은 야비한 미소를 머금었다.

"케헤헤헤헤. 그러는 게 좋겠군요. 아무래도 내일 그들은 많은 수의 시체를 치워야 할지도 모를 테니……. 인간 된 도리상 관이라도 보내주는 게 사람의 정이라는 것이겠지요. 크크큭."

그는 뭐가 그리 좋은지 연신 웃음을 터뜨렸다.

"일은 차질 없이 진행되고 있겠지요?"

"물론입니다. 모든 안배가 완벽히 끝났습니다. 모든 것은 그분의 뜻에 따라……."

"좋군요! 그럼 내일의 희소식을 기대하지요."

치시한은 다시 절하고는 조용히 물러갔다. 그에게는 아직도 처리해야 할 일들이 남아 있었다.

"앞으로 들어올 소식이 무척이나 기대가 되는군. 과연 얼마나 이 몸을 즐겁게 해줄 것인가……. 후후후."

그는 섬뜩한 미소를 지으며 대전(大殿)을 나섰다.

환마동(幻魔洞) 개문(開門)

고뇌에 찬 밤의 어둠을 밀어내고 여명(黎明)과 함께 시련의 아침이 밝아 왔다.
기상 시간을 알리는 종소리와 함께 눈을 뜬 사람은 거의 없었다.
왜냐하면 거의 대부분의 참가자들이 긴장과 흥분으로 인해,
뜬눈으로 밤을 지새우다시피 했기 때문이다.

윤준호는 창가에 서서 떠오르는 아침 해를 바라보고 있었다.
"드디어 오늘의 아침이 밝았구나! 저 해에 두고 맹세하자. 이제 두 번 다시 도망치지 않기로……."
이전까지의 윤준호와는 다른 결연한 의지가 그의 전신에서 뿜어져 나왔다. 그는 새롭게 태어나고 싶었다. 그 모든 이유가 신비에 싸인 환마동 시험이 시작되는 날 아침이기 때문이었다. 기분 탓인지 공기마저 팽팽하게 긴장된 듯한 느낌이었다. 심장이 빠른 속도로 뛰고 온몸에 전율이 흘렀다.
"다들 긴장과 흥분, 그리고 초조함으로 인해 잠을 설쳤겠지?"
어젯밤 수십 번의 수면 시도에도 불구하고 그는 매번 실패했던 것이다. 그러나…….

"이보게! 아침이 밝았네! 이제 그만 일어나게, 류연! 류연!"

모용휘는 두어 차례 비류연을 흔들어 보다 이내 포기하고 말았다.

"쿨쿨쿨. …쩐(錢)…쩌언…내 돈……. 음냐 음냐 음냐."

비류연은 반대로 기상 종소리가 울려도 여전히 침상에서 잠에 취해 뒹굴며 일어날 생각을 하지 않고 있었다.

모용휘는 비류연의 그런 모습을 보고 잘생긴 얼굴을 찡그렸다.

'이 녀석은 긴장도 흥분도 모른단 말인가?'

늦잠 자는 그의 얼굴에는 여유와 평온이 넘쳐흐르고 있었다.

새벽빛이 차가운 공기 사이로 내리비추고 있었다. 비류연은 친구들과 제자들과 함께 예정된 집합 장소로 향했다. 보이지 않는 긴장이 그들 사이를 흐르고 있었다. 여유만만하게 딩가딩가하고 있는 이는 비류연뿐이었다.

"잘 잤나? 룡? 홍? 준호?"

기숙사 문을 나서자 효룡이 보였다. 그 옆에는 장홍과 윤준호도 함께 있었다. 그들의 긴장감이 피부로도 느껴질 정도였다. 특히나 윤준호의 긴장과 결의는 대단했다. 그동안 단련시킨 보람이 이제 어느 정도 성과가 보이는 것 같아 비류연은 매우 흡족했다.

"그럼 가볼까?"

"좋아!"

다들 일제히 고개를 끄덕였다.

비류연 일행은 집합 장소를 향해 걸어갔다. 얼마 가지 않아 남궁상과 진령을 위시한 주작단원들이 그들 일행에 합류했다. 주작단원들이 비류연에게 살짝 인사했다. 그러자 장홍, 효룡, 준호가 서둘러 그들에게 인사를 했다. 이들은 특별 합숙 훈련을 통해 염도 밑에서 함께 고생했던 처지라 서로 간에 친분이 남달랐다. 서로 인사를 주고받은 그들은 다같이 집합 장소로 향했다. 어차피 그곳으로 가는 길은 하나였다. 그들뿐만이 아니라 많은 사람들이 같은 목적지를 향해 걸어갔다. 그중에는 진성곤, 임성진과 천무쌍귀영 당철기와 천소해도 있었다. 비류연은 그들과 반갑게 인사를 나누었다. 그들도 이번 시험에 참가할 생각인 모양이었다. 오늘 그들이 보여주는 모습은 언제나 놀기 좋아하고 사고치기를 즐기는 천무학관의 문제아들이 아니었다.

"정말 많은 사람들이로군. 이 사람들이 다 화산규약지회 예선전을 치르기 위해 모여든 사람들이란 말인가?"

효룡이 주위를 둘러보며 감탄했다. 다들 한가닥 하는 기도의 소유자들이었다.

"사문과 가문과 자신의 명예와 영달이 달린 일일세. 다들 기를 쓰고 덤벼드는 게 당연하지. 하지만 그 대가가 그리 만만치 않다는 것을 아는 사람은 드문 것 같군. 이들 중 거의 대다수는 화산규약지회가 뭔지 쥐뿔도 모를 테니 말일세."

장홍의 말은 상당히 냉소적이었다. 평소 그답지 않은 말투였다.

그때 비류연의 시야에 누군가가 들어왔다.

"어, 예린 소저!"

비류연이 반갑게 손을 흔들며 그녀를 불렀다. 건방지게 이름을 부르는 비류연이었다. 뜻하지 않은 만남에 곁에 있던 독고령의 얼굴이 사정없이 찌푸려졌다. 이진설은 효룡과의 감정이 정리되지 않은 관계라 기뻐하지도 슬퍼하지도 못한 채 당황하고 있었다. 할 수 없이 그녀들 일행도 비류연 일행과 함께 합류하고 말았다. 외면할 기회를 놓쳐 버렸던 것이다.

길을 걸어가는 도중 많은 사람들이 먼저 그들 일행을 보고 인사했다. 대부분의 인사는 주작단과 나예린을 향한 것이었다. 주작단의 명성은 날이 갈수록 높아져 요즘은 신입생들로부터 거의 우상 취급을 받고 있을 정도였다. 몇몇 사람들의 소원은 주작단에 들어가 단원이 되는 것일 정도로 그 인기가 높았다.

그들의 인기는 청룡단을 이긴 이후로는 거의 최고조를 달리고 있었다. 물론 그런 환상을 품는 이 중 주작단과 비류연과의 복잡무쌍한 관계를 아는 이는 단 한 명도 없었다.

금일(今日) 집합 장소는 시험 장소인 환마동 앞에 위치한 작은 연무장이었다. 작다고는 하지만 시험 지망자가 모두 모이기에는 충분한 크기였다.

비류연이 일행과 함께 도착했을 때 그곳에는 이미 전날에 잠을 설치고 일찍 일어난 많은 사람들과 분주히 시험을 준비하는 노사들이 모여 있었다. 그러나 긴장 탓인지 50여 명이 모인 장소가 잡담 소리는커녕 고요함마저 느껴졌다.

그러나 아직 모여야 할 사람은 훨씬 더 많이 남아 있었다. 이번 환마동 시험은 흑백검조에 소속된 현 천무학관도 108명과 각 명문정파와 무림맹 각 지부에 흩어져 있던 용명쟁쟁한 선배 졸업생 213명을 합쳐 총 321명이 참가했다. 일류 이상의 수준에 이른 고수들이 이만큼이나 한꺼번에 한자리에 모이는 것은 매우 드문 일이라 할 수 있었다. 대표로 뽑히기 위해서는 엄청난 경쟁자들을 물리쳐야 하는 것이다. 자신의 모든 기량을 쏟아 붓지 않으면 안 되었다.

"노사들 사이에서마저 긴장감이 흐르고 있군."

남궁상이 주위를 둘러보며 말했다.

"당연하지. 그 위험성 때문에 18년 동안 봉인되어 있던 관문일세. 3일 전에는 그 빌어먹을 각서와 찝찝한 유언장까지 쓰지 않았나. 이렇게 새파랗게 젊은 나이에 유언장을 쓰는 경험을 하게 될 줄이야 누가 알았겠나. 다들 사고가 터지는 게 겁나겠지, 왜 안 겁나겠나? 아마 저쪽도 필사적일 거야. 그것보다 자네는 두렵지 않나?"

친구이자 경쟁자인 현운이 물었다. 점점 더 도사의 품격과는 거리가 멀어져 가고 있는 현운이었다.

"생각보다는 괜찮네. 약간 긴장이 될 뿐 두려움 따위는 안 생기군."

그동안 염도에게 혹사당해 오던 게 확실히 효과가 있는 모양이었다.

"도대체 저 안에 무엇이 있기에 다들 이리 긴장한단 말인가……."

내키지는 않지만 직접 몸으로 부딪쳐 알아내는 수밖에 없었다.

남궁상이 노사들과 참가자들의 몸에서 뿜어져 나오는 기세와 긴장을 감지하고 있을 때 비류연은 다른 관점에서 참가자들을 바라보고 있었다.

"많군."

"많지. 이번 참가자는 한 3백여 명쯤 되는 걸로 알고 있네. 철중쟁쟁(鐵中錚錚)의 고수가 3백이라… 쉽지는 않겠군."

장홍 또한 긴장감을 감출 수 없는 모양이었다.

"아니, 그게 아니라 이 많은 인원이 저 안에 한꺼번에 들어간단 말이지?"

"그렇지!"

당연한 걸 뭐 하러 물어보냐는 투였다.

"그렇다면 저 안이 얼마나 넓다는 걸까?"

"꽤 넓겠지."

별로 도움이 되는 답변은 아니었다.

"그건 나도 알아. 그럼 그 넓은 동굴을 인공적으로 파는 데 얼마나 많은 금전(金錢)이 소모되었을까 잠시 생각해본 것뿐이야."

"그런 말을 그렇게 진지한 얼굴로 하지는 말게. 누가 보면 착각하잖나."

장홍은 어쩔 수 없다는 듯 고개를 가로저었다.

그때였다.

"천무학관 관주님께서 들어오십니다!"

크게 외치는 소리와 동시에 자리에 착석해 있던 노사들이 모두 일어나 모여 있던 관도들과 함께 들어오는 마진가에게 예를 표했다.

뚜벅뚜벅.

천무학관주 철권 마진가가 걸어 나와 연무장 위에 마련되어 있는 단상에 섰다. 백도의 명예를 짊어질 화산규약지회의 대표를 뽑는 중요한 시험인 만큼 그가 직접 연설을 할 예정인 모양이었다. 그만큼 이 시험의 중요성은 컸다. 마진가가 손짓하자 관도들은 포권을 풀고 노사들은 자리에 다시 착석했다.

마진가가 찬찬히 주위를 둘러보며 연설을 시작했다. 그의 말 한마디 한마디에는 사람을 휘어잡는 보이지 않는 힘이 있었다.

"여러분이 자기 자신을 이기기 위한 시험에 도전하기에 더없이 좋은 날이다. 본인은 여기 서 있는 여러분이 자랑스럽다. 여러분은 도대체 이 환마동이라 불리는 장소 안에 무엇이 있는지 궁금할 것이다. 그러나 본인은 그것이 무엇인지 가르쳐 줄 수 없다. 저 안에서 무엇을 보고 무엇을 얻을지는 전적으로 여러분에게 달려있다. 그러나 이것 한 가지만은 말해 줄 수 있다. 여러분은 아마도 이 안에서 이 세상에서 가장 무서운 것과 대면하게 될 것이다. 이곳을 지옥이라 생각할지도 모른다."

그것은 듣는 이에게 무시무시한 두려움을 안겨 주는 말이었다. 마진가는 계속해서 말을 이었다. 모두들 침묵으로 일관한 채 그의 연설을 귀담아 듣고 있었다. 사람들의 얼굴은 심각하기 짝이 없었다.

"우리는 입구는 열어 줄 수 있지만 출구를 대신 찾아줄 수는 없다. 출구에서 빛을 찾는 것은 전적으로 너희들의 몫으로 남아 있다. 나는 이제 한 가지만을 묻겠다. 너희들 중 두려움에 떠는 자가 있다면 지금 나서라!"

그의 눈은 형형하게 불타오르고 있었고, 그의 목소리는 한껏 고양되어 있었다. 그의 목소리를 듣고 있는 사람들도 그 분위기에 깊이 매료되어 있었다. 아무도 나서는 이가 없었다.

마진가가 다시 한 번 말했다.

"지금 여기 두려움에 벌벌 떨고 있는 나약한 자가 있는가? 있다면 지금 나서라. 이제 너희들이 걸어가야 할 곳은 지옥의 입구이고, 너희들이 열고 들어가야 할 문은 바로 지옥문이다. 지금 나선다면 시련을 면제해 주겠다. 아무도 없는가?"

 쩌렁쩌렁한 그의 목소리가 장내의 공기를 부르르 떨게 만들었다.

"안 돼!"

 나직하지만 강인한 목소리!

 윤준호는 자신의 팔목을 매처럼 움켜잡고 있는 손의 임자인 비류연을 물끄러미 바라보았다. 그의 발은 지금 무의식중에 바닥에서 살짝 떨어져 있었다. 그 자신도 인식하지 못한 무의식의 중간에 일어난 일이었다. 만일 비류연이 막지 않았다면 윤준호는 앞으로 나섰을지도 몰랐다. 그럼 그는 평생 웃음거리가 되어 사람들의 놀림을 받으며 살아가야 했을지도 모른다.

 비류연은 단호하게 고개를 가로저었다.

"움직이지 마! 여기서 한 발자국도! 지금 여기서 한 발짝만 떼도 너는 영원히 겁쟁이 얼간이의 굴레를 쓰고 살아야만 해! 그러고 싶지 않다면, 멍청하고 건방진 사형제들에게 큰소리치고 싶다면 절대로 움직이지 마! 대지에 뿌리내린 천 년의 거목처럼! 알았어?"

 윤준호는 그 서슬 퍼런 비류연의 말과 눈빛에 주눅이 든 채 맥없이 고개를 끄덕였다. 그는 바닥에서 살짝 들린 자신의 오른발을 살포시 내려놓았다.

"자! 용기 없는 자는 아무도 없는가?"

 마진가가 다시 한 번 큰 소리로 물었다. 그의 포효가 새벽녘의 차가운 공기를 쩌렁쩌렁 진동시켰다.

"없습니다."

 연무장이 떠나갈 정도로 우레 같은 소리가 지축을 울리며 모두들

합창하듯 한 목소리로 대답했다. 마진가의 얼굴에 흡족한 미소가 그려졌다.

"본인은 너희들이 자랑스럽다. 본인은 너희들이 어떠한 시련도 꿋꿋이 헤쳐 나오리라 믿어 의심치 않는다. 관도들이여! 명심하라! 두려움에 휘말리는 순간 모든 것이 끝장이다. 그것은 너희들의 정신을 피폐하게 만들 수도 있고, 때로는 죽음으로 몰고 갈 수도 있다. 각별히 주의하라. 적은 너희 안에 있다. 백도의 기둥들이여! 정파의 수호자여! 이제 발을 앞으로 내딛어 자신에게 다가오는 시련을 이겨내라!"

마진가가 오른손을 앞으로 힘차게 내뻗었다.

"자 그럼 가거라!"

그것을 신호로 환마동 시험, 아니 시련이 시작되었다.

"와아아아아."

관도들로부터 함성이 터져 나왔다.

그러나 여기 모인 이들 중 그 누구도 앞으로 일어날 불길한 사고를 예감하고 있는 이는 없었다.

끼이익.

그것이 열리는 소리는 매우 기이하고 흉측하여 듣고 있는 이들의 마음에 불길함을 심어 주었다. 그 소리는 그동안 굳게 닫혀 있던 문이 18년 만에 처음으로 지르는 비명성 같았다. 게다가 문 뒤로 나타난 동굴은 마치 지옥의 아귀(餓鬼)가 입을 벌리고 있는 듯했다.

시험 진행을 맡고 있는 노사 중 한 명이 크게 외쳤다.

"자! 나누어 준 순번대로 차례로 들어가시오!"

아까 나눠 줬던 순번표는 들어가는 순서를 정하기 위한 것이었던 모양이었다. 비류연은 자신이 나누어 받은 순번표를 확인했다.

사십사(四十四)번이었다.

"불길하지 않나? 그리 좋은 번호라고 할 수가 없군."

장홍이 어디선가 불쑥 나타나 한마디 했다.

"무엇이 그리 불길하다는 것이야?"

비류연이 퉁명스럽게 되물었다.

"수상학(數相學 : 숫자에 포함된 의미를 일종의 관상처럼 푸는 학문)에 따르면 예로부터 사(四)란 죽음을 상징하는 불길한 숫자라네. 게다가 사십사번이면 그 불길함은 더욱더 하지. 사십사번은 죽음이 두 번 들어가 있는 숫자라네. 자네가 이 시험을 치를 때 두 번 이상의 죽음의 위험에 직면할지 모른다는 뜻이지. 아니면……."

"아니면 뭔가?"

장홍이 말을 끄는 게 답답한지 비류연이 되물었다.

"단지 두 번만으로 끝날지 의심스럽기도 하네. 사십사란 아라비아 숫자로 적으면 이렇게 된다네."

친절하게도 장홍은 바닥에다가 아라비아 숫자 '44'를 보란 듯이 써보였다. 이 시대에는 비록 상용화되지는 않았지만 아라비아 숫자의 개념이 이미 들어와 있었다. 잠시 말을 멈춘 장홍은 아직 할 말이 남았는지 계속해서 입을 열었다.

"해석하는 방향에 따라 이것은 죽음이 네 번 자네를 찾아온다는 뜻으로도 풀이할 수 있네. 앞의 4는 죽음의 위기를, 뒤의 4는 횟수를 뜻하는 것이지. 그러나 다음 해석에 비하면 새 발의 피야. 그보다 더 심각한 해석을 들자면 자네에게 심적 부담을 줄까 봐 말하지 않고 있었지만……."

비류연이 보기에 장홍은 전혀 자신에게 미안해하지 않고 있었다. 오히려 즐기고 있는 듯한 인상을 주었다.

"44란 4가 열한 번 더해져 이루어진 숫자이기도 하지. 즉, 죽음이 열한 번 자네에게 사신의 그림자를 드리울지도 모른다는 이야기야."

"숫자를 빌미로 아주 악담을 하는군. 아예 저주를 퍼붓지 그러나? 그러면 더욱 효과적일 텐데? 제웅(지푸라기 인형)을 만들어 거기다 못을 박으면 좀더 효과가 증대될지도 모르겠군. 머리카락 한 올 빌려줄까?"

비류연이 빈정거리며 한마디 했다.

"그러는 장 형은 몇 번인데?"

"13번일세."

자랑스러운 표정으로 장홍이 말했다.

"그 숫자는 불길하지 않은 모양이지?"

비비 꼬인 말투로 비류연이 물었다.

"물론이지! 수상학(數相學)에 따르면 13이란 가장 완벽한 수 중 하나지. 자네는 이 세상에서 가장 완벽한 도형이 뭔 줄 아나?"

비류연은 고개를 가로저었다. 장홍은 그럴 줄 알았다는 듯 고개를 끄덕이며 '썰'을 풀어놓았다.

"그건 바로 정육면체일세. 그렇다면 가장 완벽한 도형인 정육면체를 이루는 꼭짓점은 모두 몇 개인가?"

"열세 개!"

비류연이 대답했다. 장홍의 입에 만족스런 미소가 떠올랐다.
"바로 그렇다네. 그러니 이렇게 완벽한 수가 어찌 불행의 수가 될 수 있겠는가! 그러니 난 행운의 수를 잡은 거고, 자네는 불행의 수를 잡은 거라네."
"그래서 참으로 좋기도 하겠수."
"물론 좋지. 자신에게 찾아올 수 있었던 불행이 남에게 돌아가고, 남에게 갈 수 있었던 행운이 나에게 돌아왔는데 어찌 기뻐하지 않을 수 있겠는가. 그건 하늘의 선행에 대한 모독이라네."
장홍이 의기양양하게 대답했다.
"쳇, 운명은 자신이 만들고 개척하는 법! 그런 종이 쪼가리에 적힌 숫자에 나의 운명을 걸기에는 너무 값이 싸지. 어디 두고 보면 알겠지. 누가 저 안에서 무사히 돌아올 수 있는지 말이야."
"아! 그렇다고 내가 자네에게 악감정을 가지고 있는 것은 절대로 아니니 난처하게 곡해하지는 말게나."
장홍이 여태껏 자신이 신나게 내뱉은 말은 모두 잊어버린 듯 뻔뻔스럽게 말했다. 비류연은 한쪽 입 꼬리를 말며 싱긋 웃었다.
"글쎄……. 그건 역시 좀 미심쩍구먼."
"44번!"
자신의 번호를 부르는 소리에 비류연은 앞으로 나섰다. 드디어 자신이 들어갈 차례였다.
'두 번의 죽음이 닥칠 수 있다고? 그런 자격도 없는 엉터리 점쟁이 녀석의 말을 굳이 믿을 필요야 없지. 사신(死神)이여! 나를 죽일 수 있다면 죽여보시라. 그러나 그 전에 내 손에 죽을 각오를 꼭 하시게나.'

비류연은 전혀 두렵지 않았다. 어떤 저승사자가 감히 자신의 목숨을 취할 수 있는지 그 낯짝이라도 보고 싶을 지경이었다.

'겨우 그런 운세나 점괘 따위에 좌우지될 만큼 난 약하지 않아. 진정한 강자는 자신의 운명마저 다스릴 줄 알아야 하는 법.'

비류연은 자리에서 일어나며 등에 묵금을 멨다. 그러자 옆에 함께 있던 임성진의 눈이 동그래졌다.

"아니 자네 그런 무거운 짐짝을 들고 들어갈 생각인가?"

어처구니없다는 표정으로 임성진이 물었다.

"그럼요. 이건 나의 예술혼이 담긴 물건이에요. 함부로 던져놓고 다닐 수야 없지요! 게다가 이게 얼마나 비싼 물건인데 함부로 놔두고 다녀요? 말도 안 되는 이야기죠."

뇌금(雷琴) 묵뢰(墨雷)는 사문의 비보(秘寶)였다. 어떤 문파든 그 문파의 비보는 무가지보(無價至寶), 즉 값을 측정 및 책정할 수 없는 초고가의 물건이란 뜻이었다. 그것을 장기간의 외출이 될지 모르는 이 마당에 놓고 갈 수는 없었다. 고가의 물건을 함부로 다루거나, 아무 곳에나 방치해 둘 수는 없는 노릇이었다.

"여전히 자네의 사고방식은 나로서는 이해가 불가능하군 그래. 오히려 걸리적거리기만 할 뿐 쓸모는 없어 보이는 물건을 저 안으로 들고 들어간다니……."

임성진은 고개를 설래설래 저었다.

"44번!"

다시 한 번 그의 번호를 부르는 목소리가 들려왔다.

"그럼 먼저 가보죠."

비류연은 묵금을 메고 유부(幽府)로 향하는 길처럼 보이는 환마동의 깊게 뚫린 동혈을 향해 당당하게 나아갔다.

곧 그의 몸이 어둠 속으로 사라졌다.

"46번!"

위지천의 차례였다. 위지천은 자신의 손을 물끄러미 바라보았다. 그곳에는 검고 동그란 환약 하나가 놓여 있었다. 그는 단약을 보다 슬그머니 품속에 고이 모셔져 있는 은빛 원통을 만지작거렸다. 그는 초조함에 마음의 안정을 찾지 못하고 계속해서 원통을 만지작거렸다.

그날의 일이 마치 오늘 일처럼 선하게 그의 눈앞에 어른거렸다. 귓가가 앵앵거렸다.

"받게."

그날 그 장소에서 그 사람은 자신에게 불쑥 뭔가를 내밀었다. 그가 내민 것은 한 알의 환약(丸藥)이었다.

"이것이 뭐죠?"

아직도 얼떨떨한 기분이 가시지 않은 위지천이 간신히 자신을 추스르며 말했다.

"호심환(護心丸)일세. 글자 그대로 마음을 보호하는 환약으로 환마동 안에서 당분간 견딜 수 있게 특수 제조된 약이지. 직접 경험해 보면 알게 된다네. 그 안에 들어가면 그 약이 반드시 필요하게 될걸세. 들어가자마자 꼭 먹도록 하게. 그리고 약의 효력은 불과 한 시진이니 그 안에 모든 일을 마무리 짓도록 하게. 잊지 말게! 약의 효력은 한 시진뿐이야! 복용 후 한 시진이 지나면 약효가 사라진다는 사실을 망각하면 큰 낭패를 당할걸세. 그 전에 반드시 일을 끝내야만 하네."
"이런 게 필요한 곳이란 말입니까? 그 환마동이란 곳이……?"
아무래도 자신의 상상을 뛰어넘는 장소인 것 같았다.
"그렇다네, 나도 직접 들어가 보지는 못하고 귀로만 들은 것이지만 틀림이 없다고 하더군. 그곳은 조심한다 해서 무사할 수 있는 곳이 아니야."
"그럼 어떻게 해야 합니까?"
될 수 있는 한 많은 정보를 수집해 가는 게 그에게는 유리했다. 그 편이 활동의 제약이 훨씬 줄어들 것이 불 보듯 뻔했다. 위지천은 필사적이었다.
"마음!"
"네?"
"마음이라고 했네."
"저어……."
말을 할 때는 머리하고 허리를 자르지 말아야 신원을 구분할 수 있다. 머리도 다리도 잘려나간 상하 분간이 불가능한 변사체는 사양이었다.
"나도 그것밖에는 듣지 못했네. 그렇게만 알고 있게."
그는 강조하듯 한 번 더 말했다.
"그 약을 들어가자마자 꼭 복용하게! 반드시!"

이제 그 약을 먹어야 할 때였다.

환마동(幻魔洞) 입동(入洞)

환마동 안은 생각보다 넓었다.
들어간 입구로부터 이어지는 외길 끝에는 제법 넓은 광장이 있었다.
그리고 그곳에도 노사 한 명이 대기하고 있었다.

 광장 좌우로 횃불이 박혀 있어 어두움을 느낄 수 없었다. 조금 더 광장 안으로 걸어가자 여러 갈래의 길이 나타났다. 숫자를 세어보니 모두 여덟 갈래였다. 각 문에는 모두 문이 하나씩 달려 있었다.
 "어디로 들어갈지 고르게!"
 진행을 맡고 있는 시험관이 말했다. 아무래도 이 중 하나를 택해서 들어가는 모양이었다. 어디로 들어가야 할지 고민하던 비류연은 문득 장홍의 말이 뇌리에 떠올랐다. 그러자 갑자기 오기가 생겼다.
 "네 번째요!"
 비류연이 말했다.
 시험관은 군말 않고 네 번째 문을 열어 주었다. 깊이를 알 수 없는 어둠이 열린 문 뒤로 나타났다. 비류연은 그곳으로 망설이지 않고 걸음을 옮겼다.

"끼이이이익! 쿵!"

문이 닫히자 세상에서 빛의 자취가 사라졌다. 암흑이 비류연의 주위를 가득 채웠다.

"얼래?"

빛이 사라지고 암흑만이 존재했다. 사방 그 어디에도 빛을 발하는 물건을 찾을 수가 없었다. 어떤 벽에 의해 빛이 완전히 차단된 느낌이었다. 상하좌우가 분간이 되지 않을 정도로 갈래길 안은 어두웠다. 만일 어둠 속에서 물체를 보는 안법 수련을 하지 않았다면 완전히 눈먼 장님 신세가 될 뻔했다.

"어라? 무슨 냄새지?"

환마동 전체에는 매우 특별한 향이 감돌고 있었다. 뭐랄까, 말로 쉽게 설명되지 않는 그 향의 느낌은 몸을 대단히 편안하게 만들어주는 힘이 있었다.

"쿵쿵! 독향은 아닌가 보군!"

어떤 작용을 하는지 알 수는 없었지만 일단 독향은 아닌 것 같아 안심이었다. 호흡에는 별다른 지장을 주고 있지는 않았지만 단순한 동굴 안 냄새 제거용이 아닌 것만은 확실했다. 그리고 어디서부터 이런 독특한 향기가 퍼져 나오는지 출처를 알 수가 없었다. 그 향기는 마치 안개처럼 비류연의 앞길을 가로막았다. 아마 다른 모든 이들도 자신과 비슷한 경험을 하고 있으리라.

"멈춰 서 있으면 정체될 뿐이지."

비류연은 서슴지 않고 앞을 향해 걸어갔다. 한참을 걸어가도 사람의 생명을 위협하는 돌발적인 함정이나 은밀한 장치 같은 것은 없었다. 너무나 밋밋해서 지루할 정도였다.
"도대체 이 안에 무엇이 있다는 걸까?"
아직은 비류연으로서도 알 수가 없었다.

"젠장, 왜 아무것도 안 보이는 거야?"
한참을 걸어가던 비류연이 입을 삐죽이며 투덜거렸다.
"기름값이 그렇게 아까웠나? 쩨쩨하게……."
자신의 돈은 절약할 필요가 있지만 남의 돈까지 절약해 줄 필요는 없다는 게 비류연의 지론이었다. 그래도 이번은 해도 해도 너무하다고 비류연은 생각했다. 왜냐하면 동굴 안은 지척도 분간하지 못할 정도로 너무 어두웠던 것이다. 그가 어둠을 무서워하거나 하는 것은 아니지만 그래도 빛은 없는 것보다는 있는 게 좋았다. 그나마 다행인 것은 뛰어난 안력 덕분에 빛에 의지하지 않고도 사물을 구분할 수 있다는 점이었다.
비류연은 지금 두 갈래 길 앞에 서 있었다. 예상한 대로 아무래도 이곳은 미로로 이루어져 있는 것 같았다. 하나는 경사가 가파르고 보기에도 험난해 보이는 동굴이었다. 그리고 다른 하나는 경사가 완만하고 길도 평탄해 보였다.
"어느 쪽으로 가야지 잘 갔다는 소리를 들을까?"
비류연은 잠시 고민해 보기로 했다. 그러나 그의 고민은 그다지 오래가지 않았다. 비류연이 명문정파라고 뻐기는 녀석들에게 치를 떠는 이유는 이 녀석들이 말은 번지르르하고 겉모습까지 뺀질뺀질한 주제에 어려움, 고난과 시련, 고독의 삼중주에 마주치자 맞설 생각은 하지 않고 회피할 방법만을 찾고 있었다는 점이었다.

무엇이 그렇게 두렵단 말인가?

상처? 부상? 이별? 아니면 죽음?

시련이란 어차피 인위적이고 계획적인 위험을 도전자가 받도록 만들어져 있는 체계였다. 어차피 그것을 바꿀 수는 없다. 그렇다면 적어도 정면으로 마주치고 돌파할 만한 배짱은 지니고 있어야 하지 않겠는가! 그러나……

"무엇보다 안전이 제일이지!"

웬만하면 험한 길보다는 평탄한 길을 걸어가는 게 이득이라는 지론을 지닌 비류연은 서슴지 않고 편한 길을 택하기 시작했다.

그는 너무 일을 충동적으로 저지르는 경향이 있었다, 그것은 결코 좋은 버릇이 아니었다. 돌다리도 두들겨 보고 건너라는 속담도 있는데 그가 하는 행동은 징검다리를 눈감고 건너는 격이었다.

"참가자 전원 입동을 완료했습니다."

총노사 빙검의 보고를 들은 마진가는 고개를 끄덕였다.

"이제 다들 무사히 이 시험이 끝나기만을 빌 수밖에 없군요."

마진가가 말했다.

"그들은 저 안에서 무엇을 볼까요?"

빙검은 환마동이 어떤 곳인지 설명을 들어 알고 있었다. 그러나 겪어 본 적은 솔직히 없었다. 그래서 저 안에서 사람들이 무엇을 겪을지는 그로서도 알 수가 없었다.

"저들은 저 안에서 이 세상에서 가장 끔찍한 것을 볼지도 모릅니다. 혹은 가장 가슴 아픈 일을 겪을지도 모르지요. 공포가 그들을 삼켜버릴지도 모릅니다. 그 중에는 그 충격을 견디지 못하고 미쳐 버리는 사람까지 있었습니다."

빙검도 의약전에 들렀을 때 그런 사람을 본 기억이 있었다. 도대체 저 안에서 무엇을 보았기에……. 그것은 겪어 본 사람만이 대답해 줄 수 있을 것이다.

"모든 것은 저들의 정신력과 의지에 달려 있습니다. 다들 힘내라는 말밖에는 해줄 말이 없군요."

마진가가 자리에서 일어났다. 그의 무복 자락이 바람에 펄럭거렸다.

"폐문(閉門)!"

마진가의 지시에 따라 환마동의 문이 굳게 닫혔다.

"이제는 기다리는 일뿐입니다. 출구를 찾는 것은 그들의 몫입니다."

"어딜 그렇게 똥마려운 놈처럼 바쁜 걸음으로 걸어가는 게냐?"

"……?"

비류연은 자신의 앞길을 가로막은 사람의 얼굴을 쳐다보았다.

'얼래? 어디서 많이 보던 사람인데?'

확실히 많이 본 얼굴이었다. 아마도 지겨울 정도로…….

"다… 당신은!"

그의 얼굴을 찬찬히 살펴보던 비류연의 눈이 부릅떠졌다. 비류연의 얼굴에서 서서히 여유가 사라졌다. 지금까지 단 한 번도 긴장해 본 일이 없는 그가 잔뜩 경계하며 긴장하고 있는 것이다.

부자유친(父子有親)
- 아버지와 아들 사이에는 친함이 있어야 한다!

"어디가 어딘지 알 수가 있나……."
임성진은 주위의 환경에 주의하며 앞으로 걸어갔다.
사방의 빛이 모두 차단되었기 때문에 자칫하면 돌에 부딪치거나
돌부리에 걸려 넘어질 위험이 있었다.

 게다가 어딘가에 함정이 있을지도 몰랐다. 미지에 대한 두려움만큼 큰 공포는 없다. 차단된 정보가 그의 머릿속에서 무수한 상상들을 만들어냈다. 끔찍하고 전율스런 상상이 늘어나면 늘어날수록 그의 발걸음은 더욱더 무거워졌다.
 임성진은 한 걸음 한 걸음 내딛는 것도 쉽지가 않았다.
 독특한 향기가 정신을 몽롱하게 만들고 있었다. 그의 귓가로 어떤 소리가 들려왔다. 여러 명의 사람들이 웅얼거리는 듯한 그 소리는 아마도 어떤 경문 같았다. 하지만 지금 상황으로서는 그것이 환청인지 아닌지 분간하기조차 힘들었다.
 "이거 왜 이러지?"
 왠지 긴장이 풀어지는 듯한 느낌이었다. 따뜻한 온천에 하루 종일

들어갔다 나온 듯한 그런 나른한 느낌이 온몸을 감쌌다. 손도 발도 왠지 무기력하고, 내딛는 한 걸음 한 걸음이 힘겹기만 했다.
'잠시 발을 멈추고 쉬었으면……'
그런 생각이 임성진의 뇌리 속을 깊숙이 지배했다.
'몽환소혼향(夢幻消魂香)'이라고 불리는 이 미향의 효과를 제대로 아는 사람은 참가자들 중 아무도 없었다.

"임성진, 너 여기서 뭐하고 있는 거냐?"
갑작스럽게 자신의 앞에 나타난 거구의 장한, 온몸에 털이 가득하고 사방에 그림자를 드리울 정도로 무지막지하게 큰 몸뚱이였다.
"아버지!"
임성진이 소스라치게 놀라 외쳤다.
"그래도 아직 애비 얼굴은 안 잊어먹은 것 같구나. 장하다!"
굵고 거친 송충이 눈썹에 뻗친 수염이 빽빽하게 나 있는 부리부리한 얼굴이었다. 그의 전신은 상처투성이였고, 심지어 얼굴에도 여러 개의 상처가 나 있었다. 이 상처는 그가 그동안 얼마나 열심히 영업을 뛰었는지 나타내주는 영광의 상처였다.
"여긴 어떻게?"
임성진은 아직도 벌름거리는 심장을 억제하지 못하고 있었다. 상식을 초월할 일이 벌어질 거라더니 이건 정말 반칙이었다.
"인연을 끊은 것 아니었습니까?"
임성진은 본능적으로 철곤(鐵棍)을 내밀며 경계 태세를 취했다.
"애비가 자식 놈 얼굴 좀 보겠다는데 누가 말려, 내 맘이지. 난 내가 하고 싶은 것만 해!"

 그러고 보니 분명 그런 빌어먹을 성격임이 분명했다. 저 망할 놈의 제어 불가능한, 끓는 냄비 같은 막무가내적 성격을 보니 아버지가 맞긴 맞는 것 같았다. 그러나 여전히 실감은 나지 않았다. 왜냐하면 그것은 불가능한 일이었기 때문이다. 다른 사람은 몰라도 그는 자신의 가업이 뭔지 몸서리쳐질 정도로 잘 알고 있었다.

 "설마 잡혀온 건 아니겠죠?"

 그것만은 아니기를 빌었다.

 "흥! 누가 감히 이 몸을 잡을 수 있단 말이냐? 이 몸을 잡을 수 있는 놈은 이 세상에 아무도 없다!"

 '무척이나 많이 있죠. 단지 귀찮아서 안 할 뿐이구요.'

 그의 아버지 직업은 바로 녹림대도(綠林大盜)였다. 게다가 길가는 행인을 터는 따위의 시시한 일은 거들떠도 안 보는 거물이었다.

 "아무리 부정하려 해도 넌 내 아들이야!"

 "흥! 전 이제 녹림인이 아니라 백도인입니다. 마음대로 아들을 도둑놈 만들지 마십시오. 아들 혼삿길 막힙니다."

 임성진이 소리쳤다. 아버지의 직업은 그에게는 벗을 수 없는 굴레였다.

 "어쩔시구리, 이놈 봐라? 감히 애비의 말에 반항을 해. 한번 녹림도는 영원한 녹림도야! 자신의 출신은 어떻게 발버둥친다 해서 바뀌는 게 아니야! 네 몸속에 흐르는 녹림의 피를 넌 부정할 수 없다. 넌 누가 뭐라고 씨부렁거려도 녹림칠십이채 총표파자 녹림왕(綠林王) 광풍마랑(狂風魔狼) 임덕성의 아들이야!"

총표파자란 녹림칠십이채의 수장을 가리킨다. 총채주의 다른 호칭이라 할 수 있었다.

'젠장, 별로 떠올리기 싫은 일이 떠오르는군!'

광풍마랑도의 달인! 녹림칠십이채의 총표파자!

녹림의 신, 도둑들의 왕!

어떻게 몸부림쳐도 자신이 그의 아들이라는 사실만은 부정할 수 없는 진실이었다. 갑자기 떠올리기 싫은 과거가 떠올라서인지 그는 얼굴을 찡그려야만 했다.

'흥! 산도적의 자식새끼 주제에 너무 기고만장하구나.'

'까마귀는 아무리 물속에서 자신을 백 번 천 번 씻어도 까마귀일 뿐, 절대 백로가 될 수 없다.'

'아니야! 아니야! 난 백도인이 될 거야!'

'녹림의 피를 이어받은 너는 언제까지라도 녹림도일 뿐이야! 사파인인 너는 절대 정파인이 될 수 없다.'

다시금 떠올리기 싫은 추억이었다. 그런 일을 겪은 건 모두 다 저 망할 아버지 때문이었다. 그러나 임성진의 날카로운 시선에도 아랑곳 하지 않고 말했다.

총채(總寨)를 떠나올 때도 이런 대치 관계가 있었다. 임성진은 그날의 일을 아직까지도 생생히 기억하고 있었다.

"넌 이 애비를 배신하고 어디를 가는 것이냐? 넌 나의 뒤를 이을 후계자다!"

"싫습니다. 전 천무학관으로 들어가 무도의 극의를 추구하고자 합니다."

"넌 절대 그들과 어울릴 수 없다! 여기서 나의 뒤를 이어라! 너는 나 녹림왕의 아들이다. 자신의 터전을 버리고 어디로 가겠다는 거냐?"

"족보에서 지우든지 말든지 마음대로 하십쇼. 전 제 갈 길을 가야 하겠습니다."

임성진도 지지 않고 대꾸했다.

"이런 쳐죽일 녀석! 감히 이 애비의 말을 거역해?"

수많은 사람의 피를 먹은 시퍼런 낭아도가 살기 어린 푸른빛을 발했다. 그러나 임성진은 물러서지 않았다.

"아버지고 뭐고 간에 전 아버지와 싸워서라도 여길 나가야겠습니다."

그가 양손으로 곤을 쥐고 자세를 취했다.

"어라? 웬 곤이냐? 네놈 언제 곤법 같은 하찮은 무공을 배운 적이 있었냐?"

그의 아버지 녹림 총표파자 임덕성은 패도법의 달인이었다. 생긴 것도 어설프고 사람 죽이기도 무척이나 귀찮은 곤 같은 무기는 생전 익힌 적이 없었다. 그러니 더욱 의아했을 것이다.

임성진은 그 질문에 대답하지 않고 대신 자신의 주장을 피력했다.

"말리지 마십시오. 전 제 갈 길을 갈 것입니다. 남의 재물이나 터는 도적 생활은 이제 지긋지긋해요."

"임마! 사업이라고 해! 보호 사업! 너는 어리석게도 십만 녹림의 왕자리를 차버리겠다는 거냐? 넌 나 녹림왕 임덕성의 아들놈이야!"

"그 핏줄이 이토록 원망스러워질 줄은 몰랐습니다. 자, 갑니다."

"오냐! 오늘 인연 하나 끊어 보자! 녹림의 자식을 저 꼬장꼬장한 정파 새끼들이 받아줄 리가 없지. 잘해 봐라!"

"아니야! 난 백도인이 될 거야! 으아아아아아아악!"
　임성진은 광분한 채 철곤을 맹렬히 휘두르며 아버지를 향해 달려들었다.

　'그날로 인연은 끝났다고 여겼는데…….'
　그런데 그는 지금 또다시 아버지랑 대치하고 있었다.
"어쨌든 뭐라 말씀하셔도 전 돌아가지 않습니다. 그곳은 제가 있을 곳이 아닙니다. 제가 있을 곳은 바로 여기 천무학관뿐입니다. 아버지가 뭐라고 하셔도 전 이곳에 있겠습니다."
　임성진이 단호하게 말했다. 이 건에 대해서만은 타협의 여지가 없었다.
"흥! 말이 많다. 녹림의 아들은 칼로 모든 것을 결정짓는 법! 네 주장을 관철시키고 싶으면 날 이겨 봐라. 그날은 운 좋게 내뺄 수 있었겠지만 오늘은 그렇게 안 될 거다. 넌 어쩔 수 없는 녹림의 자식이라는 걸 내 증명해 주마. 자, 와봐라! 까마귀는 절대 백로가 될 수 없어!"
"아니야! 난 이미 백도인이야! 난 당신 같은 도적놈이 아니야! 아니란 말야! 으아아아아아아!"
　다시 한 번 광분한 임성진이 진성곤을 휘두르며 임덕성에게 달려들었다. 그날과는 비교할 수 없을 정도로 위력적인 공격이 그의 손에서 펼쳐졌다.

효룡! 피의 악몽을 꾸다

"이… 이럴 수가……."
효룡은 신경이 마비된 듯 제자리에 석상처럼 굳어 있었다.
산발한 머리에 피로 검붉게 얼룩진 다 해진 옷을 입고 피 묻은 손을
그에게 뻗고 있는 누군가가 있었기 때문이다.

갑자기 그는 숨이 터억 막혔다. 소리가 목에 걸리기라도 한 듯 답답하고 심장은 터져 버릴 듯 강렬하게 뛰었다. 피가 거꾸로 역류하는 듯한 느낌!
괴로웠다. 그리고 무엇보다 가슴이 아팠다.
눈가를 타고 굵은 눈물이 흘러내렸다. 도저히 막을 수 없는 감정의 역류였다. 사나이는 어떠한 일이 있어도 울면 안 된다고? 그거야말로 남녀 차별적인 발언 아닌가? 눈물이 볼을 타고 하염없이, 하염없이 흘러내렸다.
"혀… 혀… 혀… 엉……. 혀어어어엉!"
목에 걸린 가시를 토해내는 듯한 느낌으로 그가 울부짖었다. 아직 목이 메어 말이 제대로 나오지 않고 심하게 갈라졌다. 그러나 그는

목이 터져라 형을 불렀다. 그의 눈앞에 있는 사람은 바로 자신의 손으로 마지막 생명을 끊어 하늘로 올려 보냈던 친애하는 친형 갈효봉이었다. 갈효봉은 그날 무당산에서 보였던 모습 그대로의 행색을 하고 있었다.

"아룡아… 아룡아!"

그가 무척이나 처연한 목소리로 효룡을 불렀다. 효룡은 두 손으로 귀를 틀어막고 절규했다.

"아니야! 당신은 형이 아니야! 절대 형이 여기 나타날 수 없어! 그날 분명 형은… 형은……."

효룡은 차마 뒷말을 이을 수가 없었다. '형은 분명 내 손에 죽었어!'라고 그는 차마 말할 수가 없었다. 그것은 그에게 너무나 괴롭고 끔찍한 일이었기 때문이다. 효룡은 모든 기력을 다해 눈앞의 존재를 부정했다. 그렇지 않으면 자신이 미쳐 버릴 것만 같았다.

효룡을 바라보는 효봉의 눈동자가 처연하게 변했다. 그의 눈에 슬픔이 가득하자 효룡은 다시 한 번 가슴이 욱신거림을 느껴야만 했다. 수백 개의 못이 그의 심장을 찌르는 것만 같았다.

효봉이 다시 입을 열자 그의 말에서 귀기(鬼氣)가 일렁거렸다.

"흐흐흐흐흐! 그래? 내가 네가 알던 그 효봉이 아니라고? 그럼 이건 뭐지? 이걸 보고도 네가 내가 나임을 부정할 수 있을까?"

그가 앞섶을 헤치고 가슴을 열자 효룡의 눈이 찢어질 듯 부릅떠졌다. 순간 효룡의 머릿속은 새하얀 백지처럼 하얗게 탈색되었다. 이어서 찢어질 듯한 절망적인 비통한 절규가 터져 나왔다.

"으아아악! 으아아악! 으아아아아악!"

그것은 광기에 찬 울부짖음이었다. 지금 이 시련을 넘기에 그의 심경은 너무나 여렸다. 쉽게 부서지는 유리조각처럼 위태로웠던 것이다. 갑자기 눈앞이 컴컴해졌다. 시커먼 어둠이 그를 집어삼켰다.

효룡은 마침내 환상에게 먹혀 버리고 만 것이다.

"다들 자신을 이겨낼 수 있을까?"

마진가가 침중한 어조로 물었다.

"아이들은 반드시 해낼 겁니다."

빙검이 대답했다.

"환마동 안을 흐르는 향은 바로 '몽환소혼향(夢幻消魂香)'이라고 불리는 특수한 향일세. 이 미향의 효과를 제대로 아는 사람은 참가자들 중 아무도 없을걸세."

"몽환소혼향이라면……."

"그렇다네. 바로 향을 맡은 이에게 자신의 내면 깊숙이 숨어 있는 잠재의식을 환상으로 보여준다는 향이지. 일종의 최면향(催眠香)이라고 할 수 있지. 이 특수 최면향은 동굴 전체에 펼쳐진 환영봉마진(幻影封魔陣)과 합쳐져 무시무시한 위력을 낳는다네. 아이들에게 자신의 내면 깊숙한 곳에 감추어 두었던 공포를 보여주지. 자신들이 외면하고 싶어 하는 가장 내밀한 공포를 말일세. 아마 이 세상에 그보다 끔찍하고 두려운 일은 거의 없을걸세. 그러나 한 가지 반드시 주의해야 할 점이 있네."

"그게 무엇입니까?"

"정신력이 관건이야. 환상에 당하는 건 상관없지만, 환상에 먹혀 버리면 모든 것이 끝장일세!"

"그럼 어찌 됩니까?"

자신의 딸인 관설지도 함께 참가한 터였다. 물론 빙검으로서도 말릴 생각은 없었다. 그러나 마진가의 이야기를 듣고 보니 아버지로서 걱정이 되는 게 당연했다.

마진가가 말했다.

"자칫 잘못하면 그 자의 정신은 영영 육체로 돌아오지 못할 수도 있네. 바로 백치가 되어 버리는 거지. 개중에는 미쳐서 자살하는 사람들도 있었다네. 그 때문에 18년 동안 폐쇄되었던 것이기도 하고……. 관건은 자신의 공포를 직시할 필요가 있다는 것일세. 만일 외면하면 환상에 먹힐 수 있으니 주의해야 하지. 다시 제정신으로 돌아올 수 있을지 아무도 보장하지 못하니 말일세."

윤준호의 검무(劍舞)

"류여어어언!"
"효료오오옹!"
"장호오오오옹!"

윤준호는 어둠 속을 걸어가며 계속해서 친구들의 이름을 불렀다. 그렇지 않으면 이 어둠 속에 먹혀 버릴 것만 같은 끔찍한 기분이 들었던 것이다. 빛 한줄기 들어오지 않는 어둠이 이토록 공포스러우리라고는 그도 미처 생각지 못했었다.

그 중 특히 그를 괴롭히는 공포는 어딘가에서 갑자기 암기 발사 장치가 작동되어 화살이나 독침 등을 자기에게 쏘아 보낼 수도 있다는 사실이었다. 그런데 문제는 자신에게는 기습적으로 발사된 암기를 피해낼 재간이 없다는 것이었다. 그런 일이 진짜 일어나든 일어나지 않든 그것은 상관이 없었다. 이 어둠 속에서는 그런 가능성이 있다는 사실 하나만으로도 사람의 피를 말리고 있었다.

그는 세 번째 갈래 길을 지나 네 번째 갈래 길로 접어들고 있었다.

하지만 사람의 기척은 조금도 느낄 수 없었다. 그는 벽을 손으로 짚으며 감각에 의지한 채 앞으로 천천히 걸어갈 수밖에 없었다. 이대로 이 암흑 속에 영원히 갇혀 버릴지도 모른다는 끔찍한 생각이 자꾸만 그를 괴롭혔다.

두려웠다. 그것은 근원적인 공포인지도 몰랐다. 친구들의 이름을 차례대로 불러 봐도 대답은 없었다. 그저 방향을 알 수 없는 웅웅거리는 반향(反響)만이 공허하게 그에게로 되돌아올 뿐이었다.

"으아아아악!"

윤준호는 갑자기 비명을 터뜨리며 바닥에 한 바퀴 굴렀다. 울퉁불퉁한 돌바닥 위에서 겁도 없이 몸을 굴렸더니 몸 여기저기가 아파 왔다. 어둠 속을 걷다가 부주의하게 돌부리에 걸려 넘어진 것이다.

'난 왜 언제나 이럴까……'

그는 이런 어리버리한 자신이 싫었다. 그도 남들처럼 굳센 심지를 가지고 당당하게 가슴을 펴고 살고 싶었다. 그러나 아무리 마음을 다잡아도 그렇게 쉽게 결심을 실행에 옮길 수가 없었다. 그는 그것이 말할 수 없이 답답했다.

윤준호는 다시 자리에서 벌떡 일어나 몸에 묻은 먼지를 털고, 헝클어진 머리를 매만졌다. 그리고는 다시 앞으로 발을 내딛었다. 이제 되돌아갈 곳이 없었다. 앞으로 전진만이 있을 뿐이었다.

그런데 그 순간이었다.

한치 앞을 분간할 수 없던 어둠 속에 빛이 희미하게나마 돌아오고 사람이 나타났다. 그러나 그 인영을 본 순간 윤준호는 가슴이 철렁 내려앉았다. 그들은 바로 항상 화산에서 그를 괴롭히던 사형제들이었다. 그들은 모두들 음산한 웃음을 흘리며 그에게 다가왔다.
 윤준호의 몸이 두려움에 파르르 떨렸다.
"으아아아아악!"
 찢어지는 듯한 비명 소리가 환마동 안에 울려 퍼졌다가 어둠 속으로 사라졌다.

"하하하하하! 하하하하하!"
"이런 바보! 얼간이! 멍청이! 쪼다! 병신!"
"너 같은 놈은 죽어 버려야 돼! 쓸모없는 놈!"
 윤준호는 귀를 틀어막고 바닥에 나뒹굴었다. 화산에서 항상 자신을 비웃던 사형제들과 사숙, 사백들이 자신을 향해 비웃음을 터뜨리고 있었다. 손가락질과 조롱이 끊이지 않았다. 그리고 그 뒤로 사정없는 주먹질과 발길질이 이어졌다.
 퍽! 퍽! 퍽! 퍽! 퍽!
 윤준호는 괴로움에 몸부림쳐야만 했다.
"윽! 윽! 으억! 커억!"
 그의 입으로부터 비명이 터져 나왔다. 아무리 환상이라고 하지만 본인이 실제라고 인식하면 실제가 되기 때문이다.
 그때였다.
'멈춰라!'
 그의 귀를 울리는 구원의 목소리가 있었다. 순간적으로 갖은 조롱과 이유 없는 발길질이 우뚝 멈추었다. 한 사람이 바닥에 나뒹굴고 있는 그를 향해 걸어왔다. 윤준호의 몸이 파르르 떨렸다. 이들의 행동을 멈추게 한 이는 바로 그가 존경하는 태사부 매화검선 유환권이었다.

"태… 태사부님!"

그가 표정을 밝히며 그를 불렀다. 유환권은 그를 바라보며 온화한 미소를 지었다. 그리고…….

푹!

귀청을 울리는 섬뜩한 소리! 그것은 바로 지척에서 울리는 소리였음에도 불구하고 아득히 먼 곳에서 들려온 소리처럼 현실감이 없었다.

"왜… 왜?"

그의 심장을 타고 피가 흘러내렸다.

"……."

아무리 애타게 불러 봐도 그의 존경스런 태사조는 대답이 없었다. 단지 애정 넘치던 전날의 눈과는 전혀 다른 무심한 눈으로 무생물을 보듯 그를 쳐다볼 뿐이었다. 마치 소 닭 보듯…….

윤준호가 가장 두려워하는 것! 그것은 바로 태사부 매화신검 유환권 태사부께 버림받는 것이었다.

"어떻게 이런 일이… 이런 일이… 하하… 하하… 하하하하!"

"하하하하하! 하하하하하!"

윤준호가 고개를 치켜들고 미친 듯이 광소를 터뜨렸다. 하염없는 눈물이 쉴 새 없이 볼을 타고 흘러내렸다.

꿈틀! 꿈틀!

너울! 너울!

순간 검을 잡은 그의 오른손이 너울너울, 덩실덩실 춤을 추기 시작했다. 새하얗게 빈 머릿속에는 아무런 생각도 떠오르지 않았다. 그래서 그는 지금 자신이 무엇을 하고 있는지 인식할 수가 없었다.

그의 검이 지금 허공중에 천변만화의 변화를 일으키며 수천 송이의 매화를 그려내고 있다는 사실과 그로 인해 이 환마동 안에 매화 향기가 가득 차고 있다는 사실을…….

"응? 좋은 향기…….”

윤준호와 얼마 떨어지지 않은 환마동의 어두운 통로를 걷고 있던 이진설은 자신의 코를 간질이는 매화 향기를 맡았다. 그것은 왠지 그녀의 가슴을 아련하게 만드는 그런 향기였다.

"언니들은 어떻게 되었을까? 도대체 어디 있는 거지?"

혼자 어둠 속에 갇혀 있으니 너무나 불안했다. 갑자기 나예린과 독고령의 얼굴이 떠올랐다. 그 다음 그녀의 머릿속에 떠오른 것은 바로 효룡의 얼굴이었다.

"흥! 그런 사람… 다시 만나기만 하면 발로 잘근잘근 밟아 줄 테다!"

새침한 얼굴로 그녀는 다시 발걸음을 옮기기 시작했다.

"하하하하하! 하하하하하!"

짙어지는 검기에 환상이 하나둘 지워지고 있었다. 그러나 여전히 광기 어린 검무에 자신이 육체와 정신을 내던지고 있다는 것을 윤준호는 전혀 인식하지 못하고 있었다.

"정신 차려요. 이봐요. 효 공자! 효 공자!"

이진설은 애타게 효룡을 불렀다. 그러나 그의 무릎에 쓰러져 있는 효룡은 여전히 깨어날 생각을 하지 않고 있었다.

이진설이 쓰러져 있는 효룡을 발견한 것은 우연 중의 우연이었다. 묘한 매화향에 끌려 걸어가던 도중 우연히 발에 걸린 게 바로 효룡이었던 것이다. 처음에는 너무 어두워 돌부리인 줄 알았지만 '퍽' 하는 소리와 물컹 하는 느낌으로 미루어 볼 때 돌멩이는 아닌 듯했다.

그래서 아래를 자세히 내려봤더니 희미하게 윤곽이 보였다. 그녀는 화들짝 놀랐다. 자신이 지그시 밟고 넘어간 그것은 바로 사람이었던 것이다. 그녀에게는 아버지로 받은 아주 값비싼 목걸이가 있었는데 그 목걸이에는 특이하게도 어둠 속에서도 빛을 발하는 보석인 야광주(夜光珠)가 달려 있었다. 그녀는 자신의 목걸이를 그 사람의 얼굴에 가져다 댔다. 얼굴을 확인하기 위해서였다.

"헉!"

그녀는 하마터면 목걸이를 떨어뜨릴 뻔했다. 그 사람은 바로 효룡이었던 것이다. 그때부터 그녀는 계속해서 효룡의 이름을 부르며 그를 깨우려고 했지만 그는 정신을 차리지 않았다. 게다가 호흡의 간격이 매우 길고 맥박 또한 매우 희미하게 뛰고 있었다. 이러다가 그냥 어느 순간에 숨을 멈춰 버릴 것 같은 그런 느낌이었다. 그녀의 큰 눈에 눈물이 그렁그렁 맺혔다.

"효 공자! 효룡! 효룡! 제발 정신 좀 차려요. 그동안 외면한 거 미안해요. 다 용서해 줄 테니 제발 정신 좀 차려요."

그녀의 눈에서 흐르는 눈물이 그의 얼굴에 떨어졌다.

'여긴 어디지?'

효룡은 주위를 둘러보았다. 의식이 맑은 편은 아니었다. 어두웠다.

주위를 아무리 둘러봐도 시커먼 암흑밖에는 존재하지 않았다. 마치 이곳은 심연의 깊숙한 밑바닥 같았다.

'난 지금 무얼 하고 있는 거지?'

아무런 소리도 들리지 않았다. 아무런 빛도 볼 수 없었다. 그리고 아무것도 느껴지지 않았다. 육체 자체가 존재하지 않는 듯한 이질적인 감각. 마치 정신만이 홀로 정처 없이 이 암흑의 공간을 부유하고 있는 듯한 그런 느낌이었다.

'난 왜 여기 있는 거지?'

그러다 갑자기 형 효봉의 얼굴이 다시 떠올랐다. 생각하기조차 두려운 그 끔찍한 악몽이 다시 눈앞에 떠오른 것이다. 그 기억을 재생하는 것조차 두려울 정도로 그것은 끔찍한 기억! 풀어헤쳐진 효봉의 앞섶 안에는 지옥이 들어 있었다.

그렇다. 그것은 효봉에게 있어 지옥이나 다름없었다. 그의 죄를 명명백백히 나타내주는 선명한 죄의 각인!

풀어헤쳐진 효봉의 상체에는 사선으로 비스듬하게 긴 검흔(劍痕)이 섬뜩하게 나 있었고, 그 사이로 끊임없이 붉은 피가 흘러내리고 있었다. 그 상처는 마치 지옥의 계곡처럼 끔찍했다. 상처를 통해 흘러내린 피는 이윽고 바닥으로 떨어져 이내 바닥을 피바다로 만들었다. 끊임없이 흘러내리는 피의 강이 점점 불어나더니 효봉의 발밑에까지 다다랐다. 효봉은 그 피의 바다 위에 서서 효룡을 향해 씨익 소리가 들릴 정도로 사악하게 웃었다. 시야를 온통 붉게 물들이는 피의 바다는 점점 더 위로 차오르더니 서서히 그의 몸을 잠식해 갔다. 효룡은 있는 힘껏 비명을 질렀다. 그러나 어떠한 도움도 기대하기란 불가능했다. 그의 몸은 점점 더 피의 바다 속으로 깊숙이 가라앉아 갔다. 그것은 마치 늪과 같아 몸부림치면 칠수록 더 깊이 빠져들었다. 이윽고 얼굴까지 피가 차오르자 갑자기 어둠이 그를 덮쳤다.

암흑(暗黑)이었다.
몽롱한 상태에서 의식을 되찾자 그는 암흑 속에서 오감을 박탈당한 채 존재하고 있었다. 그나마도 완벽한 이성이 작동하는 상태가 아니었다. 그는 마치 꿈속에 있는 듯한 느낌이었다.
그는 세차게 도리질 치고 싶었다. 그러나 그러기 위한 머리통이라도 존재하는지 의심스러웠다.
'난 진 거야!'
자조적인 목소리로 그가 중얼거렸다. 그러나 그것은 사실이었다. 아직 자신은 형의 그림자를 떨쳐내지 못하고 있었다.
'이것이었던가? 이 세상에서 가장 끔찍하고 두려운 것을 볼 수도 있다는 것이……'
과연 그것은 이 세상에서 가장 끔찍한 것이었다.
'난 이대로 죽을지도 몰라. 아니 나 같은 건 죽어 버리는 게 나아!'
그렇게 생각을 하자 몸이 점점 더 암흑의 늪 속으로 가라앉기 시작했다. 효룡의 몸은 점점 더 심연 속으로 침전되어 가고 있었다. 시야가 점점 더 어두워졌다.
'이제 난 편해지는 건가?'
그때 갑자기 얼굴에 차가움이 느껴졌다. 비가 내리지도 않는데도 불구하고 말이다. 그것은 그의 박탈당한 오감이 처음으로 느끼는 감각이었다.

"효룡! 효룡! 효룡!"

그 목소리를 듣는 순간 효룡은 어둠을 꿰뚫는 한 줄기 빛을 쐬는 기분이었다. 그것은 매우 달콤하고 감미로운 울림으로 다가와 그의 상처를 보듬어 안아 주었다.

그의 시야가 빛으로 가득 찼다.

"괜찮아요? 효룡! 효룡!"

이진설의 얼굴이 활짝 핀 꽃처럼 환해졌다. 마침내 효룡이 눈을 뜬 것이다. 그러나 아직 자신이 어떤 상태인지는 파악하지 못한 듯했다.

"으으으음……."

효룡은 몇 번 더 눈을 깜빡여 보았다. 그러자 그의 망막에 맺힌 흐릿했던 상이 또렷해지며 형체가 갖추어졌다. 그의 입술이 달싹거렸다.

"이… 이 소저?"

그를 암흑의 밑바닥에서 건져 올려준 이는 바로 이진설이었다. 그가 눈을 떴을 때 그는 자신이 이진설의 무릎을 베고 누워 있다는 사실을 알았다.

"윽!"

갑작스레 몸을 일으켜 보려 하자 극심한 통증이 밀려왔다. 분명 환상과 싸웠음에도 현재 그가 느끼는 통증은 환상이 아니었다.

"효 공자! 정신이 들었군요."

그녀의 큰 눈동자에는 금방이라도 울음을 터뜨릴 듯 눈물이 글썽이고 있었다.

"괜찮아요? 안색이 무척이나 창백해요. 순간 숨을 쉬지 않아 죽는 줄 알았어요."

그녀는 아무래도 시련을 무사히 넘긴 모양이었다. 금방이라도 눈물이 떨어질 것 같아 효룡은 두려웠다. 그는 아직 여자의 눈물을 그치게 하는 데 서툴렀던 것이다.

'난 지금 정말 괜찮은가?'

효룡은 그녀의 무릎을 벤 채 자신의 몸을 점검해 보았다. 눈으로는 그녀의 귀여운 얼굴이 선명하게 보이고, 귀를 통해 그녀의 목소리가 생생하게 들렸다. 그리고 뒤통수를 통해 그녀 허벅지의 부드러움이 생생하게 전해져 오고 있었다.

쿵쿵쿵! 두근, 두근, 두근!

심장 박동도 약간 심박수가 빨라진 것 빼고는 아무런 문제가 없었다. 주위를 둘러봤지만 형의 모습은 어디에도 보이지 않았다.

'조금 전까지만 해도 사방이 캄캄한 암흑 속에 갇혀 있었거늘……. 그녀가 없었어도 내가 그 암흑 속을 빠져나올 수 있었을까?'

그는 확신할 수가 없었다. 방금 전 그는 정신 상태에 엄청난 타격을 입고 외부로부터의 모든 문을 닫으려고 했던 것이다. 이진설의 목소리가 없었으면 그는 영원히 마음의 감옥에 스스로를 유배시켜 버렸을 것이었다.

"정상인 것 같군요. 폐를 끼쳤습니다. 덕분에 살았습니다."

그는 그녀에게 감사했다. 만약 이진설이 아니었다면 그는 자폐증 환자가 되어 버렸을지도 몰랐다. 그것도 최소한의 가정이고 심하면 백치나 광인이 되어 버렸을 수도 있었다. 그녀는 생명의 은인이나 다름이 없었다. 갑자기 그녀의 얼굴이 눈부시게 보였다.
 효룡의 말에 잠시 머뭇거리던 이진설이 조심스럽게 말했다.
"저… 그렇다면……."
"네! 무슨 일이든지 주저 없이 말씀하세요."
 갑자기 그녀의 볼이 화끈 달아올랐다.
'……?'
"그럼 저… 이제 그만 일어나 주시겠어요?"
 이진설은 간신히 목적한 바를 말할 수 있었다. 그 순간 효룡은 정신이 멀쩡하게 든 주제에 그녀의 보드라운 무릎을 베개 삼아 뻔뻔스럽게 누워 있는 파렴치한이라는 사실을 깨닫고 화들짝 놀랐다. 그는 자리에서 튕겨지듯 벌떡 일어났다.
"꺅!"
 너무 급하게 일어나는 바람에 하마터면 그녀의 얼굴과 부딪칠 뻔했다.
"죄… 죄송합니다! 죄송합니다! 정말 면목이 없습니다."
 효룡은 연신 고개를 숙이며 사과했다. 그의 얼굴 또한 그녀와 마찬가지로 홍시처럼 붉게 변해 있었다. 그런데 사과는 사과고 감정은 감정인 모양이었다. 그는 지금 이 순간 뭔가 왠지 매우, 매우, 매우 아쉬웠던 것이다.
'내가 이렇게 엉큼한 놈이었나…….'
 자기 자신의 새로운 면모를 발견한 듯했지만, 그는 전혀 기쁘지 않았다.
"그런데 무슨 꿈을 꾸셨기에 그런 슬픈 표정을 지으신 거죠? 그렇게 눈물까지 흘리면서요?"

　효룡이 자신의 얼굴을 만져 보자 눈가로부터 이어지는 말라 버린 눈물의 흔적이 촉각을 통해 느껴졌다. 다시 효룡의 얼굴이 어두워졌다. 말하기 껄끄러운 일이라 대답하기 싫다고 말할 수도 있었다. 그러나 이진설에게는 왠지 숨기기가 싫었다.

　"…제가 저지른 돌이킬 수 없는 죄를 보았습니다. 저의 손에 묻은 그 피는 영원히 지워지지 않겠지요."

　자신의 양손을 바라보는 효룡의 얼굴에 회한(悔恨)이 흘렀다.

　"우애애애애애앵!"

　갑작스런 울음소리에 효룡은 화들짝 놀랐다.

　어? 어? 어?

　"아니 이 소저, 갑자기 왜 그러십니까?"

　느닷없이 주저앉아 빽빽 울기 시작하는데 어느 남자가 놀라지 않겠는가. 효룡은 거의 혼란 상태였다.

　"그렇지만… 그렇지만… 저 때문에 효룡 공자가 슬퍼하잖아요. 잊고 싶었던 기억을 다시 떠올리면서요. 우애애애앵!"

　울먹이는 목소리로 이진설이 띄엄띄엄 말했다. 목이 메는지 말이 제대로 나오지 않는 모양이었다. 그러나 효룡은 그 모습이 무척이나 귀여웠다.

　"푸하하하하하! 그렇다고 이 소저가 울 필요는 없지요. 자 어서 울음을 그쳐요. 예쁜 얼굴이 망가지잖아요?"

　갑자기 그녀의 울음이 잦아들었다. 효룡의 말이 약발이 먹힌 모양이었다.

"정말요?"

"예? 뭐가요?"

"정말 제 얼굴이 예뻐요?"

아직도 눈물이 가득 담겨 있는 호수 같은 눈을 반짝이며 물끄러미 그를 바라보고 있었다. 여자는 정말 그런 문제가 중요한 모양이었다. 효룡은 대답하기가 난감했다. 그러나 어쩔 수 있겠는가?

"그럼요! 이 소저는 정말로 예뻐요! 정말입니다. 제 명예를 걸고 맹세할 수 있어요!"

"정말이죠? 정말? 진짜로? 가짜 아니고 정말로요?"

"아! 물론이죠."

"진짜, 진짜, 진짜로요?"

"글쎄 그렇다니까요."

이제 슬슬 효룡의 등줄기를 타고 식은땀이 흐르기 시작했다. 그러나 아직 그녀는 멈출 생각이 없는 모양이었다.

효룡은 이진설을 진정시키기 위해 무진장 진땀을 빼야 했다.

"으으으……."

윤준호가 정신을 차린 것은 한참이나 시간이 지난 후였다. 주위를 둘러보니 아무도 없었다. 그래서 모든 악몽이 끝난 줄 알았는데 그게 아니었다. 아직 하나가 남아 있었다.

"흑흑흑! 흑흑흑!"

그의 눈앞에 땅바닥에 웅크린 채 바들바들 애처롭게 떨고 있는 아이가 한 명 있었다. 그는 그 아이가 누군지 잘 알고 있었다. 그 아이는 바로 따돌림 당하고 무시당하던 바로 자신이었다.
'저것이⋯⋯. 저 애처로운 인간이 바로 나 자신이란 말인가?'
그 순간 알 수 없는 감정이 그의 마음속에서 솟아났다.
'너의 심장을 얼어붙게 만드는, 그리고 너의 몸을 옭아매는 공포는 바로 너 자신이야. 너의 내면에 너의 공포가 있어! 항상 그걸 잊지 마!'
비류연이 언제나 그에게 하던 말이었다.
지금 자신이 바라보고 있는 공포란 것은 무척이나 애처로운 모습을 하고 있었다. 그는 갑자기 눈시울이 뜨거워졌다. 그의 마음은 그의 연약함과 소심함 때문에 항상 상처받아 오고 있었던 것이다. 항상 긴장과 초조 속에서 두려움에 바들바들 떨면서⋯⋯.
'모든 것이 내 탓이었어!'
윤준호는 한 걸음 나아가며 자신의 공포를 향해 손을 내밀었다. 그리고는 마음속 깊이 결심했다.
'이제 다시는 진실을 외면하지 않겠어. 그 어떤 험악한 일이 나에게 닥친다고 해도 말이야.'
진실을 보는 눈을 지닌 자에게 공포는 찾아오지 않는다. 그런 사람들은 자신의 공포마저도 보듬어 안을 수 있다. 공포를 외면하는 자가 진정으로 약한 자였다. 그리고 불쌍한 자이기도 했다. 윤준호는 두려움에 자신을 가두고 있는 내면의 자아를 향해 활짝 웃으며 손을 내밀었다.
그 아이가 자신의 손을 잡았다.
그 아이가 그 순간 웃었다고 그는 생각했다. 어느새 아이는 사라지고 그만 홀로 서 있었다. 순간 볼을 타고 눈물이 흘렀다.

모용휘 대 검성(劍聖)

'죄송하지만 당신은 들어갈 수 없습니다!'
당연한 일이었다. 거기에 대해 은설란은 불만을 표하고 싶은 생각은 없었다.
왜냐하면 그녀는 이쪽 백도의 사람이 아니라 흑도의 사람이니깐…….

타 문파의 비전에 접근이 가능할 리 없었다. 그래서 그녀는 그저 환마동 밖에서 사람들의 무사함을 빌며 기다리는 수밖에 없었다. 마음이 답답하고 근심과 걱정이 쌓여 갔지만, 그녀가 할 수 있는 일은 단 하나, 조용히 기다리는 것뿐이었다.

"다들 무사할까……."

걱정 때문인지 차 맛이 제대로 느껴지지 않았다. 찻잎이 적정한 온도의 찻물에서 제대로 우러났는지 느껴지지조차 않았다.

그녀의 머리는 지금 지인(知人)들에 대한 걱정으로 가득 차 있었기 때문이다. 그리고 어제 보여주던 모용휘의 망설이던 눈빛도 왠지 마음에 걸렸다. 여자의 직감으로 미루어 볼 때 어제 그는 분명히 자신에게 무언가 할 말이 있었다. 그러나 우물쭈물하는 사이에 기회는 지나가고 그는 끝내 아무 말도 하지 않고 몸을 돌렸다.

'그때 그를 잡았어야 하나…….'

그러나 그러지 못했다.

"휘! 무사하면 좋으련만……."

요즘 들어 모용휘가 보이는 반응이 예전 같지 않았다. 그래서 발랄한 그녀도 조금은 대하기가 껄끄러웠다. 그러나 걱정되는 것은 마찬가지였다.

비류연, 나예린, 모용휘… 그리고 효룡! 그녀는 한 사람 한 사람씩 머릿속에 떠올려 보았다.

"다들 무사하길 바래요."

흑도인이 백도인의 안위를 걱정한다는 것은 이상한 일인지도 모른다. 그러나 그녀에게 그런 사실은 전혀 상관이 없었다. 인간으로서 소속과 출신보다 우선하는 것이 있는 것이다. 겨우 소속과 출신과 사상이 다르다는 이유만으로 사람을 끊임없이 미워하고 중오하는 게 과연 옳은 일이라고 누가 감히 장담해 줄 수 있단 말인가!

그녀는 한 사람의 인간으로서 그들을 걱정했다. 하지만 그녀가 해 줄 수 있는 일은 마음속으로 무운을 빌어주는 것뿐이라는 것이 애석할 따름이었다.

"다들 힘내요."

그녀가 조용히 중얼거리며 습관적으로 차를 들이켰다.

차 맛이 씁쓸했다.

"애야!"

등 뒤에서 들려오는 자애로운 목소리에 모용휘는 흠칫 하며 발걸음을 멈추었다. 그 목소리에는 사람을 사로잡는 무형의 힘이 들어 있었다. 그러나 그 안에는 모용휘에 대한 애정도 함께 있었다.

'설마 그럴 리가!'

모용휘는 믿을 수 없다는 표정으로 뒤를 돌아보았다. 그의 눈이 크게 떠졌다. 눈처럼 새하얀 백발과 가슴까지 길게 늘어뜨린 수염! 그러나 피부는 윤이 날 정도로 젊음과 생기로 가득 차 있었으며 심연처럼 깊은 두 눈에는 어떤 사기(邪氣)도 찾아볼 수 없을 정도로 맑았다. 그는 전신에 깨끗한 눈[雪]에서 뽑은 실로 짠 듯한 흰 옷을 전신에 걸치고 있었다.

"할아버님!"

모용휘가 외쳤다. 선풍도골의 노인은 바로 검성 모용정천이었다. 모용휘가 눈처럼 흰 백의(白衣)만을 줄곧 고집한 이유 한구석에는 확실히 검성의 영향이 크게 존재했다.

"여긴 어인 일로……."

모용휘는 의아함을 감출 수가 없었다. 왜 세가에 계실 할아버님이 지금 이곳에 있단 말인가?

모용휘의 질문에 검성은 인자로운 미소를 머금었다.

"허허허. 실력이 많이 는 것 같구나."

"과찬이십니다."

모용휘는 겸양했다. 하지만 기분은 무척 좋았다. 현 강호에서 과연 몇 사람이나 검성으로부터 이런 칭찬을 받을 수 있겠는가!

"허허허. 녀석, 겸손은. 그렇다면 이제 나를 뛰어넘을 수 있겠느냐?"

검성이 자상하게 미소 지으며 질문했다. 그러나 그 내용은 엄청난 것이었다. 모용휘는 검성의 느닷없는 질문에 흠칫 했다.

"언젠가는 반드시 넘어서고야 말겠습니다."

모용휘가 대답했다.

할아버지는 그의 신이자 우상이었다. 그러나 언젠가 뛰어넘어야 할 가장 큰 장애물이기도 했다. 남자라면 누구나 자신의 아버지를 뛰어넘기를 본능적으로 갈망한다. 모용휘의 경우 그것은 아버지가 아니라 할아버지였다.

검성 모용정천의 이름은 밖으로는 모용세가를 팔대세가의 으뜸으로 만드는 찬란한 영광이기도 했지만, 그 위대한 그림자 안에 있는 모용세가의 핏줄에게는 그만큼 무거운 짐이자 커다란 벽이었다. 감히 넘보지 못할… 지워지지 않을 것만 같은 그림자! 넘어설 수 없는 벽! 그 그림자 안은 따뜻했지만 개중에는 답답함을 느끼는 사람도 종종 있었다.

하지만 그 중에서도 언젠가라는 단서가 붙기는 했지만, 검성의 드높은 명성을 뛰어넘어 보겠다고 결심하고 있는 이는 모용휘 하나라 해도 과언이 아니었다.

"허허허, 언젠가라……. 나를 뛰어넘어 보겠다는 호기를 가진 이는 넓은 세가 안에서도 너 한 사람밖에는 없구나. 네 애비도 감히 노부를 넘어 보겠다는 장담은 하지 못했단다. 너처럼 젊고 패기만만하던 시절에도 말이다."

"그렇다면 제 뜻이 잘못되었다는 것입니까?"

모용휘가 물었다.

"허허허허! 그럴 리가 없지 않겠느냐. 강한 자를 뛰어넘는다는 각오를 가진 자야말로 진정한 강호인, 진정한 무인이라 할 수 있다. 넌 당연히 해야 할 말을 했을 뿐이다. 강호무림인에게 안주란 있을 수 없다. 검의 길에 끝이 없듯이 말이다."

모용휘는 속으로 안도의 한숨을 내쉬었다. 왜 검성이 이곳에 있는지 그는 아무런 눈치도 채지 못하고 있었다. 왜냐하면 환마동의 마력이 그를 완전히 옭아매고 있었기 때문이다.

"그렇다면 너의 실력을 한번 보도록 할까?"

검성이 어디서 났는지 모를 나뭇가지 하나를 꺼내들었다. 그에게는 강호에 이름을 떨치는 모용휘를 상대하는 데도 이것 하나로 부족함이 없었다. 아무래도 나이가 들다 보니 느닷없이 손자의 재롱이 보고 싶은 모양이었다.

'이, 이것은… 분명 전에도 한 번 이런 일이…….'

갑자기 그는 묘한 감정에 사로잡혔다. 분명 전에도 한 번 경험한 적이 있는 일이었다.

'그래. 생각났어! 내가 천무학관으로 떠나기 전 할아버님과 마지막으로 겨루었던 그날과 똑같은 상황이야.'

그날도 분명 이런 상황이었다. 그리고…….

그리고 그때는 변명의 여지없이 완패하고 말았다. 문자 그대로 완벽한 패배였다. 그 당시 이미 높은 무명을 떨치고 있던 그에게는 엄청난 충격이었다. 아무리 상대가 존경하는 할아버지 검성 모용정천이라고는 하지만 제대로 반격 한번 해보지 못하고 철저하게 당할 줄은 몰랐던 것이다. 과연 천무삼성의 벽은 높았다.

'그런데 왜 그날의 일이 지금 내 눈앞에서 반복되고 있는 것일까?'

게다가 자신이 지금 느끼고 있는 이 기분은 그날 검성 앞에서 느꼈던 압박감과 똑같은 급수의 지독한 압력이었다. 마치 몸이 만 근 거석에 짓눌린 것만 같은 중압감!

이 환마동은 일종의 거울이었다. 사람들의 의식 깊은 곳에 있는 어두운 욕망이나 상처를 반사시켜 자기 자신에게 환상으로 되돌려 보여주고 있는 것이다. 때문에 현실과 거의 위화감을 느끼지 못하는 것이다.

"허허허."

검성이 나뭇가지 하나를 든 자체만으로도 모용휘는 엄청난 압박감을 느꼈다. 마치 천장단애(千丈斷崖)가 자신의 앞을 가로막고 있는 듯한 그런 느낌이었다. 또한 나는 새조차도 날아 넘지 못하고 중간에서 날개를 쉬어야 할 듯한 높은 태산 같기도 했다. 그런 할아버지에게 그는 얼마나 많은 존경심을 가졌던가! 지금 모용휘가 가진 그것은 외경심이었다.

'그날의 결과가 어떠했었지?'

별로 신통한 결과는 아니었다. 모용휘는 끝내 검성의 나뭇가지를 이겨낼 수 없었다. 날카로운 그의 보검은 분명히 자연산 식물이자 불에도 매우 잘 타며 강철보다 절대 약하다는 것을 보장할 수 있는 나뭇가지에, 천하 명검이라는 말이 부끄러울 정도로 휘둘렸다. 쉴 새 없이 변화를 주며 연속해서 들어가는 모용휘의 연속 변초도 검성은 가벼운 손짓 하나로 막아냈다.

물론 검성은 모용세가 가전무공의 극을 이루고 그것을 뛰어넘는 새로운 유(流)인 은하류를 만들어냈다. 새로운 유를 창조할 수 있는 것은 한 가지 부분에서 극의에 다다른 사람뿐이었다. 도를 얻은 자만이 새로운 길을 걸어갈 자격을 부여 받을 수 있었다.

그날 모용휘는 끝내 검성이 쥐고 있는 나뭇가지 검을 꺾을 수 없었다. 그리고 헛수고와 헛손질의 대가로 그의 몸은 땀으로 뒤범벅이 되었다. 모용휘는 허탈한 심정에 가쁜 숨을 내쉬어야 했다.

'아직도 멀었구나……'

그는 자책했다. 자신이 등반할 예정인 태산이 더욱더 높게 느껴졌다.

그러나 배움이 얕다고 꾸중은 듣지 않았다. 검성이 쥐고 있는 나뭇가지의 끝에 약간 상처를 입힌 것뿐이었다. 그것도 혼신의 힘을 다한 은하유성검의 비전 비장 초식인 유성쇄천인(流星碎天刃)을 펼친 성과였다. 그것은 모용휘가 그날 거두어들인 성과의 최대치이자 모든 것이었다. 할아버지의 꾸중은 들려오지 않았다.

"허허허! 노부의 검에 손을 대다니 공부가 많이 늘었구나."

오히려 검성은 그의 실력을 칭찬해 주었다. 그것만으로도 검성은 매우 흡족했던 모양이었다.

'이번에는! 이번에야말로!'

과거의 회상은 끝났다. 지금부터가 진짜 시작이었다. 모용휘는 이번에야말로 그날의 빚을 갚아주고야 말겠다는 불굴의 의지로, 반드시 나뭇가지 검을 꺾고야 말겠다는 의지로 검을 고쳐 잡았다.

"하압! 은하유성만천(銀河流星滿天)!"

유성 같은 검기가 별무리를 이루며 검성을 향해 뻗어 나갔다.

그는 자신이 뛰어넘어야 할 벽을 향해 도약했다. 1차 시도는 실패했다. 그렇다면 2차 시도는……?
 검광이 화려하게 폭발했다.

"헉헉헉."
'역시 아직 무리였나…….'
 모용휘는 거친 숨을 몰아쉬었다.
 전력을 쏟아 부었건만 그다지 나아진 것은 없었다. 이제는 들고 있는 검이 무겁게 느껴지기까지 했다. 자신이 지닌 절기를 모두 쏟아 부었건만 검성은 전혀 동요하지 않았다. 보이지 않는 방패가 그의 전신을 둘러싸고 있는 듯한 느낌이었다. 모용휘는 자신이 검성으로부터 전수받은 최고의 절기를 사용하기로 했다.
"나한테서 배운 초식으로 나를 뛰어넘을 수 있겠느냐?"
 모용휘는 검성의 말에 뜨끔했다. 하지만 다른 방도가 없었다.
"그럼 가겠습니다."
"오너라!"

은하류(銀河流) 개벽검(開闢劍)
극한(極限) 오의(奧義)
은하멸멸(銀河滅滅)

 순간 어두운 환마동 내를 밝게 비추는 빛이 모용휘의 검끝에서부터 뻗어 나왔다. 검기는 어둠을 몰아내며 사방으로 밝게 빛났다.
 아무리 할아버지라 해도 그는 절대 지고 싶지 않았다. 그는 전력을 다해 눈부신 검기를 사방으로 방사시키며 검성을 향해 돌진했다. 그는 지금 할아버지의 잔상을 넘기 위해 전력을 기울이고 있었다.

검성을 향해 날아간 수십 줄기의 유성은 그가 휘두르는 나뭇가지에 막혀 땅에 떨어졌다. 그것은 겨우 나뭇가지에 불과했지만 검성의 손에 들리자 어떠한 신병이기(神兵異器)도 부럽지 않을 위력을 발휘하고 있었다.

"합!"

자신의 변초가 거의 다 무위로 돌아가기 바로 직전 모용휘는 한 번 더 도약해 검성을 향해 파고들었다. 이것은 검성에게 배운 초식이 아니었다.

스윽!

모용휘가 내뻗은 마지막 일식에 검성의 나뭇가지 끝이 조금 잘려나갔다. 드디어 그의 검이 검성의 벽을 미세하게나마 뚫은 것이다. 그러나 모용휘에게는 이것이 크나큰 한 걸음이었다. 그는 환호성이라도 지르고 싶은 마음이었다.

"할아버님!…어?"

모용휘가 기뻐하며 검성을 찾았을 때 검성의 그림자는 온데간데없이 사라지고 난 후였다.

모용휘는 망연자실할 수밖에 없었다.

"무엇 때문에 그렇게 망연자실해 있는 거죠?"

매우 친숙한 목소리에 모용휘의 고개가 획 돌아갔다.

"이… 이럴 수가……."

모용휘는 너무나 혼란스러웠다. 그 목소리의 주인공이 이곳에 있을 이유가 없었다. 그리고 있어서도 안 되었다. 갑자기 검성의 모습이 사라지자마자 나타난 이는 바로 은설란이었다. 이 어둠 속에서 그녀의 아름다움은 더욱더 빛을 발하고 있었다. 마치 이계(異界)의 존재인 것처럼!

'아름답다.'

모용휘는 순간 진심으로 그렇게 생각했다. 아마 어느 누구도 그의 의견에 반박할 이는 없을 것이다.

모용휘는 갑자기 가슴이 답답해지고 숨이 차오르며 심장이 맹렬하게 박동하는 바람에 말을 제대로 할 수가 없었다.

"으… 은 소저… 왜… 아니 어떻게 여기에?"

흑도의 조사원 자격으로 온 그녀가 이곳에 들어올 수 있을 리 만무했다. 그러자 그녀는 대답 대신 활짝 웃었다. 이건 정말 그에게 반칙이나 다름없었다.

쿵쿵쿵! 쿵쾅! 쿵쾅! 쿵쾅!

모용휘의 심장이 미친 듯이 불규칙적으로 박동하기 시작했다. 피가 도는 속도가 점점 빨라지고 얼굴의 열도 점점 올라왔다.

무공을 배우며 십수 년간 자기 자신의 몸을, 그 생리적 현상부터 시작해서 전 부분의 감각을 통제하는 방법을 배웠음에도 불구하고 이 순간 그 간의 수업들은 아무 소용이 없었다.

그녀가 한 걸음 한 걸음 다가올 때마다 달콤하고 황홀한 방향이 그의 코를 간질였다. 그의 정신과 뇌를 몽땅 녹일 정도로 달콤한… 너무나 숙성된 여인의 향기!

너무나 가까이 다가온 그녀의 얼굴은 이제 그와 얼굴이 거의 닿을 정도였다.

꿀꺽!

자신도 모르게 목젖을 타고 침이 넘어갔다. 생사대적을 만났을 때보다, 방금 전 검성의 기도에 눌렸을 때보다 훨씬 더 몸은 긴장되고 초조해졌다.

"으… 은 소저……."

모용휘의 부름에 그녀가 활짝 웃으며 만개한 꽃처럼 미소 지었다. 그리고는 말했다.

"당신이 싫어요!"

"예?"

일순간 모용휘는 자신이 무슨 말을 들었는지 이해하지를 못했다. 친절하게도 그녀는 그에게 다시 한 번 자신이 했던 말을 망설임 없이 반복해 주었다.

"당신이 싫다고요. 지긋지긋하고 재미없고, 보고 있으면 화가 나요. 나는 목석같은 당신이 아주, 아주, 아주, 아주 싫어요. 재수 없어요!"

모용휘는 갑자기 벼락 맞은 듯 몸을 부르르 떨었다. 그녀의 말은 그에게는 청천벽력이나 다름없었다. 비수가 꽂힌 듯 가슴이 아파 왔다.

그녀가 비아냥거리며 말했다.

"게다가 당신은 정파의 사람이잖아요. 저는 간악한 사파의 여식이고요. 그런데 어떻게 좋은 사이가 될 수 있겠어요?"

"정파든 사파든 출신이 무슨 상관이란 말입니까? 그런 건 상관없지 않나요?"

흠칫! 모용휘는 자기 자신이 내뱉고도 솔직히 놀랐다. 출신 배경에 가장 얽매이고 영향을 받고 있는 것은 그 누구도 아닌 바로 그 자신이었던 것이다.

"호오? 그 정과 사라는 개념에 가장 깊게 얽매이고 있는 게 모용 공자 본인이 아니었던가요?"

그녀의 말은 예리한 비수가 되어 모용휘의 가슴을 후벼 팠다. 그녀의 차가운 냉소에도 불구하고 모용휘는 반박할 말이 아무것도 없었다. 자기 자신에게 떳떳하지 못한데 어떻게 남에게 당당할 수 있겠는가. 모용휘는 그 정도로 철면피는 아니었다.

"이것, 저것, 요것 그렇게 조건을 수십 개나 따지면서도 잘도 연애라는 것을 할 수 있겠군요, 모용 공자. 이 순진한 분, 호호호호."

그녀가 웃었다. 마치 자신을 비웃는 것 같았다.

'상황에 속박되어 마음 가는 대로 행동 하나 제대로 못하는 나를 책망하는 것인가?'

모용휘는 마음이 아파 왔다.

"자신의 모든 것을 버릴 수 없다면, 그럴 용기가 없다면 그것은 사랑이라고 할 수 없어요. 여자가 자기에게 일방적으로 맞춰주길 바라면 안 돼요. 항상 환경이 좋기만을 바라서도 안 돼요. 이 세상에 존재하는 인생은 수 조(兆)가 넘을 정도로 많은데 어떻게 그들의 연애가 모두 순탄할 수 있겠어요? 사랑이란 서로가 서로에게 알맞게 맞추어 가는 과정이에요. 자기 자신을 바꿀 용기가 없다면 사랑할 자격이 없는 거나 마찬가지랍니다. 일방적인 감정의 요구? 사랑이 일방통행이라고 생각하시나요? 그렇다면 착각하고 계시는 거예요. 그런 것은 집착일 뿐 사랑이 아니에요. 단지 사랑을 가장한 헛된 집착이자 추한 욕망의 산물일 뿐이죠. 그런 것으로 자신과 주변을 기만하지 말아요. 먼저 자기 자신을 변화시킬 준비를 갖춰요. 그럴 용기가 없다면 그냥 깨끗이 포기해요. 그것이 지저분해지지 않고 깨끗하게 끝나는 방법이죠."

그는 묵묵히 그녀의 말을 경청했다. 그녀의 말은 처음부터 끝까지 신랄하기 그지없었다. 사랑은 일방통행이 아니다! 그 말은 그의 가슴속에 오래도록 남았다.

그녀의 말이 모두 끝났을 때 모용휘는 자신이 그녀에게 지극한 관심을 가지고 있다는 사실을 알았다. 자신이 그녀를 사랑하고 있다는 사실을 깨닫고 만 것이다. 그것은 실패할 확률이 가장 높다는 첫사랑이었다.

"……."

그는 아무런 대꾸도 변명도 할 수 없었다. 자신이 갑자기 한없이 부끄럽게 느껴졌다. 자신이 위선자처럼 느껴졌던 것이다. 감히 그녀의 얼굴을 정면으로 쳐다볼 수가 없었다.

또르륵.

그녀의 볼을 타고 눈물이 흘러내렸다.

욱신! 가슴이 도려내듯 아려 왔다.

쓸쓸한 얼굴로 엷은 미소를 지은 채, 그녀는 그날 보았던 별의 이슬 같던 눈물을 흘리며 멀어져 갔다.

"은 소저!"

모용휘는 그녀를 붙잡으려 쫓아갔다. 그러나 그와 그녀의 사이는 좁혀지지 않았다. 마침내 은모래 가루가 부서지듯 그녀의 모습은 그의 시야에서 사라졌다. 한여름 밤의 꿈같은 일이었다.

어느새 정신을 차리고 보니 자신이 동굴 안 어딘가에 서 있다는 사실을 알았다. 갑자기 세상이 다르게 보였다.

'난 지금 사랑을 하고 있는 건가?'

자기 자신도 의외인 예기치 못한 일이었다.

'이 일을 어떡하면 좋단 말인가? 어떻게 하면?'

머리가 깨어질 듯 아파 왔다. 그럼에도 불구하고 뾰족한 해결책은 없었다. 그의 감정은 출구를 찾지 못하고 그의 마음 안에서 방황했다.

사랑에 이념이나 출신이나 소속이 아무런 상관없다는 그녀의 이론은 이상에 가까울지도 모른다. 역시 현실의 벽이란 너무나 높고, 현실이란 참으로 비정하고 냉정했다.

청출어람(青出於藍) 청어람(青於藍)
사부즉웬수(師父卽怨讐)
- 사부는 웬수와 같다

"뇌신의 힘은 손에 넣었느냐?"
그가 물었다.
"어?"
비류연은 주위를 두리번거려 보았다

　　상하좌우 빠짐없이 주변을 돌아본 비류연은 그제야 안도할 수 있었다.
　'역시 아니야!'
　그는 방금 전 혹시라도 이곳이 아미산이며 자신이 서 있는 곳이 빌어먹을 초가집 사문의 앞마당이 아닌가 하는 미미한 가능성에 대한 확인 작업을 마쳤던 것이다. 예상대로 이곳은 아미산이 아니었다. 물론 자신이 아직 미치지 않았다는 가정 하에서의 판단이지만!
　　그렇다면…….
　　비류연은 다시 한 번 눈을 들어 눈앞에 서 있는 사람을 바라보았다. 새하얀 백아(白兒)를 대롱대롱 턱에 매달고 있는 노인! 저 게슴츠레하게 떠진 야비한 눈동자! 사람을 패고 싶어 근질근질 안달이 나 있는 저 손! 무엇인가를 걷어차고 싶어 안달복달하는 저 다리! 욕이 다 발로 쏟아져 나올 것 같은 저 얇은 입술! 비류연은 저렇게 생긴 어떤 사람 하나를 무척이나 잘 알고 있었다. 머릿속에 떠올리기도 싫을 정도로! 어릴 때부터 날이면 날마다 지겹게 봐 온 얼굴. 10년 전이나 지금이나 정이 안 간다는 점은 변한 게 없었다. 그는 바로 사부였다. 비류연은 경악하여 소리쳤다.

"사부! 여긴 어떻게?"

이건 완전 사기다. 하늘의 농간이자 신의 장난이다. 어떻게 저 빌어먹을 망할 사부가 이곳에 있을 수 있단 말인가? 하늘의 장난이 이번엔 좀 도가 지나친 느낌이었다. 비류연의 머리가 과열될 정도로 빠르게 돌아갔다.

"흐흐흐, 네놈이 있는 곳을 내가 못 찾아낼 줄 알았단 말이냐?"

저 주책 맞은 웃음소리로 미루어 볼 때 사부가 확실했다. 그러나 역시 아무리 다시 생각해 봐도 사부가 여기 있을 수는 없었다.

게다가 보라! 원래 사부는 말보다 주먹이 빠른데 지금은 주먹보다 말이 빠르지 않은가. 그러니 사부가 아닐 가능성도 높았다.

그렇다면 도대체 누구란 말인가? 생긴 건 확실히 똑같은데…….

"뇌신(雷神)의 힘은 손에 넣었느냐?"

사부가 다시 물었다.

"아뇨."

비류연은 순순히 고개를 가로저었다. 숨긴다고 해서 숨길 수 있는 게 아니었다.

'언젠가 반드시!'

비류연의 눈이 강렬하게 빛났다.

뇌신지력(雷神之力)!

현재 그가 지닌 최대의 목표 중 하나였다. 마음껏 자유로워지기 위해서는 최대의 족쇄인 사부를 떨궈내는 수밖에 없었다. 애물단지 사부만 깔끔하게 처리하면 그는 천하에 두려울 것이 없었다.

"크하하하하! 으하하하하! 쿠헬헬헬헬!"

저 봐라. 저 웃음소리가 듣기 싫어서라도 반드시 얻고 말리라.

"뭡니까? 그 망령(妄靈)된 웃음소리는?"

무척이나 심기가 거슬리는 웃음소리였다.

"웃겨서 그런다. 사부 몰래 뇌금 묵뢰를 빼돌리고 돈까지 함께 빼돌려 가출하더니 그래 아직도 겨우 그 정도냐?"

명명백백히 비웃는 말이었다. 비류연은 슬슬 열이 뻗쳐 왔다.

"뭔지 똑바로 가르쳐 주지도 않고 물에 물 탄 듯 술에 술 탄 듯 두루뭉술하게 가르쳐 줬으면서도 무슨 잘난 체입니까? 게다가 돈을 빼돌리다니요? 그건 명백히 제가 벌어 제가 모은 제 돈이지, 사문의 공금을 유용한 적은 한 번도 없습니다. 영수증 보여줄까요?"

비류연이 가슴을 펴며 소리쳤다. 사부의 얼굴이 꿈틀거렸다.

"많이 건방져졌다, 제자야. 한판 떠볼 테냐?"

"얼마든지요."

비류연이 망설이지 않고 대답했다. 그는 생각했다.

'미래를 대비해서라도 한번 붙어 보는 게 나을지도 몰라. 저게 환상이든 진짜든 상관……. 아니지! 진짜면 좀 상관있긴 하지만 가짜라면 상관없어!'

"흥! 그래도 사부를 만날 때를 대비해서 나름대로 준비하고 있었다고요!"

비류연이 버럭 소리를 질렀다.

"그으래?"

"그럼요!"

"크크크큭! 좋아, 좋아! 아주 자신만만하구나!"

사부의 갈리진 입술 사이로 음흉한 웃음소리가 흘러나왔다. 2년 만에 다시 듣는데도 여전히 방정맞은 웃음소리였다.

"그러나 아직 뇌신의 힘도 얻지 못한 터에 이 몸을 뛰어넘을 수 있겠느냐? 백 년은 빠르지 않겠느냐?"

저것은 빈정거림이 분명했다.

"호호호, 두고 보시라고요. 반드시 그 뾰족한 코를 납작하게 만들어 줄 테니깐 말입니다. 천하의 안녕을 위해서도 그것이 가장 좋은 방법이죠."

"이놈아! 해볼 수 있다면 한번 해보거라. 과연 네놈의 실력으로 그것이 가능할지 모르겠구나."

"호호호, 상당히 짓궂으시군요. 존경하는 사부님, 그 일은 반드시 일어납니다."

비류연은 지지 않고 대답했다. 아직 붙어 보지도 않았는데 기 싸움에서 밀릴 수야 없었다.

"존경하고 경애하고 친애하는 사부님한테 살기를 풀풀 풍기는 주제에 네 녀석이 무슨 존경심을 표현하겠다는 것이냐?"

"존경은 언제나 빼어난 무공으로! 당연한 거 아닌가요? 사부를 뛰어넘는 것이야말로 제자 된 참된 도리가 아니겠습니까? 청출어람(靑出於藍) 청어람(靑於藍)이란 말도 있지 않습니까? 사부를 뛰어넘음으로써 사부의 권위를 지상에 추락시키는 것이야말로 제자로서의 본연의 의무이자 일생일대의 목표라 할 수 있죠. 이런 훌륭한 제자를 두게 되어 기쁘시죠?"

"……."

비류연이 넉살좋게 말했다. 순간 사부는 제자의 막힘없이 좔좔좔 흐르는 언변에 압도되었는지 말문을 열지 못했다.

"역시 하늘보다 높고 바다보다 넓은 사부에 대한 존경심을 고양시키려면 주먹밖에는 대안이 없구나."

사부는 반드시 제자를 제대로 교육시키겠다는 결연한 의지를 풀풀 풍기며 살기에 가득 찬 눈빛으로 맥동하는 주먹을 들어올렸다.

비류연은 감히 방심할 수 없기에 방어 태세를 갖추었다.

'이러면 안 되는데…….'

원래 비뢰문에서는 혹시나 자기보다 강한 상대를 만날 때는 무조건적인 선공을 권장한다. 그러나 사부라는 이유만으로 비류연은 후(後)를 잡아야 했다. 선공의 포기라는 것은 생명을 담보로 한 모험이었다. 왜냐하면 상대가 다른 그 누구도 아닌 사부였기 때문이다. 만일 다른 상대였다면 비류연은 선공을 건네주고 후선을 잡았을 것이다. 그는 그럴 만한 충분한 자신감이 있었다.

그러나… 선공을 내주는 것이 이렇게 불안해 보기는 처음이었다.

"……."

잠시 두 사람은 긴장감이 흐르는 정적 속에 휩싸였다.

하지만 이게 웬일? 사부에게서 공격이 없었다. 비류연이 의아한 얼굴로 사부를 쳐다보자 사부는 평상시 볼 수 없었던 진지한 얼굴을 하고 있었다.

'왜 저러지?'

사부가 형형한 안광을 빛내며 단호한 목소리로 말했다.

"벼락은 바람과 함께 오는 법!"

순간 비류연의 몸이 움찔거렸다.

"그렇게 자신만만하다면 풍신의 힘은 얻었느냐? 네놈의 그 잘난 자존심을 가지고 말해 봐라? 설마 풍신(風神)의 힘도 못 얻었으면서 사부한테 대들겠다는 건 아니겠지?"

"풍신의 힘……."

사부의 꼴 보기 싫은 면상으로부터 시선을 돌리지 않고 고정시킨 채 비류연이 나직하게 중얼거렸다.

"왜 대답이 없느냐?"

번쩍!

다시 한 번 비류연의 날카로운 시선이 사부를 향했다.

"직접 시험해 보시죠."

비류연의 한 방이었다.

비황신침(飛凰神針)

'저… 저놈은…….'
위지천은 속으로 쾌재를 불렀다.
'드디어 발견했다.'

 그는 반시진이 넘도록 계속해서 동혈 속을 헤매다가 마침내 자신의 목표를 찾아낼 수 있었다.
 호심환(護心丸)의 약효가 한 시진밖에 유지되지 못한다는 말을 들은 터라 만일 비류연을 찾지 못하면 어쩔까 그는 초조했던 것이다. 그러나 천지신명이 보우하사 그는 제한된 시간 안에 비류연을 찾아낼 수 있었다. 그는 손에 야명주(夜明珠) 하나를 들고 있었다. 이것 역시 그 사람이 꼭 필요할 것이라는 말을 남기며 준 것이다. 그의 말대로 과연 그것은 무척이나 요긴하게 사용되었다.
 "그리고 이것을 받게!"
 그는 단약 말고 또 하나를 내밀었다. 그것은 어딘가 특별해 보이지 않는 은빛 원통이었다.

"이건 또 뭡니까?"

언뜻 보기에는 별로 대단해 보이지 않는 물건이었다. 위지천의 질문에 그 자는 씨익 음흉한 미소를 지었다.

"힘! 바로 자네가 원하는 바로 그 힘이지!"

"힘!"

원통을 바라보는 위지천의 시선이 확연히 달라졌다. 시큰둥한 그의 눈빛이 대번에 밤하늘의 별처럼 초롱초롱해졌다. 원통에 가까이 가져가는 그의 손이 긴장과 흥분 그리고 약간의 두려움으로 미세한 떨림을 발했다.

"비황신침이라는 물건일세. 사천당가(四川唐家)의 칠대금용암기(七大禁用暗技) 중 하나인 벽력신통(霹靂神筒)에 뒤지지 않는 괴물 같은 물건이지!"

"벼… 벽력신통!"

사천당가의 절세 암기인 벽력신통에 대해 강호에 떠도는 풍월은 위지천도 익히 접한 바 있었다. 개인에게 사용했을 시에는 사람의 형체를 남기지 않고, 다수의 사람에게 사용하면 수백 명을 한꺼번에 몰살시키는 것도 불가능하지 않다는, 그래서 그 무시무시한 위력에 겁을 먹은 사천 당문인들이 직접 자신들의 손으로 사용을 금했다는 암기 중의 암기, 가히 '암기의 마왕'이라 칭할 만한 녀석이었다.

그런데 그 자는 이 물건이 그것에 전혀 뒤지지 않는다고 호언장담하였던 것이다. 위지천은 신중하게 비류연을 향해 비황신침을 겨누었다. 조준은 완벽했다. 그는 아무도 없는 곳에다 대고 뭐라고 계속 이야기를 하고 있어 그의 행동을 전혀 눈치 채지 못하고 있었다. 지금 위지천의 마음은 그녀를 괴롭히는 해충을 제거한다는 사명감으로 가득 차 있었다. 그래서인지 결단에는 많은 망설임이 필요하지 않았다.

"죽어라!"

위지천은 광기 어린 시선으로 비류연을 향해 발사 장치를 눌렀다.

쐐애애애애액!

수천 개의 은빛 광선이 폭우(暴雨)처럼 비류연을 향해 쏟아져 나갔다.

쿠오오오오!

순간 거칠고 난폭한 폭풍이 비류연을 중심으로 몰아쳤다.

휘이이이이익!

콰르르르르릉!

우르르르르릉!

우우우우웅!

동굴 전체가 맹렬히 포효를 터뜨렸다. 동굴이 무너질 듯 거칠게 흔들렸다.

쐐에에에에엑!

용권풍처럼 사나운 바람이 환마동의 구불구불한 미로를 헤집고 다녔다.

팟팟팟!

바람의 거친 춤사위가 지나간 곳은 어느 한곳도 멀쩡한 데가 없었다. 게다가 동굴 벽에 반사되어 울려 퍼지는 굉음은 사람들을 더욱더 괴롭게 만들었다. 금방이라도 동굴이 무너질 듯해 사람들의 공포를 더욱더 가중시켰다. 효룡과 이진설도 이 거친 바람을 피해 갈 수는 없었다.

"펄럭!

"꺄아아악!"

자지러지는 비명을 지른 이는 이진설이었다. 동굴 안을 헤집고 다니는 이 세찬 바람은 이진설의 치마를 단번에 뒤집어지게 만드는 힘이 있었다.

"허걱!"

효룡은 경악하여 눈을 동그랗게 떴다. 돌풍은 모든 것을 한순간에 휩쓸고 지나갈 만큼 난폭했다.

"봤죠?"

샐쭉한 표정으로 이진설이 물었다.

"저… 저… 그러니깐… 저……."

효룡은 빨리 뭔가 그럴듯한 거짓말을 생각해내야만 했다. 그것은 무척이나 곤혹스런 작업이었다.

"쳇! 역시 가짜였나?"

이제는 서서히 가라앉아 가는 태풍의 중심에 서서 비류연이 중얼거렸다. 주위를 둘러봐도 사부의 코빼기도 찾아볼 수가 없었다. 아무래도 환상이 맞는 모양이었다.

"현실과 환상의 경계가 무너진 건가?"

그러나 아무리 눈앞에 존재하는 것이 환상이라 해도 방심은 금물이었다. 지독히 현실적이며 생생한 환상은 현실의 존재에게도 타격을 줄 수 있기 때문이다. 최면에 의해 손에 불이 붙는 환상을 본 이가 실제로 손에 화상을 입은 사례도 있었다. 때문에 이것들은 위험을 내포하고 있는 환상이었다.

"그나마 진짜가 아니라서 다행이로군."

만일 진짜였다면 이 정도로 끝나지 않았을 것이다.

"도살장에 끌려가는 소처럼 질질 끌려갈 수야 없지."

그러기 위해서라도 반드시 뇌신의 힘을 얻을 필요가 있었다.

"반드시!"

그는 다시 출구를 향해 걸어갔다. 그러나 애석하게도 비류연은 사방이 너무 어두웠던 바람에 동굴 벽에 빽빽이 박혀 있는 가느다란 은침을 볼 수가 없었다. 그것들은 햇빛 아래에서도 잘 안 보일 만큼 작은 물건들이었던 것이다.

"저… 저놈은 귀신인가……."

어떻게 수천 개의 은침을 일제히 쏘아 보냈는데도 무사할 수 있단 말인가? 위지천은 자신의 손에 들려 있는 살인 병기 비황신침을 바라보았다. 하지만 이제는 자신의 이빨을 모두 토해낸 빈껍데기였다. 어떻게 이 악마의 암기로부터 저렇게 상처 하나 없이 말짱할 수 있단 말인가?

그가 격발 장치를 눌렀을 때 갑자기 비류연으로부터 세찬 돌풍이 몰아쳤다. 얼마나 강력한 위력이었던지 그가 날려 보낸 수천 개의 은침들은 이 바람의 영향으로 궤도를 수정할 수밖에 없었다. 바람이 그치고 시야가 다시 확보됐을 때 그는 멀쩡하게 서 있는 비류연을 보고 절망해야만 했다.

"어떻게 이럴 수가······. 저놈은 괴물이라도 된단 말인가?"

그는 망연자실할 수밖에 없었다.

"반드시 죽여야 돼! 반드시! 무슨 수를 써서라도!"

왠지 이번 기회에 비류연을 죽이지 못하면 영영 기회가 돌아올 것 같지 않다는 불길한 예감이 들었다.

"죽여야 돼! 죽여야 돼!"

위지천은 마치 넋이 빠져나간 사람 같았다.

아직 그에게는 한 번의 기회가 더 남아 있었다. 그것은 그에게 주어진 마지막 기회였다.

나예린의 족쇄
- 정신적 외상(外傷)

그 남자는 밤처럼 어두운 옷을 입고 그녀 앞에 서 있었다.
그를 본 독고령의 눈에 처절한 한기(寒氣)가 흘렀다.
"크윽!"

 그 남자를 본 순간 독고령은 안대를 찬 왼쪽 눈이 불로 지지듯 아파 왔다. 어떻게 잊을 수 있단 말인가, 자신의 한쪽 눈을 빼앗은 남자를. 독고령은 절대로 그를 용서할 수 없었다. 자신을 속이고 자신의 마음을 농락한 저 남자를! 저 자를 쓰러뜨리기 위해 그동안 얼마나 절치부심(切齒腐心)했던가!
 스르릉.
 그녀의 검집에서 천천히 검이 뽑혀져 나왔다. 그녀가 뻗은 검극(劍極)에서 살기가 뿜어져 나와 그의 심장을 겨눴다. 이제 그토록 기다렸던 복수의 기회가 왔다. 하지만 검극의 살기에도 아랑곳없이 그는 계속해서 웃고 있었다. 독고령은 그 미소가 몸서리쳐질 정도로 증오스러웠다. 한때 저 미소에 넘어갔던 자기 자신이 너무나 바보스럽게 느껴졌다. 그녀는 전신의 내력을 끌어올려 검 끝에 집중했다.
"오늘부로 네놈의 잔상을 내 마음속에서 지워 버리겠어."
 말을 마친 독고령이 힘껏 도약하며 검을 찔러 넣었다.
 푸욱!
 검극이 그의 몸을 관통하는 느낌이 그녀에게 너무도 생생하게 전해져 왔다. 하지만 그는 전혀 피하려는 동작을 취하지 않았다.
"…왜?"
 독고령은 어쩐지 상황이 너무 쉽게 흘러가는 것 같다는 생각이 들었다. 적어도 상대는 이 정도 공격에 맥없이 쓰러질 사내가 아니었다.
"크크큭, 이제 마음이 편한가?"
 검이 심장을 관통했는데도 불구하고, 사내는 뜻밖에 야릇한 미소를 짓고 있었다. 사내는 자신의 심장을 관통한 검날을 손으로 그러쥐었다. 두 사람 사이는 이제 검날의 남은 길이 정도밖에 남아 있지 않았다. 선혈이 검날을 타고 그녀의 손까지 흘러내려 왔다. 검의 손잡이를 쥐고 있던 그녀의 손이 붉게 물들었다. 피는 그녀의 손을 타고 떨어지며 바닥에 짙은 혈화(血花)를 그렸다.
"후후후, 그렇게 한다 해도 넌 내 손을 빠져나갈 수 없어. 너는 내 꺼야."
 그가 손을 들어 독고령의 턱을 들었다. 사내와 독고령의 시선이 한데 마주쳤다. 설명하기 힘든 이상야릇한 상황이었다. 그는 피가 흐르는 입술을 그녀의 입술로 가져갔다. 독고령은 거부하려 했지만 거미줄에 걸린 나비처럼 몸을 전혀 움직일 수가 없었다. 사내와 독고령의 입술이 천천히 포개어졌다. 그녀의 입 속으로 사내 입 안의 피가 울

컥하고 역류했다.

"이것 놔!"

독고령은 사내를 힘껏 밀치며 다시 한 번 검을 휘둘렀다.

파밧!

그녀의 검이 그의 신형을 두 쪽으로 갈랐다. 그러나 그때 이미 사내의 모습은 사라지고 없었다.

"이… 이럴 수가."

그녀는 마치 넋이 나간 사람 같았다. 그녀는 사내의 피가 묻었던 손을 바라보고 입가를 만져 보았다. 그 어디에도 핏자국은 없었다. 하지만 그녀의 손은 자신의 검이 그의 심장을 꿰뚫던 느낌을 분명히 느낄 수 있었고, 그녀의 입술은 그의 비릿한 피 맛을 기억하고 있었다. 등골이 오싹하고 소름이 돋았다. 마치 귀신에 홀린 기분이었다. 몸서리쳐지는 기억이 다시 머릿속에 떠올라 그녀를 괴롭혔다.

'사부님! 사부님! 사부님!'

그녀는 자신의 마음의 지주가 되는 사부 검후 이옥상을 애타게 불렀다.

'그토록 잊고자 노력했거늘……'

결국은 아무 소용이 없었던 모양이다. 아직도 자신이 그 일에 얽매여 있다는 것을 그녀는 깨달았던 것이다.

"그 마도인에게서 아직도 벗어나지 못했단 말인가?"

그녀는 자신을 속박하고 있는 굴레가 무엇인지 분명히 보았다. 그리고 이곳이 어떤 곳인지 깨달았다.

"예린이는 괜찮을까?"

독고령은 이곳이 어떤 곳인지 깨닫자 불현듯 자신의 사매가 걱정되었다. 이곳은 자신의 마음속에 있는 검은 그림자를 보여주는 곳이었다.
 '그래! 사부님께 그런 효과를 내는 향이 있다는 이야기를 들은 적이 있어! 그걸 이제와서야 떠올릴 수 있다니……. 그런 마도인에게 마음이나 사로잡히고…….'
 "나도 아직 수련이 덜 되었구나!"
 그때 그녀의 뇌리를 불현듯 스치는 생각이 있었다.
 '설마! 만일 사매가 그 일을 다시 겪게 된다면…….'
 갑자기 가슴이 싸늘하게 식어 왔다.
 "안 돼! 다시 그 악몽을 그 애가 겪게 할 수는 없어. 절대로 안 돼!"
 독고령의 마음이 다급해졌다. 서둘러 나예린을 찾아야 했다. 지금은 환상에 사로잡혀 있을 여유가 없었다.

 사람의 마음속 깊은 곳에 봉인된 어둠 속에는 괴물이 살고 있다. 그 괴물은 때로는 상상을 초월할 정도로 거대하며 어둡고 무시무시해 그것을 보는 것만으로도 엄청난 충격을 받게 된다. 자신의 마음을 뛰어넘지 않는 한, 자신을 극복하지 못하는 한, 인간은 마음속에 사는 괴물을 이기기 힘들다. 어둠을 직시하고 그것을 인정하며 받아들이고, 그런 다음 그것을 뛰어넘어야 한다. 그러나 그것이 말처럼 쉬운 일이 아니라는 데 문제가 있는 것이다.
 "어… 어떻게 당신이?"
 나예린은 자꾸만 뒷걸음질 치고 있었다. 눈앞에 자신이 꿈속에서

조차 잊으려고 했던 악연(惡緣)을 지닌 남자가 서 있었다. 그 사십대 중년 남자의 눈은 그때와 마찬가지로 정상이 아니었다. 그때도 저 남자는 저렇게 핏발 선 광기 어린 눈을 하고 있었다.

 선천적으로 타고난 미모는 무슨 수를 쓰더라도 가릴 수 없는 것이었다. 게다가 그녀의 미모는 너무 어릴 적부터 빛을 발했었다. 그녀의 미모에는 어렸을 때조차 남자들을 집요한 욕정 속에 빠뜨리는 신비한 마력이 내재되어 있었다. 꽃이 피기도 전에 이미 향기를 가지고 있었던 것이다. 그리고 그 향기는 많은 사람들을 유혹하는 불가사의 한 마력이 있었다. 그것이 그녀의 신상에 자꾸만 위험을 초래하게 만들었다. 신비한 향기가 자꾸만 꽃에 벌레들이 꼬이게 만든 것이다.
 지금 자신의 앞에 서 있는 저 남자 역시 마찬가지였다.
 그녀에게 가장 위험했던 순간은 바로 10년 전 저 남자가 저지른 일이었다. 그 일로 나예린은 심각한 정신적 외상(外傷)을 입게 되었다. 그때 이후로 그녀의 남성혐오증은 극에 달했다 할 수 있었다.
 순수한 순백색의 소녀에게 치명적인 얼룩을 묻히려 한 이는 바로 항상 믿고 따르고 의지하던 그녀의 숙부였다. 평소에 그는 존경할 만큼 정의로운 무림인이었다. 그러나 그날, 어린 그녀에게 그는 단지 한 마리 짐승일 뿐이었다.
 "어, 어떻게… 아직도 살아 있는 거죠?"
 그녀는 계속해서 뒷걸음질치며 물었다. 그러나 질문에 대한 대답은 돌아오지 않았다. 그는 그녀의 질문에는 아랑곳하지 않는다는 듯 여전히 욕정에 가득 찬 눈을 한 채, 광소(狂笑)를 흘리며 그녀를 향해 한 발 두 발 다가오고 있었다.

"흐흐흐, 너의 두 눈동자는 양귀비꽃처럼 매력적이고, 너의 미소는 독(毒)보다 더 치명적이야. 그 순결한 눈이 나를 미치게 해. 너의 진주 같은 순백의 피부, 석류처럼 새빨간 입술, 흑단처럼 검은 눈동자… 흐흐흐. 예린아, 난 이제 더 이상 참을 수 없구나. 참을 수가 없어!"

그때와 똑같은 상황이 다시 펼쳐지고 있었다. 마치 관객의 동의 없이 악몽이 재현되고 있는 듯한 느낌이었다. 숙부의 눈이 추악한 욕정으로 번뜩이고, 사악하고 뒤틀린 욕정으로 뭉쳐진 사념(邪念)이 그녀의 눈을 통해 마음속으로 흘러들어 왔다. 그것은 짐승의 눈이었다. 그것은 인간의 눈이 아니었다. 나예린은 숙부의 마음 밑바닥에 존재하는 그의 본성을 보았다. 오직 자신의 쾌락만을 생각하고 다른 모든 것은 고려하지 않는 추악하고 이기적인 짐승의 본성!

그녀는 가장 가까운 혈육 중 하나인 숙부에게서 그런 짐승의 모습을 본 것이다. 어린 그녀가 그 충격을 견디기는 무리였다. 나예린은 어떻게든 이 상황을 벗어나서 도망치고 싶었다. 자신에게 검이 있다면 자결이라도 하고 싶었다. 하지만 그 당시 나약한 그녀가 물리적으로 취할 수 있는 행동은 하나도 없었다. 몸이 마음대로 되지 않을 때는 마음이 현실을 왜곡시킨다.

그녀의 마음은 본능적인 방어기제를 작동시키기 시작했다. 할 수만 있다면 그녀는 자신의 모든 감각을 차단하고 싶었다.

"자, 이리 온. 착하지. 자, 이리 와 이 숙부의 품에 안기렴. 나의 작은 새야."

'꿈이야… 이건 꿈이야.'

그녀는 지금 자신이 악몽을 꾸고 있는 것이라고 자기 암시를 걸고 있었다. 한 발짝 한 발짝 그가 다가올 때마다 그녀는 자신의 나이가 한 살씩 적어져서 다시 열 살 때의 나약한 소녀가 되고 있다고 느꼈다. 열 살 때 겪었던 악몽이 다시 눈앞에 재현되고, 그날의 자신이 지금 현재의 자신에게로 투영되는 듯한 느낌이었다. 온몸 구석구석을 오싹하게 만드는 소름이 돋았다. 갑자기 헛구역질이 올라왔다.

저벅 저벅 저벅.

그녀는 한 걸음씩 뒤로 물러섰다.

그가 어두운 그림자 속에서 어둡고 추한 욕망을 번들거리며 다가올 때마다 그녀는 두려움을 느끼며 뒤로 물러나야 했다. 지금의 그녀는 빙백봉이란 이름 높은 검객의 제자이자 검후의 후인이 아니었다. 그녀는 단지 열 살배기 겁 많은 소녀일 뿐이었다. 그녀의 애검은 얼어붙은 듯 전혀 뽑힐 생각을 하지 않고 있었다.

턱!

나예린의 등이 동굴 벽에 닿았다. 이제 더 이상 물러날 곳도 없었다. 이제 그 자는 그녀의 눈 바로 앞에까지 와 있었다. 손만 뻗으면 닿을 거리였다.

"자, 더 이상 도망갈 곳도 없구나. 자, 이리 온. 나의 작은 새야."

욕정에 물든 추악한 손이 그녀의 전신을 쓰다듬기 시작했다. 그녀는 지금 두려움과 함께 공포에 떨고 있었다. 역겨움과 여자의 나약함에 대한 비애가 그녀의 정신을 잠식해 들어갔다. 남자들 자체가 혐오스럽고 공포스러웠다.

'누가 제발 도와줘요. 도와줘요. 도와줘요!'

그녀는 속으로 간절히 외쳤다. 열 살 때의 자신도 그렇게 외쳤었다. 그때 절망의 구렁텅이에서 그녀를 구원해 준 이는 그녀의 아버지였다. 그 당시 일을 나예린은 아직도 똑똑히 기억하고 있었다. 그것은 잊을래야 잊을 수 없는 아픈 기억이었다.

"이게 무슨 짓이냐! 이 짐승만도 못한 놈! 내 오늘 너와 인연을 끊겠다!"

벽력성을 지르며 나타난 아버지의 검이 하얀 섬광을 내뿜으며 숙부의 눈을 훑고 지나갔다.

파핫!

붉은 선혈이 허공중에 흩뿌려졌다.

"크아아아아아악!"

숙부는 귀곡성 같은 비명을 내질렀다. 아버지의 검은 깊은 분노로 파르르 떨고 있었다. 금방이라도 숙부의 목을 벨 듯한 살기가 아버지의 검에서 뿜어져 나오고 있었다. 숙부는 욕정의 유혹에 빠져 천륜을 저버렸던 것이다. 아버지는 그런 숙부를 도저히 용서할 수 없었다. 숙부는 이성을 완전히 잃은 상태에서도 아버지와 싸우는 게 얼마나 어리석은 일인지 알고 있는 듯했다. 그는 피가 철철 흘러넘치는 눈을 왼손으로 가린 채 오른손으로 장력을 내뿜었다. 그의 장기인 광풍장(狂風掌)이었다.

우르르릉!

엄청난 소리와 함께 폭풍같이 사나운 장력이 사방에 몰아쳤다. 장력의 위력에 방 안이 어수선한 틈을 타 그는 창문을 깨고 도주했다. 그 후 그의 생사는 확인된 바 없었고 그의 행방 또한 아는 자가 아무도 없었다. 그 일은 가문의 수치이자 어두운 그림자였다. 그 후 그녀의 남성 혐오증은 극에 달했고, 나백천은 광적으로 그녀를 과보호했다. 그 후 그 일은 불문에 붙여졌고, 금기사항이 되어 아무도 그 일을 입에 올리는 이가 없었다.

그것은 아직도 그녀의 정신 깊숙한 곳에 남아 있는 깊은 상처였다. 10년이 넘도록 남아 있는 마음의 앙금! 아직도 그녀는 그 악몽의 기억을 떨쳐 버리지 못한 모양이었다.

그런데 과거의 망령이 되살아났단 말인가?

'제발 누가 날 도와줘요!'

이만큼 절실하게 남의 도움을 요청하기는 처음이었다. 점점 더 숙부의 음란한 손이 다가오고 있었다. 거미줄에 걸린 나비처럼 전신이 마비된 듯 그녀는 뜻대로 몸을 움직일 수가 없었다. 그녀는 무릎을 모으고 움츠린 채 오돌오돌 떨면서 외쳤다. 있는 힘껏 두 눈을 질끈 감고 목청을 높여 외쳤다.

"도와줘요! 비… 비류여어어언!"

그 순간 그녀의 눈앞에서 하얀 섬광이 터지며 모든 악몽의 그림자를 쓸고 지나갔다. 그녀는 한참 동안 웅크린 채 앉아 있었다.

톡톡.

그때 작은 새처럼 떨고 있던 그녀의 어깨를 두드리는 손길이 있었다. 억세지도, 과격하지도, 폭력적이지도 않은 그런 손길이었다. 그리고 이윽고 소리가 들려왔다.

"불렀어요?"

그 목소리는 어둠을 헤치고 들어오는 한 줄기 빛살 같았다. 그녀가 한 가지 확신할 수 있는 것은 그 소리가 결코 음심(淫心)으로 질퍽거리는 숙부의 목소리가 아니라는 점이었다. 그녀는 고개를 들어 목소리의 주인공을 바라보았다. 언제나 마음을 편안하게 해주는 웃음을 짓고 있는 그는 바로 비류연이었다.

갑자기 그녀는 안심이 되며 편안해지는 자신을 느꼈다. 차갑고 얼음 같기만 하던, 그래서 누가 보면 빙검의 전인이라고 착각할 정도로 표정이 없던 그녀의 얼굴에 환한 표정이 돌아와 있었다. 그것은 비류연도 처음 보는 그런 표정이었다.

"나 소저, 괜찮아요? 무슨 일 있어요?"

눈물을 글썽거리며 금방이라도 울음을 터뜨릴 듯한 그녀의 슬픈 표정은 와락 껴안고 싶은 충동을 불러일으킬 정도로 안쓰러웠다. 그런데 비류연은 그런 고민을 할 필요가 없어졌다. 왜냐하면 먼저 그의 품에 안긴 이는 놀랍게도 나예린이었던 것이다.

"나 소저?"

나예린의 두 손은 그의 옷을 쥐어짜듯 꽉 틀어쥐고 있었다. 비류연은 나예린의 몸이 아직도 미세하게 떨리고 있는 것을 놓치지 않았다. 아직도 그녀는 무엇인가를 두려워하고 있었다. 그것이 무엇인지는 비류연에게 그다지 중요하지 않았다. 그녀가 지금 떨고 있다는 사실만이 그에게는 중요했다.

그녀는 갑자기 열 살배기 소녀로 돌아간 듯했다. 비류연은 나예린의 떨림이 멈출 때까지 그녀의 가냘픈 몸을 조용히 안아 주었다. 두 사람은 한동안 아무 말도 하지 않았다.

"어떻게 절 찾았죠?"

한참 후, 겨우 진정이 된 나예린이 그제야 비류연에게 질문했다. 환마동 안은 미로 같아서 웬만해선 서로 마주치기도 힘들었다. 그런데 비류연은 별 어려움 없이 자신을 찾은 듯했다. 그녀는 그것이 무척이나 신기했다.

"감(感)이죠."

비류연이 자랑스럽게 대답했다.

"감이요?"

"네, 감이요. 좋아하는 사람이 그 어떤 미로 안에 갇혀 있다고 해도 전 찾아낼 수 있어요. 그것이 바로 사랑의 힘이죠. 음하하하하!"

다시 한 번 비류연은 망설이지 않고 대답했다. 너무나 자신만만한 대답에 나예린은 살포시 웃음을 지을 수밖에 없었다. 그러나 너무나 당당한 그의 대답에 미처 그 대답이 뻥이라는 사실을 나예린은 전혀 눈치 채지 못했다. 진실은 알고 보면 매우 간단했다. 실은 비류연이 나예린의 옷자락 끝에 뇌령사를 매달아 놨던 것이다. 그는 그 뇌령사의 뒤를 쫓아 나예린의 위치를 쉽게 찾을 수 있었다. 그러나 굳이 그 사실을 말해줄 필요를 느끼지 못했기에 감이라고 말했던 것이다.

휘이이잉!

갑자기 어디선가 세찬 바람이 불어왔다. 그녀의 머리카락과 옷자락이 바람에 하늘거렸다.

"고마워요."

그녀가 살포시 미소 지으며 말했다. 만년빙정이 한순간 녹아내리는 듯한 찬란한 빛 같은 미소였다.

"그런데 비 공자도 환상은 아니겠죠?"

이곳에서는 무엇이 환상이고 무엇이 실제인지 분간하기가 매우 어려웠다.

"이렇게 생생하고 싱싱한 환상 보셨나요, 나 소저?"

비류연의 싱싱함을 강조한 대답은 그녀가 횟집에서 주문을 하고 있는 게 아닌지 하는 착각이 들게 만들 정도였다.

"그것도 그렇군요."

나예린은 비류연의 출현으로 자신이 왜 안심이 되었는지 마음속으로 의아함을 느껴야만 했다.

위지천의 폭주
- 작열하는 질투의 검은 불꽃

"안 돼… 나 소저… 안 돼요. 왜 저런 녀석에게 그런 미소를 보여주는 거죠?
나에게는 단 한 번도 보여준 적이 없는 그런 찬란한 미소를. 왜 저딴 녀석에게……."

위지천은 나예린이 비류연에게 안기는 그 순간부터 두 사람을 몰래 지켜보고 있었다. 그것은 그에게 행운이자 불행이었다. 참을 수 없는 질투의 검은 불길이 위지천의 가슴을 태웠다. 그는 심장이 천 갈래 만 갈래 찢어지는 듯한 아픔이 느껴졌다. 지금 당장 눈앞에서 시시덕거리고 있는 비류연을 갈기갈기 찢어버리고 싶었다. 그의 눈에서 지독한 살기가 뿜어져 나왔다.

"너만… 죽으면… 네놈만 죽으면… 네놈만 이 세상에 없으면… 저 미소를 내 것으로 만들 수 있어. 내 것으로……."

그것은 두고 봐야 알 일이었다. 그러나 그의 영민함은 이미 시궁창의 구정물처럼 흐려진 지 오래였다. 위지천은 이미 질투에 미쳐 버려 눈이 흐려지고 귀가 얇아졌으며 마음도 검게 변해 버렸다. 그는 이미 자신이 행하는 행동의 선악조차도 구분 못할 정도로 타락해 있었다. 그리고 그만큼 어리석음의 극치를 보여주고 있었다. 게다가 그는 지금 질투로 눈이 멀어 있는 상태였다. 사리판단이 제대로 될 리가 없었다. 그는 품속에 감추어 두었던 또 하나의 비장의 수를 꺼내었다.

위지천에게는 비황신침 말고도 또 한 가지의 비장의 수가 남아 있었다. 그 자가 자신에게 비황신침을 준 다음 만일을 대비해서라는 설명과 함께 쥐어준 물건이었다. 그것은 현재 무림에서 사용이 전면 금지된 염마뢰(炎魔雷)라는 엄청난 폭발력을 지닌 물건이었다. 위지천도 어지간해서는 쓰고 싶지 않았다. 자칫 잘못하면 자기 자신마저 위험에 빠질 수 있기 때문이었다. 그래서 비황신침만으로 끝장낼 수 있기를 바랐건만, 그 희망은 이미 물 건너간 지 오래였다.

다시 한 번 비류연과 나예린의 다정다감한 — 극히 개인적인 시각에서의 해석일 뿐이었지만 — 모습을 본 위지천은 마침내 마빡이 돌아버리고 말았다. 그는 이미 자신의 행동에 대한 분별력이 완전 마비 상태에 빠져 있었다.

사태를 자기 마음대로 해석하는 '위지천식 제멋대로 확장 증폭 상상력'으로 인해 발생한 이성 마비 상태는 결국 그가 염마뢰라는 위험천만한 물건의 조정을 마칠 때까지 계속되었다. 이미 그는 비류연과 나예린이 오순도순 이야기를 나눌 때부터 꼭지가 돌아가 있었다.

위지천은 자신의 옆에 놓여 있는 돌 하나를 집어 휘어져 있는 반대편 통로 쪽으로 던졌다. 그가 던진 돌멩이는 소리도 없이 나선을 그리며 반대편 동굴의 휘어진 통로 안쪽에 떨어졌다.

탁!

돌맹이와 동굴벽이 부딪치며 소리가 울려 퍼졌다.

"무슨 소리죠?"

갑작스런 소리에 나예린이 흠칫했다.

"별거 아닐 거예요. 일단 제가 가서 알아보죠!"

비류연이 자리에서 일어나 소리가 난 통로 쪽으로 조심스럽게 걸어갔다. 드디어 눈꼴시게 붙어 있던 두 사람의 사이가 벌어진 것이다.

'좋아!'

비류연과 나예린의 거리가 어느 정도 떨어진 것을 확인한 위지천은 광기 어린 눈으로 염마뢰의 시한 장치를 눌렀다. 검은 구의 이음새 사이로 연기가 새어나왔다. 내부의 심지가 타들어 가고 있다는 증거였다.

나예린과의 거리도 일정 이상 떨어진 상태라 훨씬 마음이 놓였다. 저 정도면 충분한 안전거리였다.

나예린과 희희낙락하는 비류연을 보고 꼭지가 돌아버린 위지천은 두 번 생각하지 않고 염마뢰를 힘껏 던졌다.

톡, 또르르르……

우아한 포물선을 그리며 날아간 염마뢰는 데굴데굴 바닥을 구르더니 비류연의 발 앞에서 멈췄다.

[위험해요!]

위지천이 소리치며 나예린을 향해 달려갔다. 그의 외침은 그녀의 귀에는 크게 울리는 소리였지만, 그것은 나예린만 들을 수 있는 전음이었다. 그는 염마뢰가 폭발되기 전에 나예린을 사정권 밖으로 안전하게 끌어낼 작정이었다. 물론 비류연의 그런 순발력 있는 행동의 이면에는, 그렇게 했을 때 자신이 나예린의 생명의 은인이 되어, 엄청난 대접을 받을 수 있다는 얄팍한 계산도 숨겨져 있었다. 그러나 세상만사가 자기 뜻대로만 되라는 법은 없었다!

나예린의 시선이 자신을 향해 달려오는 위지천을, 아니 땅바닥에 떨어져 굴러가는 뇌탄을 향했다. 이음새 사이로 새어나오는 연기와 모양새를 통해 나예린은 이 물건이 강호에서 거의 쓰이지 않는 아주 위험한 물건이라는 것을 순간적으로 기억해냈다.

"헉!"

위지천은 기겁했다. 그가 나예린의 손을 잡으려는 찰나, 그녀의 손이 교묘하게 움직이더니 그의 팔을 떨쳐낸 것이다.

"나 소저!"

위지천이 다급하게 그녀를 불렀다. 그러나 나예린은 위지천을 거들떠보지도 않았다. 나예린은 망설이지 않고 비류연을 향해 달려갔다. 바람 같은 속도였다. 위지천의 치명적인 계산 실수였다.

"피해요!"

나예린이 외쳤다. 비류연과 나예린의 몸이 한데 엉켰다. 그 순간!

번쩍!

세상을 집어삼킬 듯한 백색 섬광이 태양빛처럼 터져 나오고, 이윽고 우레 같은 소리가 동굴 전체에 울려 퍼졌다.

우르르르릉, 콰콰콰쾅!

상상을 초월하는 염마뢰의 엄청난 위력에 위지천은 기겁했다. 그 폭발력은 비류연 하나를 날려 보내는 정도가 아니었다.

쾅! 쿠쿠쿠쾅! 쾅! 쾅!

폭발 진원지를 중심으로 연쇄 붕괴가 일어나기 시작했다. 환마동이 폭발력을 견디지 못하고 무너지고 있는 것이다.

위지천은 일단 자리를 피해야 했다. 낙반에 깔려 죽기 싫다면 그는 필사적으로 뛰어야 했다.

환마동의 붕괴

"헉헉헉!"

이제 막 환상에서 빠져나온 용천명의 얼굴은 핏기 하나 없이 창백했다.

그는 기분이 매우 찝찝했다. 자신도 모르는 사이에 그의 손에는 검이 잡혀 있었다.

사방의 암벽에 검흔이 가득한 것을 보아 무의식중에 마구 검을 휘둘렀던 모양이었다. 그것도 오만 가지 초식을 한꺼번에 마구잡이로 펼친 듯했다.

'너희들이 지닌 모든 기량을 전부 극한으로 발휘해야만 무사히 이 시련을 통과할 수 있을 것이다.'

문득 마진가의 연설이 뇌리에 떠올랐다.

마진가는 시험이라 하지 않고 시련이라 했다. 그것만으로도 이 시험이 얼마나 어려운 것인지를 짐작할 수는 있었다. 그러나 설마 이 정도일 줄은 몰랐다.

막상 들어와 보니 '정말 이런 기분 처음이야'라는 그런 느낌이 들 정도로 칙칙하고 찝찝한 느낌이었다. 그리고 이곳에는 진짜 공포가 있었다. 아직도 방금 전 자신이 느꼈던 공포가 가시지 않고 있었다. 명예와 신념을 위해 소림칠십이관문(少林七十二關門)에 목숨 걸고 도전했을 때조차 이런 위협과 뼛속 깊은 공포를 느낀 적은 없었다. 그렇다. 지금 용천명의 가슴에 피어나고 있는, 마치 거대한 절벽 앞에라도 서 있는 것 같은 위태위태한 이 기분은 명백히 '공포'였다. '공포' 말고는 지금 자신의 기분을 설명할 수 있는 적절한 단어가 아무 것도 없었다. 자신의 숨통을 노리고 있는 보이지 않는 손길. 용천명의 육감은 그것을 확실하게 느끼고 있었다.

"젠장. 출소림의 하산관문을 돌파할 때도 이렇게 두려워해 본 적이 없거늘… 빌어먹을!"

오래간만에 그의 입에서 욕지거리가 튀어나왔다. 어지간해서는 쓰지 않는 말이었다. 그만큼 상황은 좋지 않았다. 그러나 상황이 좋지 않다고 해서 절대로 발걸음을 멈출 수는 없다는 것이 문제였다. 그는 사람들이 자신을 향해 '겁쟁이'라고 부르는 것을 상상하는 것만으로도 견딜 수 없었다.

"그것들이 바로 나의 마음속에 있는 천겁령의 그림자인가… 고작 내가 만들어낸 환상 따위에 이런 공포를 느끼고 뱀 앞의 개구리처럼 옴짝달싹을 못하다니…….'

갑자기 그런 자신이 한심하게 느껴졌다.

"이제 내 나이 또래에서는 적수가 없다고 자부했거늘… 아직도 공부가 부족하구나! 아직도!"

그는 자신의 애검이자 사문의 비보인 녹옥여래신검을 다시 한 번 쓰다듬어 보았다. 녹옥여래신검, 그것은 자신의 명예와 자신이 짊어질 책임과 자신의 존재에 대한 증명이었다. 그러자 그의 마음속에서 용기와 투지가 조금씩 다시 올라오는 것을 느낄 수 있었다.

용천명은 다시 용기백배하여 앞쪽으로 발걸음을 옮겼다. 물론 보이지 않는 주변의 적에 대해 충분히 신경을 쓰면서…….

그런데 그때 짙은 어둠을 몰아내며 동굴 안에 눈부신 태양빛이 떠올랐다. 그 빛은 용천명의 몸을 순식간에 집어삼켰다.

그것은 너무나 순식간에 벌어진 일이었다. 눈앞을 가득 메우는 새하얀 섬광! 그리고 귀청을 찢는 듯한 폭음! 그리고 굉음을 일으키며 무너져 내리는 천 근은 족히 넘을 듯한 거대한 돌덩이들의 우박!

콰르르르릉! 쿠콰쾅!

광폭한 폭음은 사납게 환마동 전체를 휩쓸며 모든 환상을 일순간에 날려버렸다. 거대한 폭발에 동굴 전체에 펼쳐져 있던 진법이 순식간에 변형된 탓이었다.

"으아아악!"

윤준호는 잔뜩 얼굴을 찡그리며 바닥에 주저앉아 귀를 틀어막았다. 좁은 동굴에서 반사되어 나오는 소리는 사람을 찢어발기듯 사납고 흉폭했다.

"지… 지진인가?"

당황스럽기는 남궁상도 마찬가지였다.

"상!"

옆에 있던 진령이 다급하게 거의 본능적으로 그의 팔에 매달렸다.

위험을 느낀 그도 진령을 꼭 껴안았다. 여기서 만일 동굴이 무너진다면 관도 모두 생존할 가능성은 전무하다 해도 과언이 아니었다. 모두들 광폭하게 흔들리는 대지에 엎드린 채, 폭발의 진동이 사라지기를 기다렸다.

후두두둑! 콰르르릉!

검은 돌로 둘러싸인 천장에서 바위의 비가 쉴 새 없이 떨어졌다. 중간중간 굵은 자갈의 우박도 함께 섞여 있었다.

더 이상 가만있다가는 매장될지도 모른다는 위기감을 느낀 사람들은 무조건 앞을 향해 뛰기 시작했다.

"꺄아아아악!"
"이 소저!"

효룡은 다급하게 이진설을 불렀다. 이진설은 그와 약간 거리를 두고 따라오고 있었던 것이다. 동굴 전체가 지진이라도 만난 것처럼 요동치고 있었다.

투툭!

효룡은 눈을 크게 떴다. 이진설의 머리 위쪽 천장이 마치 신필(神筆)로 화선지에 일필휘지 선을 긋듯, 커다란 금이 쭈우욱 그어졌다. 동굴 천장이 붕괴될 조짐이었다. 금방이라도 낙반이 떨어져 내릴 것이다. 도저히 피할 시간이 없다.

"위험……!"

위험을 느낀 효룡은 망설이지 않고 이진설에게 몸을 날렸다.

콰콰쾅!

그와 그녀의 머리 위로 커다란 암석이 떨어져 내렸다.

"아악!"

"윽!"

두 사람은 낙반의 충격에 정신을 잃고 말았다.

우르르릉!

여전히 동굴 안은 미친 듯이 요동치고 있었다.

어둠을 밝히는 하얀 섬광이 터지는 그 순간 장홍은 누군가가 절규하는 목소리를 들을 수 있었다.

"안 돼애! 나 소저어어!"

피를 토하는 듯한 외침이었다.

"이 목소리는……?"

그것은 어디선가 분명히 들어본 남자의 목소리였지만 그 얼굴을 기억해낼 수는 없었다. 장홍은 자신의 사고를 계속해서 이어나갈 수가 없었다. 상황이 그를 내버려두지 않았던 것이다.

콰콰콰쾅!

"헉!"

왜냐하면 폭발 후에 찾아오는 사나운 충격파와 폭풍이 그의 전신을 사정없이 유린했던 것이다. 그는 있는 힘을 다해 난폭한 폭풍과 맞서야 했다.

"크아아악!"

"으어어억, 살려!"

"커허허억, 안 돼!"

"흐흑흑흑흑!"

사방에서 사람들의 미칠 듯한 절규와 탄성, 한숨과 비명이 쏟아져 나왔다. 동굴 안은 말 그대로 아비규환(阿鼻叫喚)의 지옥으로 변해 버렸다.

"이… 이럴 수가. 이런 말도 안 되는 일이…….."

폭발의 사정권에서 간신히 벗어난 위지천은 망연자실했다. 그의 몰골은 여기저기 찢겨지고 뜯어져 말이 아니었다.

"이… 이건 있을 수 없는 일이야! 이건 꿈이야!"

설마 그때 나예린이 던져진 뇌탄을 보고 비류연을 구하기 위해 달려갈 줄은 그로서는 상상도 못한 일이었다. 어느 순간 폭발할지 모르는 뇌탄의 위협에도 불구하고 그녀는 비류연을 구하기 위해 달려갔다. 그녀의 행동은 위지천이 전혀 예상치 못한 최악의 행동이었다.

자신의 실수로 자기의 우상이자 모든 것인 나예린마저 대폭발의 섬광 속에 묻혀 버리고 이제는 그 생사마저 불분명해진 것이다. 그는 광란 상태에 빠져 버리고 말았다.

"으아아아아아아아!"

그는 털썩 자리에 주저앉은 채 멍하니 자신의 두 손을 넋이 나간 듯 바라보았다. 방금 전 염마뢰라 불리는 현 무림 최강 최악의 화탄(火彈)을 아무런 망설임 없이 조작했던 바로 그 손이었다. 그의 손은 수전증 환자의 그것처럼 심하게 떨리고 있었다.

갑자기 멍하니 바라보던 그의 손에서 붉은 피가 철철 흘러내리기 시작했다. 피는 하염없이 흘러내려 바닥을 가득 채우고 이윽고 그의 머리까지 차올랐다. 물론 피의 홍수는 오직 그에게만 보이는 환각이었고, 지금 그의 처절한 심경을 드러내 주고 있었다.
"내… 내가 무슨 짓을 한 거지?"
그러나 대답해 주는 이는 아무도 남아 있지 않았다.

땡땡땡!
환마동에서 발생한 돌발 사고에 따라 전 학관에 비상이 걸렸다. 학관 측으로서는 아닌 밤중에 홍두깨에다, 덤으로 마른하늘에 날벼락이었다. 누구도 이런 대형 사고가 일어나리라고는 전혀 예측하지 못했었다. 무엇보다도 환마동이라는 곳이 수색 작업을 하기에 무척이나 까다로운 구조로 이루어진 것도 걱정이었다.
"왜 이리 소란스러운가?"
마진가가 문자 소식을 들으러 갔던 보좌관 제갈 노사가 헐레벌떡 달려왔다.
"사고가 났습니다."
"사고?"
"예, 사고입니다."
마진가의 얼굴이 약간 어두워졌다.
"인명 피해란 말이오? 그거라면 이미 각오했던 일, 너무 소란스러운 것 아니오?"
물론 관도 한두 명이 명(命)을 달리했다는 말은 무척이나 가슴 아픈 일이지만 이미 각오한 일이었다. 그의 손은 부르르 떨리고 있었지만 자신의 약한 모습을 보여주기 싫었기에 속으로 꾹 참았다. 그는 자신이 남들에게 냉정한 지도자의 모습으로 비쳐지기를 간절히 바라고 있었다.

그는 지배자는 아니었지만 지도자였다. 남들 위에 서 있는 자였으므로 그에 따른 의무를 져야 하고 벌어진 사태에 대한 책임 또한 져야 했다. 그러나 이번 사고는 그의 예상보다 훨씬 큰 것이었다.

"사고는 관주님이 생각하시는 것보다 훨씬 큽니다."

제갈 노사는 말하고 싶지 않은 내용이었지만 말할 수밖에 없었다. 그의 얼굴이 심각하게 굳어졌다.

"무슨 일인데 그렇게 호들갑인 거요? 항상 냉정 침착하게 본인을 보좌하던 모습이 아니구려."

당연했다.

"환마동이 붕괴했습니다."

우지끈!

그 한마디에 오랫동안 마진가 앞의 자단목 책상 – 그것도 무지무지 값비싼 – 은 두 번 다시 자신의 쓰임새를 수행할 수 없는 몸이 되었다.

"뭣이라! 그게 사실인가?"

마진가는 대갈성을 터뜨리며 벌떡 자리에서 일어났다. 그의 얼굴은 지금 믿을 수 없다는 경악으로 가득 차 있었다. 그러나 좋은 소식이 잘못 전해지는 경우는 간혹 있어도 나쁜 소식이 잘못 전해지는 경우는 거의 없었다. 아무래도 운명의 신은 구두쇠인 모양이었다.

"사실입니다. 이번 화산규약지회의 참가 시험을 위한 시험 장소인 환마동에 사고가 일어났습니다."

보좌관 제갈 노사는 숨을 헐떡이면서도 끝까지 보고했다.

충격이 마진가의 전신을 휩쓸자 갑자기 세상의 균형이 무너지는 듯했다. 그가 비척거리며 간신히 자세를 잡았다. 부하 앞에서 추태를 보이고 싶지는 않았기 때문이다.

"18년 동안 조용한 그곳에서 무슨 사고란 말이오?"

"폭발 사고라고 합니다."

"뭐라고? 폭발 사고? 그럴 리가?"

있을 수 없는 일이었다. 제갈 노사의 눈빛이 그의 이성만큼이나 날카롭게 빛났다.

"아무래도 인위적인 조작 같습니다. 그렇지 않고서야 환마동 안에서 뇌탄이 터질 리 없겠지요. 폭뢰탄은 비전 중의 비전, 누구나 어디서 함부로 구할 수 있는 값싼 노리개가 아닙니다."

"나도 자네의 말에 전적으로 동의하네. 그렇다면 누가? 누가 감히 천무학관에 이런 가당찮은 작태를 저질렀단 말인가? 누가 감히?"

순간 불길한 그림자 하나가 마진가의 뇌리 속을 스치고 지나갔다. 오싹한 마음에 그는 제갈 노사를 바라보았다. 그의 얼굴을 보니 이미 그도 자신과 같은 생각을 떠올린 모양이었다.

"설마… 그 악마들이 다시 깊은 심연에서 깨어났단 말인가?"

그의 어조는 침울하기 그지없었다.

"부정할 수 없는 가능성입니다."

제갈 노사는 고개를 끄덕였다.

"긴급 회의를 소집하게! 그리고 당장 환마동에 갇힌 아이들의 구출 활동을 개시하고, 사상자에 관해서도 보고해 주게!"

마진가의 지시에 천무학관이 빠르게 움직이기 시작했다.

긴급 회의가 소집되었다. 환마동 붕괴 사고 소식을 모두 접한 터라 그들의 안색은 모두 어두웠다. 벌써 여러 의견들이 오가고 있었지만, 다들 한 가지 일을 머릿속에 떠올리고 있었다.
"그렇다면 맹주께서도 이번 일이 천겁우의 소행이라고 여기십니까?"
늑기한 노사가 일어나 물었다.
"저 정도 폭발력을 지닌 물건이 이 세상에 과연 몇 개나 된다고 생각하시오?"
마진가가 되물었다. 그의 답을 기다리지 않고 마진가가 말을 이었다. 그의 어조는 격앙되어 있었다.
"그것은 바로 사천당가의 칠대금용암기 중 하나인 벽력진천뢰(霹靂震天雷)와 그 망할 깃털 놈들이 썼던 '염마뢰(炎魔雷)' 뿐이오! 한데 사천당가에서 함부로 칠대금용암기를 유출했을 리가 없지 않겠소?"
"제가 당장 본가에 연락해 재고량을 확인해 보도록 하겠습니다."
사천당가 출신의 무사부 당지명이 벌떡 일어나며 말했다. 가주와 장로회의 승인 하에서만 반출이 가능한 것이 칠대금용암기였다. 쥐도 새도 모르는 유출이란 있을 수 없었다.
칠대금용암기와 칠대절독의 수량을 확인하고 관리하는 것은 가주의 가장 중요한 업무 중 하나였다. 그 일만은 누구에게도 맡기지 않고 직접 해야만 했다. 하지만 사천당가의 암기가 유출되었을 가능성은 너무나 희박했다. 그렇다면 가능성은 하나뿐!

"설마 그럴 리가……."

그 가능성만은 배제하고 싶은 것이 여기 배석한 모든 이들의 솔직한 심정이었다. 너무 오랫동안 정체를 숨기고 있었기에 이들도 슬슬 그 이름을 잊어 가고 있었다. 그러던 차에 마침내 이들의 건재함을 과시하는 듯한 사건이 벌어진 것이다.

"그런데 문제가 하나 있습니다."

제갈 노사가 조심스럽게 운을 뗐다. 하지만 제갈 노사는 마른침을 삼킬 뿐, 우물쭈물하며 본론을 쉽게 얘기하지 못하고 있었다. 아무래도 상당한 난제를 이야기하려는 것 같았다.

"도대체 뭐가 문제인가?"

마진가가 제갈 노사의 말문이 트이게 하기 위해 거들었다. 제갈 노사의 안색은 너무 안절부절 못하는 것처럼 보여서 안쓰러울 정도였다. 그는 마진가에게 전하기 어려운 난제를 안고 이곳에 온 것이 분명했다. 제갈 노사는 군사이자 책략가이면서도 자신의 마음을 숨기는 데는 서툴렀다.

"아직도 나를 더 괴롭힐 문제가 남아 있단 말인가?"

자조적인 웃음을 띠며 마진가가 말했다.

"말씀대로입니다."

제갈 노사는 웃지 않았다.

"환마동이 무너지고 부상자가 속출한 이 마당에 더 안 좋은 일이란 게 뭔가? 뜸들이지 말고 말해 보게. 지금은 그 어떤 말을 들어도, 또 무슨 일이 터져도 놀라지 않을 것 같군."

그러나 제갈 노사의 입이 열리는 순간 마진가는 자신이 방금 전에 말한 자신의 맹세를 깰 수밖에 없었다.
"뭐… 뭐라고? 그게 사실인가?"
제갈 노사는 묵묵히 고개를 끄덕였다. 마진가는 하늘이 와르르 무너지는 듯한 느낌이었다.
"저… 정말 그 아이가 그 안에서 실종되었단 말인가?"
제갈 노사는 굳이 실종이라는 말을 골라 썼지만 이 상황에서는 사망했을 확률이 너무 높았다.
"만일 이 사실이 무림맹에 알려진다면……."
제갈 노사는 그것이 걱정인 모양이었다.
"그건 시간 문제겠지. 그렇다면……."
"아마도 조용히 끝나기는 힘들 겁니다."
무림맹주 나백천의 팔불출 딸 사랑은 익히 잘 알려진 사실이었다. 아무리 오래된 지우라도 만일 딸의 신상에 잘못이 생겼다면 그는 가만있지 않을 것이다. 평상시에는 점잖고 위엄으로 가득 차 있지만 나예린의 문제에 있어서만은 사람이 바뀐 듯 달라지는 것을 마진가도 익히 잘 알고 있었다. 딸의 실종 소식을 듣고 갑자기 꼭지가 돌아가 버리는 나백천의 변모한 모습이 상상이 되자 마진가는 한기가 오싹 올라와 몸이 부르르 떨렸다.
"또 하나 문제가 있습니다."
제갈 노사는 아직 할 말이 남아 있는 모양이었다. 그의 입에서 이번에는 무슨 말이 터져 나올지 마진가는 두려웠다.
"무슨 문제 말인가?"
"그건 바로… 이번 사건을 누가 무림 맹주님께 전하나 하는 문제입니다."
 순간 마진가는 확 깨이는 바가 있었다. 그리고는 단숨에 인상을 찌푸렸다.
 '이런, 잊고 있었다. 그 중요한 일을!'
 마진가는 갑자기 자기 자신이 한심스러웠다. 어떻게 그 중요한 일을 잊을 수가 있단 말인가.
 "개인적인 정보원으로부터 사고 소식을 알기 전에 화급히 인편을 통해 알리는 편이 좋을 것 같습니다. 어차피 숨긴다고 해결될 일도 아니지 않습니까?"
 그것은 심각하게 고려해 봐야 할 문제였다. 제갈 노사가 말을 계속했다.
 "그리고 누가 그분의 분노를 진정시킬지에 대해서도 생각하셔야지요. 맹주님의 딸 사랑이야 이미 강호에 유명한 일 아닙니까. 자신의 금지옥엽(金枝玉葉)이 깃털들의 음모에 의해 희생된 것을 아시면 그분도 가만있지는 않으시겠지요."
 "맞는 말일세. 숨긴다고 해결될 일이 아니지. 문제는 누가 가서 그분의 분노를 진정시키는가 하는 것뿐이로군."
 "그렇겠지요. 아마 그분 성격에 주저 없이 칼을 뽑으실 겁니다."
 마진가가 고개를 끄덕였다.
 "아직은 때가 아닙니다."
 제갈 노사는 상황에 휩쓸려 신중함을 잃는 우를 범하지는 않았다. 마진가는 그의 의견을 받아들였다. 그러나 자신의 마음만으로 무림맹주의 분노를 잠재울 수 있을 거라고는 생각지 않았다.

"이 정도 대규모 사고는 근 30년 만에 처음 있는 일입니다. 각 지부에 경계 강화령을 내리고 정보 수집에 최선을 다해 주시오."

"존명!"

천무전에 모인 노사들이 사고 수습에 대한 마진가의 빠르고 적절한 조치에 모두 동의했다. 그러나 나백천에게 보내는 인편 문제만큼은 마진가도 쉽게 결정할 수 없었다.

그것 말고도 그가 지금 신경 써야 될 문제는 하나 둘이 아니었다.

"그리고 한시라도 빨리 사상자와 실종자의 수를 집계해 서면으로 보고하도록 하시오!"

그것은 무엇보다 선결되어야 할 과제 중 하나였다.

폭발 후의 나예린, 깨어나다!

매몰 1일째!
비류연은 멀쩡히 잘 살아 있었다.
그의 남경충(南京蟲 : 바퀴벌레)보다 더 끈질긴 생명력은 겨우 이 정도의
사고에 굴복할 만큼 약하지 않았다.

후드득! 후드득!

뿌옇게 솟아오르던 분진이 가시는 데 꽤나 오랜 시간이 걸렸다. 먼지가 동굴을 가득 채운 그 순간은 숨쉬기가 무척이나 곤란했었다. 좀 더 편한 호흡을 하기 위해 비류연은 몇 가지 술수를 부려야만 했다. 약간의 수고를 감내하는 편이 흙먼지를 물 마시듯 들이켜는 것보다는 훨씬 수지맞는 장사였다. 먹어도 배부르지도 않는 것을 먹는다는 것은 하나의 고역이나 다름없었다.

"콜록! 콜록! 살긴 산 모양이군."

사지 중 어느 하나도 떨어져 나가지 않았고, 암석에 뭉개지지도 않았다. 그것은 천운이라 할 만했다. 비류연은 자신의 오른손을 바라보며 안도의 한숨을 내쉬었다. 그곳에는 정신을 잃고 쓰러져 있는 나예

린이 있었다. 먼지를 뒤집어쓰긴 했지만 다행히 다친 곳은 없는 것 같았다.

"후우, 위기일발이었어."

나예린이 위험을 경고하며 달려온 그 순간 비류연도 뇌탄을 보고 있었다. 저게 위험천만한 물건이란 것쯤은 직감적으로 알 수 있었다. 나예린이 자신의 손을 맞잡는 순간, 비류연은 나예린을 품으로 끌어안아 보호하고 봉황무 오의 전이(轉移)를 전력으로 전개해 폭발권에서 벗어났다. 그러나 완전히 벗어나는 데는 실패해 엄청난 폭발에 휩쓸렸던 것이다. 아마 반보만 더 늦었어도 둘 다 저 세상행이었을 것이다.

한마디로 말해 구사일생(九死一生)이었다.

톡톡.

동굴에 맺힌 이슬이 천장의 갈라진 균열 사이에서 나예린의 초설이 내린 듯한 새하얀 얼굴로 떨어졌다. 그녀의 눈꺼풀이 파르르 떨렸다. 이윽고 그녀의 눈이 떠지며 밤하늘 같은 아름다운 눈동자가 나타났다. 그녀가 꿈에서 깨어났을 때 그녀의 눈앞에서 비류연이 미소 지으며 말했다.

"안녕하세요!"

이런 엄청난 상황을 겪고도 전혀 기죽지 않은, 오히려 생기까지 느껴지는 목소리였다. 잠시 나예린은 이곳이 죽음의 그림자가 도사리고 있는 환마동 안이 아니라 날씨 좋은 봄날의 정자 안이 아닌가 하는 착각이 들 정도였다. 어두컴컴한 사방을 확인하고서야 이곳이 아직도 환마동 안임을 알 수 있었다. 그녀의 전신을 자극하는 통증에 그제야 그녀는 자신이 살아 있음을 실감할 수 있었다.

"귀가 멍멍하군요."

그녀가 말했다. 폭발의 후유증인 모양이었다. 지척에서 그런 굉음이 터졌으니 무리도 아니었다. 아직도 귀가 윙윙 울리는 모양이었다.

"고막이 찢어진 것 같지는 않으니 안심해요."

소리가 구분되는 것을 보니 확실히 고막에는 이상이 없는 모양이었다.

"비 공자는 다친 데는 없나요?"

공자라니……. 상당히 과분한 호칭이었다. 그러나 나예린은 항상 그를 그렇게 딱딱하게 불렀다.

"글쎄 없는 것 같군요."

비류연이 대답했다.

"그렇지 않은 것 같군요. 거짓말은 좋은 습성이 아니지요."

나예린의 날카로운 시선은 비류연의 팔꿈치가 붉게 물들어 있는 것을 놓치지 않았다.

"그 왼쪽 팔꿈치의 붉은 문양, 장식으로 물들인 건 아니겠죠?"

나예린의 지적은 날카로웠다.

"오호, 이 짙은 어둠 속에서도 그걸 볼 수 있다니 굉장히 좋은 눈이로군요."

비류연은 진심으로 감탄했다.

"과찬의 말씀!"

비류연은 자신의 팔꿈치를 들어 물끄러미 바라보았다. 여태껏 그 어떤 비무나 습격에서도 피를 본 적이 없었던 비류연이었다. 그러나 이번만큼은 확실히 피였다.

"훗! 오래간만에 보는 피로군요. 내 고가(高價)의 피를 함부로 흐르게 만들다니……. 만일 이게 누군가에 의해 인위적으로 저질러진 일이라면 가만 놔두지 않겠어요."

비류연다운 말이었다.

"그보다 먼저 상처를 치료해야 해요."

"이런 건 핥으면 나아요."

비류연이 대수롭지 않게 대답했다.

"그럴 수야 없죠!"

나예린은 주머니에서 금창약과 붕대를 꺼내더니 그의 팔꿈치 상처에 약을 바르고 붕대를 감아 주었다.

"이 정도 폭발에서 이 정도 상처면 수지맞는 장사라 할 수 있죠. 너무 걱정 말아요."

"걱정은 안 합니다."

나예린의 딱딱한 대꾸였다.

치료가 끝나자 비류연은 자신의 옆에 반쯤 파묻히다시피 한 묵금을 끌어내 어디 손상된 데가 없는지 살펴보았다. 그러나 어둠 속에서 시커먼 묵금을 살펴보기는 힘들었다. 물론 비류연의 시력이 뛰어나긴 하지만 물건의 손상 상태를 알아보기에는 주위가 너무 어두웠다.

비류연이 나예린을 돌아보며 물었다.

"혹시 빛을 낼 만한 물건이 없을까요? 화섭자가 있기는 하지만 공기가 희박한 이곳에서 불을 붙일 수는 없죠. 뭔가 어둠 속에서 빛나는 물건이 있었으면 하는데…….”

나예린은 잠시 생각하더니 자신의 애검 한상옥령(寒霜玉靈)을 비류연의 눈앞에 내밀었다.

챙!

아름다운 소리와 함께 검이 뽑혀져 나왔다. 과연 보검은 보검이었다. 검집을 빠져나온 그녀의 검이 어둠 속에서 빛을 발하기 시작한 것이다. 한겨울의 설경같이 은은하고 차가운 흰색 광채였다.

“오오, 이 정도 빛이면 충분하죠. 좋은 등불이 생겼네요. 이렇게 비싼 등불은 처음 봐요!”

비류연은 차가운 흰색 검광에 의지해 묵금의 이곳저곳을 살펴보았다. 만일 묵금이 잘못되면 나중에 골치 아픈 일이 생겨날 수 있었다. 비류연은 그것만은 사양이었다. 꼼꼼하게 묵금의 이곳저곳을 살피던 비류연의 얼굴에 흡족한 빛이 떠올랐다.

“역시 명품은 명품! 비싼 값을 하는군요. 그 폭발 속에서도 상처 하나 없다니!”

뇌금 묵뢰는 정말 튼튼하게 만들어진 물건 같았다. 아무런 손상이 없어 무척이나 다행이었다.

“무사해서 다행이에요.”

“네 정말 다행이죠. 혹시나 상처 나서 값이 떨어졌으면 어쩔까 엄청 걱정했거든요.”

비류연은 뭔가 착각한 것 같았다. 나예린이 그것을 정정해 주었다.

“그게 아니라 우리들 이야기에요. 다행히 비 공자 덕분에 목숨을 구했군요. 조금 늦었지만 감사드려요.”

나예린이 가볍게 고개를 숙이며 인사했다. 그러나 장소가 협소해 인사하기도 무척이나 불편했다.

"목숨을 구했는지의 여부는 아직 더 알아봐야죠. 우린 지금 매몰되어 있거든요."

비류연의 말에 나예린은 그제야 주위를 둘러보았다. 나예린의 안색이 단숨에 어두워졌다. 비류연의 말대로였다. 사방이 모두 집채만 한 돌더미로 답답할 정도로 꽉 막혀 있었다. 그들 주위의 공간이라 해봐야 겨우 몸을 뒤척이고 상체를 일으킬 수 있을 정도에 불과했다. 마치 커다란 뒤주 속에 갇힌 그런 느낌이었다.

"이제 어떻게 하죠?"

"이제부터 방법을 찾아봐야죠."

비류연은 사방을 둘러보며 머리를 긁적였다. 그러나 아직은 뾰족한 방도가 떠오르지 않았다. 주위의 공기는 점점 더 줄어가고 있었다. 공기가 모두 사라지기 전에 어떻게든 방법을 생각해내야만 했다.

'과연 이 공기가 얼마나 갈까? 일주일? 3일? 아니면 하루?'

누구도 보장할 수 없는 일이었다.

"과연 우리가 구조받을 수 있을까요?"

"글쎄요? 그건 위에 남겨진 사람들이 얼마나 제대로 잘하는가에 따라 다르죠. 당황해서 너무 우왕좌왕하지 않았으면 좋겠군요. 그래봤자 일의 능률만 떨어지니까요."

비류연의 머릿속에 여러 가지 상념이 떠올랐다.

'제자 녀석들은 지금 뭘 하고 있는 건지……'

지금은 일단 기다리는 수밖에 없었다.

"학관 측은 빨리 구조 작업을 속행하라! 속행하라!"

천무전 창문 밖으로 난데없는 시위 소리가 들려왔다. 저 소리는 어제 저녁부터 들려오고 있었다.

"저들 좀 어떻게 조용히 시켜볼 수 없겠나?"

마진가는 골이 지끈거렸다. 그의 집무실 바깥에는 수백 명의 관도들이 모여 시위를 하고 있었다. 보통 때에도 있을 수 없는 일을 이런 비상시국에 벌이다니 괘씸하기 그지없었다.

머리에 백건을 두르고 있는 그들의 주장은 단 하나! 하루 빨리 환마동 매몰자 구조 활동을 벌이라는 것이었다. 특이한 점은 이들 시위대의 대부분이 남자들이라는 것이다. 이 시위의 주축은 바로 빙봉영화수호대였다. 그들은 자신들의 우상인 나예린이 사고에 휘말렸다는 소식을 듣자마자 광분하여 저 짓거리를 벌이고 있는 것이었다.

빙봉영화수호대는 자신들의 우상이 근본도 모르는 놈과 알 수 없는 곳에 갇혀 있다는 사실을 결단코 수수방관하지 않았다. 이미 그들에게 있어 그녀의 존재는 하늘의 빛이자 땅의 풍요로움이자 마음의 위안이자 삶, 그 자체였다. 그들의 맹신은 그 정도였다. 약간의 과장을 보탠다면 말이다.

이마에 두른 흰 머리띠가 그들의 굳고 결연한 각오를 나타내고 있었다. 수업은 거부되고 시위는 낮밤을 가리지 않았다.

오늘 아침 잠을 설친 한 노사는 이렇게 외쳤다고 한다.

"난 우리 천무학관의 규율과 규칙 준수가 겨우 이 정도였다는 사실에 대해 놀라움을 감추지 못할 지경이오. 저들의 항의 소리에 귀를 틀어막아도 신경 쓰여 도통 잠을 잘 수가 없소. 저 망할 놈들을 어떻게 처분하면 좋겠소?"

무슨 이유에서인지 이 일에 가장 열정적으로 앞장서야 할 수호대주 선풍검룡 위지천이 거의 반쯤 넋이 나가 있는 관계로 부대주가 이 시위를 지휘하고 있었다. 그렇지 않아도 사태 수습으로 골이 찌근거리는 이 판국에 저렇게 신경을 긁어놓으니 마진가의 심기가 편할 리가 만무했다.

"학관 측은 빨리 구조 활동을 속개하라! 속개하라!"

다시 창문을 통해 시위 소리가 들려왔다. 지금 작업 속도가 너무 늦으니 더 빨리 하라는 채찍질 소리였다. 마침내 듣다 못한 염도가 폭발하고 말았다.

"이노무 짜식들을! 정 그렇게 구하고 싶거든 가서 삽질이라도 하든가, 수업 거부나 하지 말고! 확 모가지를 비틀어 버릴까 보다!"

염도로서는 신경질과 짜증이 뒤범벅되어 홧김에 내뱉은 빈말이었지만 듣고 있던 마진가로서는 그렇지가 않았다.

'왜 그 생각을 못했을까!'

갑자기 둔기로 뒤통수를 얻어맞은 것 같은 느낌이었다. 그렇다고 모가지를 비틀어 버리겠다는 끔찍한 생각은 아니었다. 마진가는 아직 그 정도로 막무가내는 아니었다.

"일단 파들어 가고 봅시다. 기관진식과 건축에 조예가 있는 전문가를 당장 부르시오! 그렇게 구조 활동을 하고 싶다면 저들도 직접 참가하라고 하시오. 시위에 참가할 힘이 있다면 구조 활동에 참가할 힘도 있겠지. 인력도 부족하고 작업원도 많이 필요한데 잘되었구려. 구조 작업을 실시하시오!"

마진가의 명령이 내려졌다.

"그 아이는 내 조카딸 같은 아이요! 이런 일로 그 아이를 잃으면 난 두 번 다시 맹주를 볼 면목이 서지 않을 것이오. 그분 성격에 당장 무사들을 이끌고 이리로 쳐들어올지도 모를 일 아닌가!"

수련 중에 다친 것도 아니고 천겁우의 암계에 천금 같은 딸이 생사가 불분명하다는 것을 알면 당장 눈에 불을 켜고 강호를 뒤엎을 것이 분명했다. 그는 나백천의 남다른 딸 사랑을 두려울 만큼 익히 잘 알고 있었다. 그의 숙부가 못된 짓을 저지르려다 어떤 일을 당했는지 그는 잘 알고 있었다.

딸에 대해서만은 바보 아빠에 팔불출이기까지 한 맹주였다. 이 일에 그의 이성을 기대한다는 것이 얼마나 가능성 희박한 부질없는 일인지 그는 잘 알고 있었다.

'그 일만은 무슨 수를 써서라도 막아야 해.'

마진가는 몇 번이고 속으로 되뇌었다.

그렇게 해서 빙봉영화수호대와 거기에 동조한 남자 관도들을 중심으로 한 구조대가 조직되었다. 그들이 맨 먼저 해야 할 일은 바로 삽질이었다. 왜냐하면 환마동은 중간부터 연쇄 붕괴의 여파로 완전히 내려앉았던 것이다. 상황은 생각보다 더욱 심각했다. 그리고 생각보다 삽질은 어려웠다.

"이보게 홍, 류연이 무사할까?"

효룡이 걱정스런 어조로 말했다. 효룡은 아직도 자신의 왼쪽 어깨에 감싸여 있는 붕대를 풀지 않고 있었다. 그의 옆에는 언제 화해했는지 이진설이 꼬옥 붙어 있었다.

환마동 붕괴 와중에 우박처럼 떨어지는 낙석으로부터 이진설을 감싸다가 다친 명예로운 부상이었다. 그때부터 이진설은 지극정성으로 효룡을 보살폈다. 죽을병이 아닌데도 불구하고 말이다. 이진설의 유난스런 행동은 주위의 눈총을 넘치도록 많이 샀다. 그냥 단순하게 부러진 것뿐인데 너무 호들갑을 떠는 것이 아닌가 하는 이야기였다. 그러나 이진설로서는 이 상처의 책임이 자기 자신에게 있다는 사실을 잘 알고 있었기에 결코 묵과할 수 없었던 것이다.

이진설은 그에게 미안한 마음을 감출 수가 없었다. 때문에 은설란과 있었던 오해 따위는 이미 어디론가 날아가 버리고 없었다. 이미 그녀는 효룡의 희생정신에 무한한 감동을 맛본 뒤였기 때문이다. 그의 상처가 결코 헛된 영광으로만 끝나지 않았다는 사실은 매우 다행스런 일이었다. 그렇게 해서 효룡은 자신의 눈앞에 닥쳤던 오묘하고도 난해한 유희(遊戲)인 연애의 첫 번째 시련을 무사히 통과할 수 있었다. 그러나 이 연애라는 오묘하고 변덕스럽고 돌발적이며 감정적이며 논리부재하고 비이성적인 유희의 문제점은 또 다른 관문이 언제 어디서든 튀어나올 수 있고 거기에 이유란 있을 수 없으니 방심은 절대 금물이라는 점이었다.

이런저런 이해타산을 다 따져 봐도 자신에게 오해를 품고 삐져 있는 여인이랑 왼팔 한 번 부러진 걸로 화해했다면 나름대로 싸게 먹혔다고도 할 수 있었다. 물론 본인은 목숨을 걸었다고 주장하겠지만……

이진설은 효룡이 자신을 위해 희생을 아끼지 않은 것에 감격했지만 나예린의 생사를 알 수가 없어 안색이 어둡기만 했다. 그녀의 눈은 토끼 눈처럼 빨갛게 충혈되어 있었다. 계속해서 쉴 새 없이 펑펑 우는 이진설을 효룡이 겨우 달래 놓은 참이었다. 많은 부상자들이 발생해 지금 의약전에서 치료를 받고 있었다. 그리고 붕괴된 환마동에서는 다치지 않은 사내들의 미친 듯한 삽질이 계속되고 있었다.

그들은 두 사람의 무사함을 기도하는 수밖에 다른 방도가 없었다.

"그렇게 쉽게 죽을 녀석이라고는 생각하지 않네. 이 정도에 죽을 녀석이라면 이미 예전에 죽지 않았겠나? 지금쯤 그 안에서 천하제일의 미녀와 더불어 희희낙락거리고 있을걸세. 그렇게 믿고 있자고."

장홍은 별 생각 없이 내뱉은 말이었지만 소 뒷걸음치다 쥐 잡는 격으로 그의 예상은 반 정도는 맞았다고 할 수 있었다.

주작단도 다시 한자리에 모였다.

"과연 대사형이 저 지옥에서 살아나올 수 있을까?"

남궁상이 말했다. 이것은 전 주작단 모두가 갖고 있는 의문이었다.

"과연 살아 있을까? 그 안의 끔찍했던 상황은 모두 겪어 봐서 알 것 아닌가?"

노학은 그때가 다시 생각난 듯 도리질쳤다. 정말 다시 떠올리기 싫은 악몽이었다. 연쇄 붕괴에 휘말리지 않고 무사히 돌아온 것만 해도 행운이었다.

"인명은 재천! 누가 사람의 생사에 대해 감히 장담할 수 있겠는가? 하지만 내가 아무리 생각해 봐도 대사형이 죽었다는 이야기는 올챙

이가 나비가 되었다는 이야기보다, 고약한 노사가 사회 봉사 나갔다는 이야기보다, 부처님이 자살했다는 이야기보다 더 믿기 힘들군."

그동안의 수련 탓인가? 아니면 가르친 사람 탓인가? 도사 주제에 불경스런 발언도 서슴지 않는 현운이었다. 한 사람이 얼마나 쉽게 여러 사람을 버려 놓을 수 있는지 알 수 있는 좋은 표본이라 할 수 있었다.

"역시 죽었다는 건 실감이 나질 않지?"

남궁상이 물었다.

"응!"

모두들 고개를 끄덕였다. 이제는 비류연의 죽음마저도 그들에게 신용을 주지 못하고 있었다.

매몰 2일째!

"흐흠."

비류연은 눈앞에 콩알만한 단환 하나를 들고 이리저리 살펴보고 있었다. 그것은 바로 강호 식생활의 혁명이라고 불리는 물건으로 한 알로 한 끼 식사에 해당하는 영양분을 공급받을 수 있다는 벽곡단이었다. 무게가 가볍고 부피도 작아 휴대하기 간편하다는 것이 가장 큰 장점이었다. 강호에서는 긴 여행 때나 폐관 수련 시 비상 식량으로 많이 이용되고 있었다. 그러나 제작 단가가 비싸고 맛이 엄청 없다는 게 단점이라면 단점이었다. 비류연과 나예린에게는 이 한 줌의 벽곡단이 마지막 남은 유일한 생명줄이었다.

"식량은 충분한가요?"

나예린이 물었다. 식량은 현재와 같이 고립된 극한 상황에서는 가장 선결되어야 할 문제였다. 반드시 확인 점검이 필요했다. 그리고 그에 맞는 계획을 세워야 했다. 하지만 걱정하던 것만큼 다행히 빈털터리 가난뱅이는 아니었다. 입동하기 전에 학관 측에서 길을 잃고 헤맬 가능성이 있는 만큼 충분한 벽곡단과 가죽 물주머니를 나누어 주었다. 비류연은 거기다 여분의 벽곡단을 항상 준비해 다녔다. 무슨 일이 언제 터질지 모른다는 생각에서였다.

그리고 그는 그 외에도 여러 가지 물건들을 가지고 다녔는데 그 중 가장 특별한 물건 중 하나가 바로 침낭포(寢囊包)라는 것이었다. 이 물건은 접으면 약간 작은 족자 정도밖에 되지 않지만 펴면 두 사람이 들어가 충분히 잘 수 있는 공간이 마련되는 신기한 물건이었다. 게다가 방수 방풍 기능과 체온 유지 기능까지 갖추고 있는 여러모로 유용한 물건이었다. 야영할 때 꼭 필요한 물건이라 할 수 있었다. 비류연이 중앙표국의 국주인 장우양에게 선물로 – 그것을 만일 헌납이라 부를 수 없다면 – 받은 것이었다.

역시 유비무환하면 번거롭기는 해도 최악의 상황에 빠지는 경우는 없었다. 나예린은 비류연의 의외의 준비성에 무척 놀랐다.

"어떻게 그런 걸 다 준비할 생각을 했죠?"

그녀에게도 몇 알의 벽곡단과 물통은 있었지만, 비류연만큼 완벽하게 철저히 준비해 오지는 못했었다.

"만일의 사태에 대비하면 약간 번거롭기는 해도 해(害)가 되는 경우는 없죠. '준비성 없어 개죽음 당하는 것보다는 약간의 번거로움을 감수하는 편이 훨씬 이익이다!' 우리 악덕 사부의 말씀이에요."

비류연이 그녀를 뚜렷이 바라보며 말했다.

"참 특이한 사부님이로군요."

비류연의 말로 미루어 보아 절대 평범한 사람은 아니라는 데 나예린은 동의할 수밖에 없었다.

비류연은 일단 바닥에 침낭포를 펴서 깔았다. 바닥에서 냉기가 계속 올라오고 있어 그냥 맨땅에 누워 있으면 몸에 안 좋기 때문이다.

침낭포는 다행히 2인용이었다.

"자 들어오세요."

비류연이 아무렇지도 않게 나예린에게 말했다. 그러나 나예린으로서는 망설일 수밖에 없었다. 외간 남자랑 같은 이불에—그것이 비록 침낭포라 해도—눕는다는 것이 껄끄러웠기 때문이다.

비류연이 망설이는 나예린을 보며 한마디 했다.

"지금은 비상 사태예요. 예의나 규칙을 따지기에는 너무 극한의 상황이라고 생각지 않으세요? 지금은 어떻게든 체력을 보존해서 이곳을 빠져나갈 생각을 우선적으로 해야죠. 생명 앞에서는 남녀의 구별 따위는 대수롭지 않은 일에 불과해요."

청산유수 같은 언변이었다. 나예린은 감히 반박할 생각을 하지 못했다.

"그것도 그렇군요. 제가 잘못 생각한 것 같아요."

잠시 머뭇거리던 나예린이 머뭇머뭇거리며 침낭포 안으로 들어왔다.

'이럴 수가!'

그녀의 눈이 크게 떠졌다.

"신기하군요!"

"그렇죠?"

과연 이 침낭포란 것은 신기한 물건이었다. 조금 전까지 피부로 전해지던 냉기가 조금도 느껴지지 않았던 것이다. 게다가 따뜻한 온기까지 느껴졌다. 범상치 않은 물건임이 분명했다.

매몰 3일째!
"무공이란 것이 이렇게 편리한 것인 줄은 미처 몰랐군요."
정말 그녀의 말대로였다. 몇 날 며칠을 버텨도 물 한 모금 없이 버텨낼 수 있을 것 같았다. 천지(天地) 일월(日月) 성신(星辰)에 가득 차 있다는 기의 존재와 지금껏 꾸준히 수련과 단련을 통해 쌓아 놓은 몸 안의 내공이 그것을 가능하게 했다.

한 알의 벽곡단이면 하루의 체력을 유지할 수 있었다. 애초에 40알의 벽곡단이 있었다. 둘이서 나눠 먹으면 20일을 버틸 수 있는 양이었다. 구조대가 올 때까지 이걸로 어떻게든 연명해야 했다.

내공이 체력을 유지하는 데 많은 도움이 되었다. 게다가 침낭포는 보온의 효험마저 있어 체력 유지가 더욱 용이했다. 이 뒤주같이 좁은 공간에서 가장 큰 문제는 생리 현상의 처리 문제였다.

사실 두 사람에게 식량이 떨어지는 것보다는 이쪽이 더 급선무였다. 사람이 제대로 서지도 못하는 이 좁은 공간에서는 따로 은밀하게 생리 현상을 처리할 공간이 아무데도 없었던 것이다. 현재는 무공을 통해 생체 흐름을 조정하고 있지만 그것도 만능은 아니었다.

그러나 나흘이 가고 닷새가 가고 여드레가 와도 구조대는 오지 않았다. 비류연은 다른 방도를 생각할 수밖에 없었다.

매몰 7일째!

날이 지나갈수록 나예린의 마음속에 싹트는 불안감은 점점 더 커져 갔다. 기다려도 기다려도 구조의 손길이 없으니 불안감이 커지는 것은 당연했다.

반면 비류연은 여전히 태연자약했다. 의젓한 건지 철이 없는 건지 분간이 안 갈 지경이었다.

"우린 이대로 죽는 걸까요?"

나예린이 어두운 표정으로 말했다.

"우리의 죽음이 그 눈에 보이나요?"

대답 대신 비류연이 질문했다. 미래를 예지한다는 눈을 지닌 그녀에게 하는 질문이었다.

"모르겠어요. 제 눈앞은 지금 온통 어둠으로 덮여 있어요."

그녀가 고개를 좌우로 흔들었다.

"…더 이상 삶의 보람을 찾을 수 없다면 이대로 죽어 버리는 것이 나을지도 모르죠."

나예린이 무미건조한 목소리로 말했다. 그녀는 점점 더 비관적이 되어 가고 있었다. 그것은 결코 좋은 현상이 아니었다. 이럴 땐 어떻게든 삶의 희망을 가지게 해주는 게 중요했다.

"사람의 운명은 자기 스스로 개척하는 거에요! 그리고 삶은 한번 살아볼 만한 충분한 가치가 있다고 생각해요. 왜냐하면 산다는 건 즐거운 일이거든요."

"정말 그럴까요?"

나예린이 물끄러미 비류연을 바라보았다. 둘의 시선이 한데 어우

러졌다.

이때 비류연의 머릿속에 기막힌 생각이 떠올랐다. 그에게는 아직 비장의 패가 하나 남아 있었던 것이다. 그가 생각하기에 지금 이 순간이 바로 그 패를 꺼내 보일 때였다.

'좋아!'

비류연이 크게 결심했다.

"좋은 걸 줄까요?"

비류연이 싱긋 웃으며 말했다.

"좋은 거요?"

이 상황에서 좋은 게 뭐가 있을 수 있단 말인가? 그녀는 감이 잡히지 않았다.

"네! 아주 좋은거죠."

비류연은 그렇게 대답하곤 그녀의 앞에 불쑥 물통 하나를 내밀었다.

"이건 그냥 물통이잖아요? 전 지금 갈증을 느끼고 있는 게 아니에요."

동굴 안에 맺힌 이슬만으로도 갈증은 충분히 해결할 수 있었다. 게다가 너무 많은 물을 먹으면 강제로 제어하고 있는 생리 현상을 조절하지 못할 수도 있었다.

"자! 받아요!"

"?"

나예린은 마지못해 비류연이 건네준 물통을 받아들었다.

"마셔요!"

그녀의 의혹은 더욱 깊어졌다. 그러나 비류연은 그것에 대해 부연 설명을 해주지는 않았다.

　나예린이 그가 건네준 물통의 마개를 열자 코를 자극하는 향긋한 향기가 퍼져 나왔다. 나예린은 어처구니없는 시선으로 비류연을 바라보았다. 물통에는 물 대신 술이 들어 있었던 것이다.

"이거 술 아닌가요?"

　비류연의 계속되는 권유에 어쩔 수 없이 한 모금 마신 그녀의 눈이 부릅떠졌다. 술이 분명했다.

"이런! 우연찮은 실수로군요. 이런 어처구니 없는 일이 있나……."

　비류연은 얼렁뚱땅 넘어가려 했다. 그는 우연으로 가장하려 했지만 나예린은 이것이 절대 고의로 벌어진 일이라는 사실에 내기를 걸어도 좋을 만큼 확신하고 있었다.

"이런 것은 규칙에 위배되는 일이에요."

　시험장에 술을 반입하다니… 믿어지지가 않았다.

"하지만 이제 나 소저도 공범이에요. 하하하하!"

　비류연이 웃으며 말했다.

"아니… 그건……."

　나예린은 뭐라고 변명하려다가 그만두었다. 이런 상황에서 그런 규칙을 따진다는 것 자체가 우스운 일이었다.

"그렇군요. 이제 와서 그런 걸 따진다 한들 무의미한 일이로군요. 이제 우린 공범이 된 건가요?"

"이제 우린 공범이죠."

　비류연은 즐거운 듯한 표정으로 고개를 끄덕였다. 그러자 나예린이 말했다.

"그렇다면 다시 한 모금 마셔도 되겠군요?"

"그럼요. 비밀은 반드시 지켜줄 테니 걱정하지 말아요. 이미 우린 공범이잖아요?"

비류연이 다시 물주머니로 위장된 술주머니를 건네주자 나예린은 그것을 받아 다시 몇 모금 들이켰다. 현재의 극한 상황은 날카로운 이성의 소유자인 나예린에게도 술을 찾게 만들 만큼 심각했던 것이다. 강력한 술기운이 그녀의 전신으로 퍼져 갔다.

그녀는 의외로 술에 약했다. 게다가 그가 지닌 술은 달콤해서 마시면 마실수록 사람을 끌어당겼고, 결국엔 취하게 만드는 독한 술이었다.

벌컥 벌컥!

다시 나예린이 술을 물 마시듯 들이켰다.

"저… 저런!"

비류연의 입에서 안타까운 탄식이 터져 나왔다. 설마 나예린이 저렇게까지 마실 줄은 예상치 못했던 것이다. 그저 가볍게 마시고 긴장을 풀라고 준 것이었는데…….

"몰래 얻어온 비싼 천일취(千日醉)였는데……."

시험 전날 염도를 협박해 얻어낸 고급주였다. 하지만 대작 상대가 천하제일미 나예린이라면 그리 아까운 것도 아니었다. 비류연이 술 아깝다는 생각이 들지 않을 정도로 그녀는 예뻤다. 그렇다고 그녀가 취하지 않은 것은 아니었다. 천일취는 달콤하긴 하지만 엄청 독한 술이었다. 얼마나 센 술인가 하면 한 모금을 마시면 천일을 잠잔다는 이름만으로도 익히 알 수 있을 것이다. 내공도 외공도 이 술 앞에서는 소용이 없었다. 아무래도 이 극한의 상황이 그녀를 더욱 빨리 취하게 만든 것 같았다.

그녀의 총기 가득한 눈이 몽롱하게 변했다. 취한 게 분명했다.

"류연… 류연……."

자리가 비좁다 보니 나예린은 자연스럽게 비류연에게 안기게 되었다. 게다가 비 공자라고 부르지 않고 류연이라고 이름을 불렀다. 확실히 취하긴 취한 모양이었다.

"우리가 여기서 살아나갈 수 있을까요?"

"물론이죠."

비류연은 조용히 나예린의 등을 토닥여 주었다. 갑자기 그녀는 십대 어린아이가 된 것 같았다.

"정말이죠?"

"그럼요. 그러니깐 편히 쉬어요. 우린 반드시 살아 나갈 테니깐! 걱정 말아요! 우린 여기서 절대로 죽지 않아요! 벌어 놓은 돈을 다 쓰지도 못하고 저승에 갈 수야 없지요. 저승과 이승에서 통용되는 가치 측정 체계가 다른 게 분명한 이상, 이 세상에서 번 것은 이 세상에서 모두 소모하고 가야죠. 그동안 모아 놓은 게 얼만데 여기서 포기할 수는 없죠. 전 그런 나약한 정신의 소유자가 아니랍니다."

비류연의 전신에서 살려는 의지가 용천수처럼 샘솟아 나왔다. 그는 포기도 두려움도 모르는 인간 같았다.

나예린이 활짝 웃었다. 술은 그녀의 차가웠던 웃음에 온기와 화사함을 더해 주었다. 주위의 칠흑 같은 어둠이 한순간에 사라지는 듯한 느낌이었다.

"이상한 말이지만 왜 안심이 되는 걸까요? 왜……?"

그제야 나예린은 눈을 감고 쌔근쌔근 잠이 들었다.
"후후, 아무래도 이 술은 얼음을 녹여내는 마법의 힘이라도 있는 모양이로군."
비류연은 자신의 어깨에 기대어 잠들어 있는 나예린을 바라보며 빙긋이 미소 지었다.
"삶을 위하여!"
그는 어둠을 향해 호리병을 뻗어 경의를 표하고는 다시금 한 모금 마셨다. 술 맛이 배로 좋아진 듯한 느낌에 비류연은 흡족했다. 아직 죽음의 그림자는 그에게 일격을 가하지 못하고 저만치 멀리 떨어져 있었다.

매몰 10일째!
우지직! 후두둑!
두 사람의 오붓한 보금자리(?)는 생각보다 안전하지 않았다. 조금씩 조금씩 금이 가고 돌가루가 떨어질 때마다 두 사람은 점점 더 불안감을 느껴야만 했다. 이 불안감을 안고 한 알의 벽곡단으로 하루를 연명한 지도 벌써 10일째였다.
후두득 하고 돌가루가 떨어지고, 쩌적 하고 암석이 갈라지는 소리는 언제 들어도 결코 반길 수 없는 소리였다.
"이러다가 무너지는 거 아닌가요?"
동굴의 흔들림이 점차 심해지자 나예린은 불안감을 떨칠 수가 없는 모양이었다.
비류연은 점점 불안해하는 나예린을 보자, 진즉부터 생각해 오던 최후의 수단을 말하기로 마음먹었다.
"생명을 저에게 한번 맡겨 보겠어요?"
비류연이 물었다.
"무슨 좋은 수라도 있나요?"
"어제부터 계속 생각해 오던 게 있죠. 이대로 있다가 허무하게 깔려 죽느니 생사를 하늘에 맡기고 모험을 하는 게 나을 듯해요."
나예린은 밤하늘을 볼 때의 눈으로 비류연을 바라보았다.
'이 사람은 지금 진지하다!'
그녀는 쉽게 느낄 수 있었다.
"좋아요! 한 번 이 생명을 구해줬으니 한 번 더 믿어 보죠."
나예린은 고개를 끄덕였다.
"좋아요, 류연! 지금부터 잠시 동안 제 목숨은 당신 꺼예요."
그녀는 '어떻게?'라고 묻지조차 않았다.
지난 10일 동안 두 사람의 관계에는 많은 변화가 있었다. 그 중 하나가 나예린이 비류연에 대해 말은 많이 하지 않았지만 깊은 신뢰를 가지게 되었다는 점이었다. 장소가 협소하고 침낭포는 하나이다 보니 잘 때는 바르게 자도 일어나면 자신도 모르게 비류연의 가슴에 얼굴을 기대고 있을 때가 많았다. 그럴 때면 그녀는 무척이나 당황했지만 비류연은 그것에 대해 별 다른 내색을 하지 않아 그녀를 안심시켰다. 비류연이 자꾸 그 일에 대해 걸고 넘어가고 그걸 빌미로 그녀를 놀렸다면 두 사람의 관계는 더욱더 서먹해졌을 것이다. 비류연의 선택은 훌륭했다.
나예린은 자신이 비류연에 대해 신뢰라는 감정을 품었다는 사실에 대해 놀라워했다. 그건 정말 놀라운 기적이었다.

어떻게 저렇게 불확실하고 무책임해 보이고 제멋대로고 때때로 이 기적이기까지 한 남자에게 신뢰라는 고결한 감정을 품을 수 있단 말인가!

나예린 자신도 이해되지 않을 때가 가끔 있는 모양이었다. 그리고 또 하나의 가장 큰 변화는 어느새 서로의 이름을 자연스럽게 부르게 된 것이었다. 생사 고비를 함께 넘어가는 두 사람에게 1년차의 공백 따위는 아무런 장애도 되지 않았다.

'저쪽 벽으로 기를 보내본 결과 분명 얼마 안 되는 거리에 빈 공간이 느껴졌어! 공기도 희박하고 구조의 희망도 이제 없다. 굼벵이보다 느린 구조대를 기다리느니 차라리 스스로 살 길을 찾는 게 현명할 듯해! 이제 남은 건 이 방법뿐이야! 생명을 건 도박은 필승의 확신이 없으면 하지 않지만… 이번만은 예외다!'

비류연은 자신의 기와 정신을 하나로 모으기 시작했다. 비류연의 몸에서 엄청난 기운이 발산되어 나왔다. 그가 뇌령신공(雷靈神功)을 극성으로 끌어올린 것이다. 그의 마음이 하나로 모여 천하의 날카로운 보검이 되었다. 그 보검은 자신의 시야를 가로막고 있는 벽을 도려내고 그에게 새로운 길을 열어 주었다.

나예린은 놀라운 눈으로 비류연을 바라보았다. 엄청난 기운이 비류연의 주먹 끝으로 집중되기 시작했다. 그의 주먹 끝에서 기의 소용돌이가 만들어졌다. 마침내 비류연의 눈에서 황금빛 섬광이 번뜩이기 시작했다.

"하압!"

퍼엉!

비류연의 주먹에 맞은 암벽이 마치 도려내어지듯 부서졌다.

'성공이다!'

비류연의 눈빛이 빛났다. 분명 감촉이 있었다. 그것은 바로 저 벽 뒤에 빈 공간이 있다는 이야기였다.

우르르르릉!

아무리 조심했다 해도 한쪽 벽이 부서지는 충격을 이 위태위태한 매몰 장소가 견뎌낼 리가 없었다. 비류연은 재빨리 나예린의 허리를 껴안고 자신이 주먹을 내지른 곳을 향해 뛰어들었다.

콰르르르르릉!

천둥 소리 같은 굉음과 함께 그들이 10일간 지냈던 공간이 한꺼번에 무너져 내렸다.

전대의 기연(奇緣)
- 첩첩산중(疊疊山中)

"여기가 어디죠?"
"글쎄요? 하지만 일단 산 것 같군요."
벽을 뚫고 뛰어든 곳은 새로운 동굴이었다.

 생명을 건 도전의 종착지 또한 무척이나 생경한 또 다른 동굴이었던 것이다. 이제 동굴은 지긋지긋했지만 사람 인생이란 게 어디 마음대로 되는가.
 비류연은 새로운 동굴의 이곳저곳을 살펴보았다.
"한 가지 확실한 점은 이곳이 환마동이 아니라는 것이군요."
 같은 동굴이기는 했지만 이곳은 환마동과는 미묘한 차이가 있었다. 우선 이곳은 환마동에 비해 동굴 표면이 매끄럽고 습기가 많았다. 게다가 환마동은 인공적인 냄새가 강한 데 반해 이곳은 자연적인 냄새가 강했다. 때문에 비류연은 누군가 내기를 건다면 절대 자신들이 방금 전까지 파묻혀 있었던 환마동이 아니라는 데, 놀랍게도 전 재산을 걸 용의도 있었다.

"그렇다면 여긴 도대체 어딜까요?"

이 장소가 자신들이 있던 곳과 전혀 색다른 곳이라면 그것은 불안의 요소가 될 수 있었다. 왜냐하면 환마동 안에서는 구조를 기대할 수 있어도 자신들조차 모르는 이상야릇한 곳에 떨어진 이상 구조대를 기대한다는 것은 어려운 일이었다. 구출될 가능성에서 한 발자국 더, 아니 두세 발자국 정도 더 떨어졌다 해도 과언이 아니었다. 그런 생각이 들자 갑자기 그녀의 몸에 한기가 찾아왔다. 그녀의 마음속에 다시 불안감이 싹트고 있었다.

"호호호! 으하하하!"

너무나 극한 상황에 처한 탓에 정신이상이 되어 버린 것일까?

그녀의 관점에서 볼 때 그다지 믿음직스럽진 않았지만, 이런 절망적인 상황에서 비류연의 입에서 어울리지 않는 웃음소리가 터져 나왔다. 너무나 갑작스런 웃음에 나예린은 일순간 흠칫하며 전율할 수밖에 없었다. 아무리 그래도 그녀는 분명 여자였다.

"뭐가 잘못되기라도 했나요?"

솟구쳐 오르는 불안감을 가까스로 억누르며 그녀는 평상심을 찾기 위해 노력했다.

"우린 엄청 횡재한 것인지도 몰라요."

비류연이 활짝 웃으며 말했다.

"횡재요?"

그녀 입장에서는 비류연의 말을 도무지 이해할 수가 없었다. 그녀는 다시 한 번 비류연의 정신 상태가 건재한지 살피려는 듯 그를 힐끗 쳐다보았다. 겉으로만 봐서는 아직도 제정신인 듯했다. 그게 얼마나 오래갈지는 의문스러웠지만 말이다.

"이 으스스하고 춥기만 한 동굴에서 무슨 횡재라는 거죠?"

"이런, 이런! 그렇게 매사를 부정적으로 단정하시면 안 되죠. 왜 『강호기담기(江湖奇譚記)』 같은 책에도 이런 이야기가 많이 나오잖아요. 전설의 고수가 깊은 동굴에 감춰둔 금은보화와 절세 기연에 관한 전설! 우린 그 소문만 무성하고 직접 확인할 기회는 하늘의 별따기보다 어려운 기연(奇緣)을 오늘 두 눈으로 직접 보게 될지도 몰라요. 확률적으로도 거의 불가능에 가까운, 천 년에 한 번 있을까 말까 한 일인데 놀랍지 않나요?"

물론 나예린은 전혀 놀라지 않았다. 아니 놀라긴 놀랐지만 그것은 경탄이 아닌 경악이었다. 물론 그녀의 경악은 보화를 만날지도 모른다는 전설의 실현에 대한 경악이 아니라, 비류연의 엉뚱하고 괴상하기까지 한 사고방식에 대한 경악이었다.

'여전히 알 수 없는 사람!'

그것이 비류연에 대한 나예린의 평이었다. 비류연은 아직도 자신만의 세계에 빠져 있었다.

"거기엔 아마도 '축하한다! 노부가 만든 시험을 통과하다니! 너의 능력을 인정하고 여기에 나의 유훈과 나의 유산을 남긴다. 강호를 위해 요긴하게 쓰도록 하라!' 라는 글이 적혀 있을지도 모르죠."

마치 경극 배우처럼 과장된 몸짓을 섞어 가며 비류연이 말했다. 그는 완전히 자기만의 세계에 빠져 있는 듯했다.

"그건 분명 천 년 전의 전설적 무인이 남긴 유산이겠군요?"

말의 내용과 달리 그녀의 목소리에서는 전혀 열기가 느껴지지 않았다. 비꼬는 기가 역력했지만 그는 그것을 전혀 눈치 채지 못한 듯했다.

"물론이죠."
"그리고 분명 전설적인 무공 비급과 천하무적이 될 수 있는 영약이 각기 종류별로 갖추어져 있구요?"

여전히 나예린의 어조는 단조로웠다.
"그럼요! 그리고 무엇보다 중요한 건 돈, 돈, 도온……. 대 선배께서 후배를 위해 남겨 두신 막대한 금은보화를 빼놓을 수가 없지요. 혹시나 자신과 인연이 닿은 후배가 배를 곯을까 봐 만반의 준비를 갖춰 놓았을 테니 금은보화가 분명히 함께 있을 거예요. 그리고 그 영화로운 황금빛은 천 년이 지난 오늘까지도 그 빛을 변치 않고 간직해 오고 있겠지요, 아아!"

천 년이 지나도 변치 않는 황금의 휘황찬란한 빛을 망막 앞 가득히 펼쳐 놓은 비류연의 몽롱한 눈은 꿈과 환상, 망상과 억측의 세계에 빠져 있었다. 지금 그는 너무 현실을 한 가지 사실로 단정적으로 몰아 가고 있었다. 그러나 세상은 그렇게까지 만만하지 않았다. 인생이란 수십 수백 수천 가지의 가변적 변수를 내포하고 있었다.

비류연이 좋다고 해서, 그가 진심으로 바란다고 해서 열망과 소원이 형태를 갖추고 그 앞에 나타나는 것은 아니다. 왜냐하면 잔혹하다고까지 불리는 '현실'이라는 장벽이 세상에 존재하기 때문이다.

그의 말은 너무나 진지하고 열정으로 가득 차 있는 바람에 나예린은 그에게 어떠한 반박도 하지 않았다. 왠지 시간 낭비라는 생각이 불현듯 그녀의 머리를 스쳤기 때문이다.

"황금, 비취, 홍옥, 마노, 묘안석, 진주, 수정, 금강석, 자수정, 돈 돈 돈……."

노래하듯 자신의 상상 속의 보물들을 흥얼거리며 발걸음도 가볍게 비류연은 앞으로 나아갔다. 나예린은 하는 수 없이 그의 가볍게 날 듯한 발걸음을 뒤쫓아갈 수밖에 없었다. 10일 동안 겨우 몇 알의 벽곡단으로 끼니를 때웠음에도 불구하고 비류연은 힘이 넘쳐흘렀다. 그녀는 그 힘의 원천이 무엇인지 궁금했지만 묻지는 않기로 했다. 그 편이 더 현명하다고 느껴졌기 때문이다. 그녀의 선택은 탁월했다.

"그런데 진짜로 여긴 어딜까요?"

나예린이 보검의 빛에 의지해 길을 걸어가며 물었다.

"방금 전까지 묻혀 있었던 환마동이 아니라는 것만은 장담할 수 있겠군요. 습기나 온도차가 전에 있던 곳과 비교해 너무 심해요."

그의 말대로 이곳은 습기가 높아 전체적으로 축축했고, 동굴 전체에 싸늘한 냉기가 감돌고 있었다.

"이 동굴은 인공적인 산물이 아니라 아무래도 자연산 같아요."

비류연이 주위를 유심히 둘러보며 말했다. 나예린이 동굴벽 한 면에 손가락을 갖다 댔다가 의아한 표정을 지었다. 그녀의 옥지가 벽을 한 번 훑자 손가락 끝에 투명한 액체가 묻어 나왔던 것이다. 그것은 끈적끈적하고 미끌미끌한 점액질이었다.

스르륵!

점액질을 두 손가락 사이에서 비비자, 손끝이 미끄러지는 감촉이 느껴졌다.

"이게 뭐죠?"
그녀의 눈에 호기심이 어려 있었다.
"지금 당장 그 질문에 답하기에는 정보가 너무 부족하군요."
"그렇군요!"
대답은 간단했지만 그녀의 육감과 용안은 강력한 경고 신호를 보내고 있었다. 그녀의 용안이 그녀에게 속삭였다.
'절대 이 일을 그냥 무심히 지나치지 말라고!'
"좀더 걸어 볼까요?"
불안감 때문에 지금 여기서 걸음을 멈출 수는 없었다. 아직 어두운 동굴 안은 길고도 깊었다. 친절하게도 뒤가 꽉 막혀 버려서 갈 길은 앞쪽뿐이었다. 선택의 여지가 없었다. 비류연과 나예린은 주위에 신경을 기울이며 다시 발걸음을 옮겨 앞으로 걸어갔다.
어둠 속에서도 동굴은 끝없이 연결되어 있었다. 그리고 무척 불규칙적이고 정신없이 뚫려 있었다. 하지만 동굴의 길이 하나만큼은 범상치 않았다. 비류연과 나예린은 무한의 나선 위를 걷는 듯한 느낌이 들었다. 그러나 지금 그들이 할 수 있는 일은 이 어둠의 나선 위를 묵묵히 걷는 일뿐이었다. 가만히 앉아 있어서는 아무런 해결책도 발견할 수 없었기 때문이다.
"바람이 없군요."
바람이 없으면 출구가 막혀 있을 가능성도 높았다. 그렇다면 진행 방향을 감에 의존해 나가는 수밖에 다른 도리가 없었다.
운은 하늘에 맡기고…….

별의 강 사이로 흐르는 음률

매몰 13일째!
비류연과 나예린은 보검 한상옥령의 빛을 등불 삼아 동혈 내부를 걸어가고 있었다.
그다지 편한 여정은 아니었다.

두 사람은 꽤 오랜 시간 동안 계속해서 걸었다. 동굴의 경사는 상당히 제멋대로였다. 걸어가면 걸어갈수록 길은 제멋대로였다. 어떤 때는 아래로 급격히 경사가 졌다가 어떤 때는 또다시 위로 급경사를 이루며 가팔라지기를 반복했다. 마치 뱀이 지나다니는 길처럼 이 길은 굴곡이 심했다. 상하좌우 모두 마찬가지였다. 오르막과 내리막이 계속해서 반복되고 있었다. 게다가 복잡하게 얽힌 미로였다.

"일부러 만들려고 해도 귀찮을 정도로 왔다갔다 제멋대로군요. 이것이 만일 자연의 조화로 만들어졌다면 자연은 결코 솜씨 좋은 광부라는 소리를 들을 수 없을 거예요."

비류연이 투덜거렸다.

"그러네요."

나예린도 동의할 수밖에 없었다. 그 정도로 동굴의 궤적은 너무나 불규칙하고 걷기 불편했으며, 뒤죽박죽 규칙성이 없었다.
그래도 그들은 계속해서 걸었다. 그들에게는 어디든 도착점이 필요했다. 뻥 뚫린 동혈의 중간 지점 따위는 그들에게 아무런 의미도 없었다.
"오늘은 여기서 쉬고 내일 다시 길을 찾아보죠."
비류연이 말했다. 어느새 그는 이 여정을 주도하고 있었다. 비류연과 나예린이 자리에 앉았다. 그리고 이 세상에서 가장 값비싼 등불로 쓰고 있는 검을 검집에 집어넣었다. 잠시 어둠 속에 묻혀 있고 싶었던 것이다.
그러자 놀라운 일이 일어났다. 나예린의 눈이 크게 떠졌다. 이 어두운 암흑의 지하 공간에 별이 하나 둘 떠오르기 시작했던 것이다. 처음에는 눈의 착시 현상인 줄 알았다. 그러나 그것은 착각이 아니었다. 새파란 빛을 내는 별들이 동혈 좌우 벽과 천정, 그리고 심지어 바닥 여기저기에서 나타났다. 마치 은하수가 걸린 밤하늘 같았다. 그것은 묘한 감동을 안겨주는 아름다운 광경이었다.
밤하늘의 별을 담아 놓은 듯한 풍경은 무척이나 아름다웠다. 천상이 아닌 지하에 뜬 별들은 영롱하고 은은한 아름다움을 빛내며 명멸했다. 아마 동혈의 암석 속에 어둠 속에서 빛을 내는 광물 성분이 포함된 모양이지만 그와 그녀에게 그 사실은 아무런 의미도 없었다. 단지 이 아름다움을 볼 수 있다는 사실 하나만으로도 충분했다.
"빛이 사라져야만 비로소 볼 수 있는 참모습이군요."
비류연의 옆에 앉아 있던 나예린이 별을 바라보며 중얼거렸다.

미려(美麗)!

나예린이 별을 바라보고 있는 정경을 한마디로 요약하면 그렇게 부르리라. 비류연은 그런 생각이 들었다. 지저(地底)의 어둠 속에서 빛을 발하는 별무리들도 아름다웠지만, 비류연이 보기에 그 속에 있는 나예린이 더욱 아름다웠다.

밤하늘 가득히 빛나는 별의 휘광, 그 밝기, 그 빛, 그 은은함이 모두 그녀의 몸에 흡수되는 듯한 느낌이었다. 그만큼 그녀는 저 지저의 신비로운 밤하늘 속에 박혀 있는 모든 별빛들의 정수를 모은 것보다 아름다웠다. 그녀의 아름다움은 천상의 별들 밑에서나, 지저의 별들 안에서나 한결같이 고결했다.

갑자기 비류연은 기분이 매우 좋아졌다. 흥이 절로 솟아나 주체할 수가 없었다. 비류연은 자신의 옆에 놓여 있는 묵금을 집어들어 무릎 위에 올려놓았다.

"자! 이 지하 깊은 곳에서 아름답게 빛나는 밤하늘과 나예린 소저의 아름다움에 경의를 표하며, 그런 의미에서 한 곡 연주하도록 하겠습니다."

비류연이 단 하나뿐인 관객을 향해 인사했다.

"믿지 못하겠군요."

나예린이 놀랍다는 듯이 말했다. 비류연이 금을 연주한다는 게 그녀는 믿어지지 않았다. 그녀가 알기로 비류연이 금을 사용할 때는 사람을 후려칠 때뿐이었던 것이다. 그러나 그것은 확실히 비류연에 대한 편견에 찬 평가였음을 그녀는 인정할 수밖에 없었다.

디리리리링!

비류연의 손가락이 묵금 위를 뛰놀기 시작했다.

아름다운 선율이 지하의 밤하늘 속에 은하수처럼 흐르기 시작했다. 그 음율은 차가운 여인의 마음을 녹이는 아주 특별한 힘을 지니고 있었다. 비류연이 누군가를 위해 진지하게 금을 연주한 것은 이번이 처음이었다. 그의 열 손가락이 신들린 듯 묵금 위를 춤췄다.

나예린은 눈을 감고 조용히 자신을 감싸 오는 선율을 음미했다. 감미로운 음율이 그녀의 마음을 푸근하게 만들고 어깨에 들어 있던 긴장을 풀게 만들었다. 그제야 날카로워진 신경을 진정시킬 수 있었던 나예린은 자신도 모르는 새에 비류연의 어깨에 머리를 기대고 잠의 세계로 빠져 들었다. 자신의 어깨를 누르는 묵직하고 부드러운 감촉에 비류연의 고개가 그녀를 향해 돌아갔다. 비류연은 조용히 미소 지었다. 그러나 그의 손은 여전히 묵금을 연주하는 데 집중하고 있었다.

파랗게 빛나는 지저의 별들은 여전히 아름다웠다. 비류연은 그녀가 깨지 않도록 조심하면서 계속해서 금을 탄주(彈奏)했다. 그녀가 꿈속에서라도 계속 듣기를 바라는 듯.

별의 강 사이로 계속해서 은은한 음률이 흘렀다.

매몰 15일째!
"그가 실종된 지도 벌써 보름이구려!"

용천명이 마하령의 표정을 유심히 바라보며 말했다. 그는 일부러 사망이 아니라 실종이라는 단어를 썼다.

"그렇군요."

마하령이 무뚝뚝하게 대답했다.

"날이 갈수록 그들의 생존 확률은 줄어들고 있소. 이미 일부 사람들에게는 그들의 죽음이 기정사실화되었다고 하더군요."
"그런가요?"

 별 관심 없다는 투로 마하령이 대답했다. 계속되는 마하령의 무뚝뚝한 대답에 용천명의 얼굴이 살짝 찌푸려졌다.

"왠지 환마동 사건 이후 날 대하는 태도가 전보다 더 싸늘해진 것 같은데 그건 나만의 착각이오?"

 용천명의 질문에 순간 마하령이 흠칫했다. 그러나 그녀는 이내 다시 원래의 무뚝뚝한 상태로 돌아왔다.
"착각이에요! 그런 일 없습니다."

 말은 그렇게 하지만 용천명은 피부로 그것을 느끼고 있었다.
'도대체 무엇이 불만이란 말인가?'

 그는 이유 없는 냉대를 받아야 할 이유가 없었다.
'남자가 뭘 그리 꼬치꼬치 캐묻는 거지?'

 마하령은 진실을 용천명에게 말해줄 수가 없었다. 그날 환마동에서 그녀도 자신의 마음속에 있는 그림자를 보았다.

 처음에 그것은 거대한 살이었다. 뒤룩뒤룩한 살이 그녀의 전신에서 불거져 나오는 것이었다. 그것은 비명이 절로 나올 만큼 정말 추악한 모습이었다. 지금 다시 생각해봐도 진저리가 쳐졌다.

 마하령이 힐끔 용천명의 얼굴을 바라보았다.
'그건 그렇고 왜 그때 저 남자의 얼굴이 뒤이어 나온단 말인가……'

 마하령은 그 사실이 더욱더 마음에 들지 않았다. 그녀가 그 살들의 난동 다음으로 본 것이 바로 용천명의 환상이었던 것이다. 그 환상을 경험한 이후 마하령은 용천명을 예전처럼 대할 수가 없었다. 그리고 또 하나가 있었지만 그건 떠올리기조차 끔찍했다.

　용천명을 대할 때 예전에도 좋게 대한 것은 아니었지만 그날 이후로는 얼굴 마주 보기도 껄끄러울 정도였다. 그녀의 침묵이 계속해서 이어지자 머쓱해진 용천명이 화제를 다른 곳으로 돌렸다.

　"그가 실종되고 나니 기분이 어떻소?"

　"앓던 이가 빠진 듯 시원하군요. 이제 두 다리 뻗고 잘 수 있을 것 같아요."

　마하령이 차갑게 대꾸했다.

　"앓던 이가 빠진 얼굴 치고는 불만이 가득하구려. 도대체 뭐가 불만인 거요?"

　이유나 알면 이처럼 답답하지는 않을 듯했다. 그녀는 요즘 세상 모든 게 불만투성이인 모양이었다.

　"아무 일도 아닙니다. 관심 끊어 주시지요."

　마하령이 소리를 빽 질렀다.

　"아닌 것 같은데……."

　용천명은 여전히 미심쩍은 시선을 거두지 않고 있었다.

매몰 21일째!

　벌써 삼주일에 가까운 시간이 흐른 것 같았다. 그러나 이곳에서 태양이 뜨고 짐을 알 수가 없기에 그저 몸의 감각만으로 시간을 짐작할 수밖에 없었다. 그러나 그것에도 한계가 있어 동굴 속에 갇힌 지 정확하게 얼마가 흘렀는지는 확신할 수가 없었다. 그저 어림짐작일 뿐……

 거의 아무런 준비도 없는 빈털터리 신세로 한 줌의 벽곡단만 들고 들어왔지만 이들은 아직 잘 버티고 있었다. 일반인이라면 이미 예전에 아사 내지는 동사했을 극한의 상황에서도 비류연과 나예린은 체력을 유지하며 잘 버티고 있었다. 무공을 익힌 무림인들이란 무척이나 끈질긴 생명력과 능숙한 생존 능력의 소유자이자, 험악하고 극도로 험난한 상황에서도 살아남기 무척이나 편리한 신체 조건을 지니고 있었다.

 그들은 한 모금의 물에 의존하여 하루를 버틸 수도 있었다. 거기에 벽곡단까지 있으면 금상첨화였다. 그래서 그들은 삼주일이 지났음에도 아직 생기를 유지하고 있었다. 그러나 그것도 이제 슬슬 한계였다.

 "벽곡단도 이번 게 마지막 남은 한 알이에요. 며칠 안에 다른 방도를 찾지 못한다면 우린 굶어 죽고 말 거예요."

 비류연이 마지막 남은 두 알의 벽곡단 중 한 알을 나누어 주며 말했다. 벽곡단을 받아 드는 나예린의 손은 조금 떨리고 있었다.

 "과연 우리가 여길 살아 나갈 수 있을까요?"

 나예린답지 않은 약한 모습이었다.

 "그럼요. 걱정 말아요. 잘 먹고 죽은 귀신은 때깔도 좋다고 그랬잖아요. 전 때깔 좋은 귀신이 되고 싶어요. 여기서 이대로 아사해 때깔도 칙칙한 귀신 따위는 되고 싶지 않다고요."

 비류연이 나예린에게 힘을 북돋아 주었다. 비류연과 나예린은 그 후로도 계속해서 동굴 탐험을 계속했다. 그들이 할 수 있는 일이라고는 정해진 방향을 향해 계속해서 걸어가는 것뿐이었다. 생각보다 동굴은 엄청나게 길었다. 그리고 그것보다 더 큰 문제는 이곳이 마치 미로처럼 얽혀 있다는 사실이었다. 자신들이 진법 안에 갇힌 게 아닌가 하는 의문이 들 정도였다. 그러나 나예린은 그것은 아니라고 확신했다.

"인공적인 진은 아닌 것 같아요. 배치나 구조, 그 어느 부분에서도 인위적으로 형성된 진법이라면 반드시 나타나야 할 규칙성이 없어요. 자연적으로 형성된 곳이 확실해요."

그녀는 진법에도 조예가 있었다. 그런 그녀가 하는 말이니 신빙성이 있었다.

"그러나 무척이나 악의적이고 적대적인 구조인 것만은 확실하죠."

그때였다.

'응?'

비류연이 코를 벌름거렸다. 어디선가 비린내 비슷한 것이 풍겨져 나왔기 때문이다. 그것은 확실히 이제까지와는 다른 감각이었다.

"이게 무슨 냄새죠?"

나예린은 고개를 가로저었다.

"누가 생선회를 뜨는 것도 아닐 테고……."

비류연과 나예린은 그 냄새의 출처를 따라가 보기로 결정했다. 비류연의 심장 박동이 고조되고 있었다. 이런 불길한 느낌은 이상하게도 그 적중률이 매우 높았다. 등골이 짜릿짜릿해져 왔다.

걸어가면 걸어갈수록 점점 더 비린내가 강해지고 있었다. 이제 비류연은 확실히 자신할 수 있었다. 이 어둠 앞에 무엇인가 존재한다는 것을! 그것은 무척이나 위험천만한 것일지도 몰랐다. 그러나 비류연과 나예린으로서는 선택의 여지가 없었다.

그들에게 남은 것은 오직 전진뿐이었다.

"왠지 점점 더 추워지는 것 같지 않아요, 류연?"

나예린은 말대로 공기가 점점 더 차가워지고 눅눅해지고 있었다. 비류연이 경계를 늦추지 않으며 말했다.

"환경이 변한다는 건 어느 쪽이든 우리에게 좋은 일이죠. 우린 어떻게든 이곳을 벗어나야 하니까요."

일리가 있는 말이었다. 비류연의 말은 두 사람의 현재 상황의 정곡을 찌르는 말이었다. 한참을 앞으로 전진하던 두 사람 앞에 붉은 불빛 같은 것이 보였다. 두 사람은 조심스럽게 불빛 쪽으로 다가갔다. 그리고 마침내 두 사람은 그것의 실체를 보았다. 그것은 마치 어둠 속에 박혀 있는 두 개의 불타는 듯한 빛깔을 지닌 홍옥이었다.

그 두 개의 홍옥은 어떤 것의 눈이었다.

칠흑처럼 검은 비늘에 한아름 통나무보다 더 굵은 몸통!

비류연과 나예린의 위치에서는 그것의 전체 길이를 알 수가 없었다. 그러나 대가리의 크기로 미루어 볼 때 장난 아니게 길다는 것만은 쉽게 알 수 있었다.

"헉!"

그것은 바로 전설 속에서나 나오는 검은 비늘의 이무기, 묵린혈망(墨鱗血蟒)이었다.

비류연은 묵린혈망을 전혀 두려운 기색도 없이 똑바로 쳐다보았다. 상대의 눈을 피하는 것은 자신이 상대보다 약하다는 것을 인정하는 것이나 다름없는 행위였다. 그것은 동물이든 사람이든 상관이 없었다. 아니 동물이기에 더욱더 그런 것에 민감할 것이다. 비류연은 약육강식의 생존 법칙을 너무나 잘 알고 있었다. 기세 싸움에서 밀리는 순간이 바로 저 이무기의 먹거리가 되는 순간이라는 것을 말이다.

눈싸움에서라면 비류연은 누구에게도 진 적이 없었다. 비류연이 비릿한 웃음을 지으며 말했다.

"맛있어 보이는 놈이로군. 영물 주제에 감히 저승의 입구인 줄도 모르고 이곳에다 둥지를 틀다니, 겁이 없구먼. 아니면 멍청한 건가?"

영물(靈物) 하면 눈에 불을 켜는 강호인들이 떼거지로 모여 있는 천무학관이었다. 아무리 묵린혈망이 용이 되다 만 대단한 물건이라고 해도 두어 번의 칼질로 묵린혈망을 회 뜰 만한 능력을 지닌 고수들이 수두룩한 곳이 또한 천무학관이었다. 혈망쯤은 간단히 찜 쪄 먹는 건 일도 아니었다. 만약 혈망이 그들의 눈에 띈다면 단칼에 몸보신용 내지는 내공 증진용 건강 보조 식품으로 둔갑했을 것이다.

비류연은 혈망 주변에 다른 관도들이 없다는 사실에 쾌재를 부르고 있었다. 강호란 원래 비정한 곳이었다. 더군다나 이런 훌륭한 식품(?)을 발견했을 땐 입이 하나라도 적은 게 유리했다.

아마 혈망으로서는 천 년에 가까운 세월을 살아온 귀한 몸에 이런 영약식(靈藥食) 취급을 받아 보기는 이번이 처음일 터였다.

쉬이이이! 쉬이이쉭!

혈망은 흘러내리는 선혈처럼 붉은 눈동자를 위협적으로 빛내며 두 사람을 위협했다. 천 년 묵은 거목도 단숨에 휘감아 분쇄시켜 버릴 만한 크기를 지닌 엄청난 덩치였다.

아무래도 동굴은 이 이무기의 거처인 모양이었다.
"이런, 주인이 손님을 반기지 않는 듯하네요."
이런 돌발 상황에서도 굴하지 않고 비류연이 한마디 했다. 아직 여유가 있는 모양이었다.
"초대받지 않은 손님은 대부분 푸대접 받기 마련이죠."
나예린은 조심스럽게 검에 손을 가져갔다. 여차하면 발검할 기세였다. 혈망의 위협적인 입에서 침 한 방울이 바닥으로 떨어졌다.
치이이익!
그러자 바위가 무언가 타는 소리와 함께 연기를 내며 녹아내렸다.
"침을 함부로 뱉다니 예의가 없는 비암이로군."
이무기 급에 가까운 혈망을 겨우 뱀 대가리 취급하는 비류연이었다.
"아무래도 저 침으로 동굴을 넓힌 것 같군요. 동굴 벽이 미끈거렸던 것이 아마 그런 이유였을 거예요."
나예린이 말했다.
"후후! 그렇다면 꽤 능력 좋은 광부인데요?"
확실히 광부로 보자면 엄청나게 능력이 탁월한 혈망이었다.
"어이 이봐, 뱀 선생! 차라리 두더지로 전종(轉種)하는 게 어떻겠나?"
비류연이 대놓고 혈망을 놀렸다. 그는 애당초 겁이란 게 없었다.
쉬에에엑!
혈망의 기세가 더욱더 등등해졌다. 말뜻은 못 알아듣지만 그 안에 포함된 조롱 섞인 어투는 알아들은 모양이었다.
"한 가지만은 확실히 알겠군요."
여전히 마주친 시선을 풀지 않은 채 비류연이 말했다.

"뭘요?"

"저거 좀 멍청하게 생긴 것 같지 않아요?"

비류연이 조용하게 나예린의 귀에 대고 속삭였다. 그러나 의외로 혈망의 청력은 좋은 모양이었다. 게다가 영물이다 보니 사람 말까지 알아듣는 모양이었다. 비류연의 무모한 행동은 잠자는 이무기의 역린(逆鱗)을 철솔로 벅벅 긁는 행동이었다. 용은 못 됐어도 역린은 있는 모양이었다.

쉬에에엑!

한 아름에 안지도 못할 굵기를 지닌 혈망이 기괴한 소리를 내며 머리를 위협적으로 흔들었다. 상대에게 위압감을 주기 위한 행동이었다.

"멍청하다는 말에 기분이 상했나 본데요?"

묵린혈망의 위협적인 행동은 다른 인간이라면 충분한 효과를 거둘 수 있는 행위였지만 비류연이라는 이 무신경한 녀석에게는 별 무소용이었다.

"항상 말을 할 때 조심해야 하죠. 잘못하면 그 말이 비수가 되어 자신의 목을 겨눌 수도 있으니까요."

나예린이 자상하게 충고했다. 그러나 비류연이 이 충고를 귀담아 듣지 않았다는 사실은 금방 드러났다.

"용은커녕 이무기도 되지 못한 비암 녀석이!"

비류연이 버럭 고함을 질렀다.

콰아아아!

쉬에에에에엑!

아무래도 혈망은 비류연의 빈정대는 어투를 알고 광분한 게 분명했다.

비류연은 처음 보는 미지의 생물 — 그것도 꽤나 사납고 인간 한두 명 쯤은 한입에 꿀꺽할 수 있을 것 같은 왕성한 식욕을 가지고 있는 것 — 을 앞에 두고 자신의 친화력을 시험해 보고 싶은 생각은 추호도 없었다. 자신의 몸이 도시락이 되는 위험을 감수하면서까지 묵린혈망을 어르고 달랠 필요성에 대해 그는 매우 부정적이었다. 그러다가 잡아먹히면 자기만 엄청 손해 아닌가. 게다가 그는 항상 사냥꾼의 입장이었지 사냥감의 입장이었던 적은 이제껏 단 한 번도 없었다. 그리고 동물 조련사의 입장에 있었던 적도 없었고, 이런 괴상한 생물의 친구가 될 생각도 없었다.

게다가 상대는 온몸으로 적대감을 표출시키고 있었다. 당장이라도 잡아먹을 듯 이빨을 번뜩이는 저 행동을 호의로 해석하는 바보는 아마 없을 것이다. 그러니 그가 취할 행동은 오직 하나뿐이라는 단순 명쾌한 해답에 이르게 된다. 그렇다면 망설일 필요가 없었다. 그럴 짬도 없었다. 적으로 간주된 존재를 앞에 두고 망설인다는 것은 자기 목숨을 위험 속에 내던지는 것과 마찬가지로 어리석기 짝이 없는 행동이다.

쉬에에엑!

화가 난 묵린혈망이 쏘아진 화살처럼 튕기며 날아 들어왔다.

비류연의 손에서 한줄기 뇌전이 빛줄기처럼 날아갔다.

쉬익!

그의 행동에 일말의 망설임도 없었다. 그러나 결과는 신통치 않았다.

팅!

하얀 은빛 섬광의 빛줄기는 묵린혈망의 이마를 꿰뚫을 기세로 날아갔지만 허무하게 혈망의 이마를 맞추고는 경쾌한 소리와 함께 동굴 천장으로 튕겨나갔다. 별 하나가 순간적으로 나타났다 사라졌다.

"어라, 어라?"

자신의 실패를 전혀 예상치 않고 있던 비류연으로서는 경천동지할 만한 돌발 사태였다.

"아무리 3성 공력밖에 싣지 않았다고 하지만, 저런 비암 한 마리 잡지 못하다니……. 제법 단단한 먹거리로군!"

한 방에 혈망이 뒈지지 않자 비류연은 자존심이 상했다.

"그러고 보니 책에서 읽은 적이 있어요. 『강호신비영물도감(江湖神秘靈物圖鑑)』이라는 책이었는데 그 책에 따르면 묵린혈망의 비늘은 강철처럼 단단하고 질기며, 그 강도와 탄력은 세월이 흐르면 흐를수록 더욱더 강해진다고 말이에요."

나예린이 다급하게 외쳤다.

"그거 무척이나 기분 좋은 정보로군요."

비류연은 웃어 보였지만 여유만만하게 웃을 만큼 좋은 상황은 절대 아니었다.

쒜에엑! 쉬에에엑!

비류연의 조롱과 도발에 혈망의 눈에서 섬뜩한 붉은빛이 불길처럼 뿜어져 나오고 있었다. 방금 전과는 비교할 수도 없을 정도로 강한 기세였다.

"화난 거 같죠?"

비류연의 물음에 나예린은 고개를 끄덕였다.
"칼 맞았는데 기분 좋을 리가 없죠!"

휘이이익!
비류연은 가볍게 휘파람을 불었다. 아마도 약간이나마 상대에게 감탄한 모양이었다.
"칭찬해 주지. 내 비뢰도를 정통으로 맞고도 말짱했던 건 네놈이 처음이야. 물론 성별을 구별할 수 없으니 그냥 '놈'이라고 해두자고."
다시금 그는 싱긋 웃었지만, 이격(二擊)째도 공격을 실패할 생각은 추호도 없었다. 헛손질의 쪽팔림을 경험하는 것은 한 번이면 족했다.
그러나 혈망도 한 방은 맞았지만, 두 방째는 양보하고 싶지 않은 모양이었다. 타오르는 붉은 보석 같은 눈을 빛내며 뜻밖의 간식거리를 향해 피처럼 붉은 혀를 널름거렸다. 생각보다 간식거리의 반항이 심했다.
좀더 자신의 위엄을 보일 필요가 있을 것 같았다.
쉐에에엑!
날카롭고 가는 소리와 함께 혈망이 아가리를 있는 대로 벌리고 바닥에서 솟구쳐 올랐다. 비류연을 한입에 삼켜 버릴 듯한 기세였다. 쏘아진 화살보다도 더 빠른 속도! 마치 비호가 덮치는 듯했다.
그 빠르기는 충분히 빨랐고, 칭찬해 줄 만했지만, 유감스럽게도 비류연은 비호처럼 달려드는 비호(?)도 여럿 잡아본 유경험자였다. 그것이 혈망에게는 불행이었다. 비류연은 잽싸게 몸을 비틀어 혈망의 식사 절차를 허사로 만들었다. 그리고는 친절하게 반격도 잊지 않았다.

그의 손에서 다시 한 번 뇌전이 번뜩였다. 푸른 불꽃은 강력한 방전을 일으키며 화려한 음향을 동반한 채, 혈망의 미끈하고 늘씬한 몸뚱어리에 강력하게 작렬했다.

파파파팟!

"키에에에에!"

귀를 틀어막고 싶은 충동이 이는 비명성이 들려왔다. 혈망은 고통에 찬 비명을 지르며 심하게 몸부림쳤다. 격심한 용트림 같았지만 실제로는 뱀트림이었다.

콰콰쾅쾅! 텅텅텅텅!

몸집이 큰 만큼 몸부림 또한 굉장했다. 후두둑 돌가루가 떨어지고 동굴 전체가 진동했다. 이러다가 혹시 무너지는 게 아닌가 걱정이 다들 정도였다. 연신 머리 위로 떨어지는 돌가루를 손사래로 털어내며, 나예린을 보호한 채 비류연은 눈을 빛냈다.

'더 이상 시간을 끌다가는 생매장 감이다!'

그의 본능은 그렇게 외치고 있었다.

"류연! 조심해요."

걱정스런 얼굴로 나예린이 외쳤다. 그녀 역시 검을 빼들고 여차하면 비류연을 거들 생각을 하고 있었다. 하지만 아직은 비류연 혼자서 상대하도록 그냥 둘 생각인 모양이었다.

'가장 짧고 가장 신속하고 가장 간단하게! 그리고 가장 쉽게!'

비류연의 눈이 황금빛으로 빛났다. 그리고 그의 손이 조용히 움직였다. 그의 정신은 강철도 뚫는 날카로운 창이 되어 있었다.

비뢰도(飛雷刀) 오의(奧義)

검기(劍氣)

생사결(生死決)

섬뢰창(閃雷槍)

 어두운 암흑 속에서 순백의 보석 가루가 빛나고, 찬란한 백색 번개가 묵린혈망의 입 속을 향해 날아갔다. 혈망은 뇌전을 먹거리 음식처럼 시식하는 꼴이 되고 말았다. 섬광처럼 날아간 뇌전이 요사스럽게 낼름거리던 혈망의 두 갈래 혓바닥을 더욱더 낼름거리기 좋게 네 갈래, 여덟 갈래로 만들어 버렸다. 그 후 혓바닥을 타고 식도로 들어간 비뢰도는 혈망의 소화 시간을 단축시켜 주려는 듯 식도와 위장과 창자를 헤집어서 한 개의 소화기관으로 만들어 버렸다. 심하게 말하면 혈망의 입과 항문 사이엔 그 어떤 소화기관도 남아 있지 않게 된 것이다. 한바탕 비뢰도의 광란의 난도질(?)이 끝나고 나자, 혈망은 열여섯 개의 혓바닥을 낼름거리며, 먹는 대로 바로 줄줄 싸는 진짜 특이한 영물(?)이 되고 말았다. 아무리 천 년 조금 덜 묵은 영물이라 해도 이런 강력한 공격을 견뎌낼 리가 없었다.

 키에에엑!

 혈망이 요란하게 몸체를 뒤흔들며 동굴 벽 쪽에 몸을 부딪쳤다. 그러는 것도 잠시… 혈망이 힘을 다한 듯 바닥에 추욱 늘어졌다. 팔백 년 가까이 살아온 영물의 허망한 최후였다.

 '이런! 내가 좀 심했나? 혹시나 몸 안에 있는 내단(內丹)이 상하지는 않았겠지?'

약간의 가책을 느낀 비류연이 자책하며 바닥에 널브러져 있는 혈망을 향해 다가갔다. 내단이 상하지 않았기를 빌면서…….

"쳇! 내단(內丹)은 없나?"

그의 말에는 실망의 기색이 역력했다. 혹시나 하고 기대를 하고 뱃속을 뒤져봤건만 눈 씻고 찾아봐도 코딱지만한 내단도 없었다. 생각보다 수련이 덜 된 놈인 모양이었다.

"그동안 수련이나 열심히 하지. 쯧쯧쯧."

안타까운 듯 비류연이 혀를 찼다.

"만일 내단이 있었으면 비싸게 팔 수 있었을 텐데……."

다른 무림인들처럼 내단을 보면 복용해서 내공을 증진시킬 생각보다 그것을 고가에 팔아먹을 생각을 먼저 하는 것이 비류연의 특징이었다.

그러나 그 정도로 비류연은 포기하지 않았다. 내단은 없어도 영물의 피는 꽤나 효험이 있다는 말을 풍월로 들은 기억이 있었다. 어떻게든 두 사람은 허기를 때울 필요가 있었다. 천무학관의 우등생인 나예린이 독성의 유무를 확인시켜 줬다.

"흠! 독성은 없는 것 같군요. 이대로 먹어도 별 문제 없을 것 같아요."

나예린이 묵린혈망의 피를 손가락 끝으로 찍어 혀로 맛본 다음 말했다. 다행히 독성은 없는 모양이었다. 두 사람은 며칠째 벽곡단만 먹고 지내 왔으므로 혈망의 피라도 마셔야 했다. 만일 책대로라면 효과가 있을 것이다. 피 냄새가 비릿하기는 했지만 생존을 위해 마시기로 했다.

혈망의 피가 뱃속으로 들어가자 갑자기 뱃속에서 뜨거운 열기가 솟아나기 시작했다. 그리고 나자 갑자기 전신에 활력이 되돌아오는 듯했다. 확실히 묵린혈망의 피는 효과가 있었다. 책에 적힌 묵린혈망의 효능은 거짓이 아니었다.

당분간은 식량 걱정을 안 해도 될 듯했다.

매몰 26일째!
"이런!"
혈망의 시체와 그 뒤로 이어지는 동혈을 이리저리 둘러보던 비류연의 얼굴이 심각하게 굳어져 있었다.
"류연? 무슨 일이라도 있어요?"
나예린이 물었다.
"……"
비류연은 그녀의 질문에 금방 대답해 주지 않았다. 그녀는 무슨 문제가 생겼음을 직감했다.
잠시 후 비류연이 다시 입을 열었다. 가볍게 말하려고 했지만 그 내용은 결코 가볍게 들을 수 없는 것이었다.
"아무래도 그 뱀대가리가 우리에게 마지막 복수를 한 것 같아요."
"네? 그게 무슨 말이죠? 서… 설마?"
"네! 아무래도 마지막 최후의 뱀트림을 하면서 자신이 다니던 출입구를 막아 버린 것 같아요. 어디를 둘러봐도 그 녀석이 드나들던 곳이 없어요. 그리고 더 이상 뒤로 이어지는 동혈도 없어요."
그것은 정말 최악의 소식이었다. 나예린의 얼굴이 창백해졌다. 묵린혈망을 쓰러뜨리고 겨우 출구를 찾았다고 생각했는데 그게 수포로 돌아간 것이다.

"제기이일!"

비류연의 입에서 욕이 터져 나왔다.

"…무슨 좋은 방법이 없을까요?"

"글쎄요… 이제부터 생각해 봐야죠!"

매몰 34일째!

그 후 일주일하고 하루가 더 흘렀다. 비류연은 그동안 이곳저곳을 뒤져보며 빠져나갈 만한 구멍을 찾아보았다. 그러나 암석이 여기저기 산재되어 있어 어느 방향에 출구가 있었는지 알 수가 없었다. 그러나 이대로 포기할 수는 없었다.

"으우훼에춰!"

코가 간질거리는 바람에 비류연이 크게 재채기를 했다. 긴 반향음이 동굴 전체를 울리며 되돌아왔다. 순간 비류연은 자신의 머리를 강타하는 생각에 전율할 수밖에 없었다. 그것은 자신의 비상함에 대한 감탄이었다.

'이럴 수가! 난 왜 이리 똑똑한 거지?'

아무리 생각해도 자신은 어쩔 수 없는 미소년 천재인 것 같았다.

낭중지추(囊中之錐)! 주머니 속의 송곳은 언젠가 튀어나오는 법! 빼어난 사람은 자신의 자질을 어떻게 해도 숨길 수가 없는 법이었다.

아직 마지막에 쓸 수 있는 수가 하나 더 남아 있었던 것이다.

그리고… 매몰 44일째!

그 후로 10일 동안 비류연은 계속 혈망의 피를 주식으로 삼아 자신의 기를 벽 안으로 쏘아 보내고 있었다. 기의 진행과 반사로 벽의 두께를 알아보기 위해서였다. 만일 벽의 건너편에 공동이 있다면 쏘아 보낸 기는 벽 너머의 끝부분에 부딪쳐 되돌아올 것이다. 그것으로 벽 전체의 두께를 알아낼 수 있는 것이다. 매몰 현장에서 빠져나올 때도 비류연은 이 방법을 썼었다. 그런데 혈망에게 뒤통수를 얻어맞은 충격으로 잠시 잊고 있다가 재채기를 계기로 다시 생각이 났던 것이다.

이제 비류연이 믿을 건 이 방법밖에 없었다. 그러나 그때만큼 쉽게 탈출구가 발견되지 않았다. 그래서 비류연은 10여 일 동안 동굴 이곳저곳을 쉴 새 없이 두들기고 다녀야만 했다.

"어라?"

톡톡!

비류연은 다시 한 번 기를 침투시켜 보았다. 그러나 반복된 일련의 행위도 그의 의문을 말끔히 해소시켜 주지는 못했다.

"얼래? 거참……."

그는 혀를 찼다.

"뭐가 잘못됐나요, 류연?"

비류연의 인상 쓴 얼굴에 불길함을 느낀 나예린이 조심스럽게 물었다. 비류연은 고개를 가로저었다.

"그건 아닌데 너무 얇아요. 분명 반대편에 공간이 있는 것 같긴 해요."

"그럼 저번처럼 뚫으면 되지 않나요?"

의아스럽다는 투로 나예린이 물었다.

"그러면 간단하죠. 그런데 저 반대쪽이 단순한 빈 공간만이 아니라는 게 문제죠."

저번과 같은 상황이라면 얼마나 좋겠냐마는 이번에는 그렇지가 않았다.

"그렇다면……."

"여길 부수면 펑 하고 터질지 모른다는 거죠. 아무래도 이 벽 뒤에 수맥이 흐르는 것 같아요. 이걸 부수기 전에는 각오가 필요할 것 같네요."

비류연이 물끄러미 나예린을 바라보았다. 나예린은 비류연이 무슨 말을 하려는지 알 수 있었다. 그녀는 고개를 끄덕였다.

"이미 한번 맡겼던 목숨. 다시 한 번 류연에게 맡기죠."

그녀의 대답에 비류연은 밝게 미소 지었다.

"좋아요! 저당 잡으신 목숨! 반드시 돌려드리죠. 분실한 다음에 위약금을 물고 싶지는 않거든요. 두렵지는 않아요, 예린?"

나예린은 고개를 가로저었다.

"아뇨! 류연은요?"

"후후… 어찌된 영문인지 모르지만 아직은 죽음이란 게 실감이 나지 않아요. 그리고 왠지 모르게 죽을 것 같지도 않네요. 제 생명력이 좀 질기거든요."

"그래요? 무척이나 믿음직스럽군요."

비류연의 말은 어딘지 모르게 그녀에게 믿음을 가지게 하는 부분이 있었다. 그것이 그의 여유에서 비롯된 힘인지도 몰랐다.

"여긴 다른 건 다 참겠는데 내 혀를 즐겁게 해주는 맛난 것들을 먹어볼 수 없다는 사실은 무척이나 참을 수 없이 애통했거든요. 그래서 여기서 빠져나가면 그 유명한 광동팔미와 북경진미를 맛보기로 결정했죠."

과장된 동작을 취하며 비류연이 말했다.

"광동팔미와 북경진미를 맛보려 해도 우선 이곳을 탈출한다는 조건이 선결되어야 하지 않을까요?"

아직 그녀는 탈출 성공에 대한 확신이 서지 않는 모양이었다. 그러나 식량도 거의 다 떨어져 가고 있는지라 뭔가 수단을 취해야만 했다. 벽곡단이 떨어진 지는 이미 오래였고, 이제 묵린혈망의 피도 바닥을 보이고 있었다.

"예린! 만일 이곳을 빠져나간다면 북경진미와 광동팔미를 같이 먹을까요?"

"좋아요."

나예린이 선선히 대답했다.

"후회하지 않을 자신 있어요?"

"후회하지 않을 자신은 없지만 이보다 더 나은 방법을 찾을 수 없다는 데는 동의하지 않을 수 없군요."

나예린이 대답했다.

비류연은 진지한 얼굴로 자신이 점찍은 암벽 앞에 섰다. 그리고는 다시 한 번 심각한 얼굴로 나예린을 바라보며 말했다.

"예린, 혹시 잊은 것 없어요?"

"뭐가요?"

나예린은 눈치가 없었다. 비류연은 잠시 실망했다.

"다시 한 번 생사를 건 도전을 하기 전에 행운의 여신의 축복을 받고 싶은데 어떻게 생각하세요, 여신님?"

비류연의 물음에 나예린의 얼굴이 갑자기 붉어졌다.

"그런 걸 꼭 해야 하나요?"

"그럼요!"

망설이지 않고 비류연이 단호하게 대답했다.

"안 하고 넘어가면 안 될까요?"

"불가(不可)!"

비류연이 단호하게 대답했다.

"절차란 꼭 지키라고 있는 거예요."

그런 절차를 수시로 어기는 장본인이 바로 비류연 자신이었다.

잠시 망설이던 나예린이 고개를 끄덕였다.

"좋아요!"

마침내 나예린이 동의한 것이다.

나예린은 살짝 비류연의 입에 입술을 맞추어 주었다. 행운의 여신의 축복이었다. 나예린은 부끄러운 듯 고개를 숙였다. 차갑고 냉정하다는 세평(世評)과는 전혀 어울리지 않는 모습이었다.

비류연은 그저 웃을 뿐이었다.

'오늘이 마침 44일째군! 이건 운명의 장난인가? 아니면 하늘의 시험인가?'

우연이라면 참 기막힌 우연이었다.

'저번의 사십사도 나를 어쩌지 못했어! 이번에도 역시 마찬가지야! 그런게 만약 운명을 좌우하는 돛대라면 내가 이 손으로 부숴 주겠어!'
콰아아아앙!
마침내 비류연의 주먹이 푸른 뇌전으로 화해 암벽에 작렬했다.
콰콰콰콰콰!
뻥 뚫린 구멍으로부터 엄청난 양의 물이 터져 나왔다.

탈출

갑작스런 충격에 수로가 터지고 나예린과 비류연은 물살에 휩쓸려 들어갔다.
생각보단 거센 물살에 비류연과 나예린은 처음에는 자세를 제어할 수가 없었다.

하지만 비류연은 수뢰비(水雷飛)를 연마하며 물 속을 제집 드나들 듯 한 경력이 있었다. 물 속에서 반 시진 버티는 것도 그에게는 별로 대수롭지 않은 일상적인 일에 속했다. 그는 수공에도 일가견이 있었던 것이다. 의외의 모습을 보인 것은 나예린이었다. 그녀에게 수공은 쥐약이었다. 다른 모든 것이 뛰어난 그녀가 유일하게 못하는 분야가 단 하나 있었으니 그것이 바로 수공 공부였다. 나예린이 수공 공부에 취약한 이유는 재능의 유무보다는 환경의 영향이 더 컸다.

그렇지 않아도 미태가 출중한 그녀가 맨살이 착 달라붙은 피수의(避水衣)를 입고 몸매를 뽐낸다는 것은 수천 명의 혈기방자한 남자들을 뇌살시키겠다는 살인 음모나 다름없는 일이었다. 게다가 그녀에게도 너무 위험이 컸다. 그녀를 어떻게 한번 해볼까 하는 늑대들이 사방에 우글거리고 있었다. 누굴 어떻게 믿을 수 있단 말인가. 환관이라 할지라도 믿을 수 없는 판국이었다.

그래서 그녀는 수공을 배울 기회가 없었다. 주위에서 절대 허락하지 않았던 것이다. 그래서 그녀는 수공이 약했다. 장시간의 잠수는 그녀에게 너무나 치명적이었다. 호흡에 곤란을 느낀 나예린은 곧 의식을 잃고 말았다. 아직 수로가 끝나려면 한참이나 남아 있었다.

'이런!'

비류연은 정신을 잃은 나예린의 손을 붙잡고 필사적으로 헤엄쳤다. 문제는 자신이 아니라 바로 나예린이었다. 그녀가 질식사하기 전에 이 수로를 빠져나가야만 했다.

'절대로 죽게 놔두지 않아! 절대로!'

비류연은 전력을 발휘해 헤엄치기 시작했다. 사지에 차고 있는 묵룡환 덕분에 그의 헤엄은 수영이 아니라 경공 같았다. 그의 '자맥질'은 매번 가라앉을 때마다 바닥을 박차며 앞으로 나아갔기 때문이다.

이제 시간이 그의 가장 강력한 적이었다.

파양호에서 30년간 고기잡이를 업으로 삼아 밥을 벌어먹고 살아오던 어부 강씨는 어느 날 사람들로부터 미친 놈 취급을 받아야 했다. 그는 진실만을 말했을 뿐인데도 정신병자 취급을 받으니 강씨로서는 미치고 팔짝 뛸 노릇이었다.

"글쎄, 정말이라니깐! 파양호에는 용이 살고 있어! 내가 이 눈으로 똑똑히 봤다니깐 그러네!"

그러나 마을 사람들은 강씨의 말을 무시했다. 아무도 그의 말에 귀를 기울여 주는 사람이 없었다.

"이보게, 조씨. 내가 분명히 어제 파양호에서 용을 봤다네. 정말이라니깐!"

30년 지기이던 석씨마저도 강씨의 말을 믿어주지 않았다.

"자네 요즘 너무 일을 많이 해서 피곤한가 보구먼. 어서 집에 가서 발 닦고 며칠 푹 쉬게나. 며칠 쉬다 보면 나아질걸세."

석씨의 자상한 충고였지만 그의 말을 믿지 않는 것만은 분명했다.

"난 봤어! 난 분명히 봤단 말이야! 이 눈으로 똑똑히! 파양호에 용과 선녀가 살고 있는 것을!"

그가 절규하듯 외쳤지만 아무도 그의 말에 귀를 기울여 주지 않았다. 강씨는 땅바닥에 털썩 주저앉아 중얼거렸다.

"난 분명히 봤어… 분명히……."

그것은 달도 휘영청 밝은 어젯밤 일이었다. 강씨는 검푸른 호수에 그물을 던지고 밤낚시를 하고 있었다.

"푸하!"

검게 물결치는 수면 위로 사람의 머리가 솟아나왔다.

"히에에엑!"

파양호에서 달빛을 벗 삼아 조업하던 어부 강씨는 그만 놀라 자빠지고 말았다. 하마터면 균형을 잃고 물에 빠질 뻔했지만, 30년 된 어부 경력이 그를 이 위기에서 구해 주었다. 처음에는 귀신인 줄 착각했었다. 하지만 그가 껴안고 있는 미녀를 보는 순간 그는 귀신이 아님을 알고 안도했다. 그가 여기서 하나 알 수 있었던 사실은 파양호에는 선녀가 살고 있으며 그 선녀는 수영을 잘 못한다는 것이었다.

물 속에서 불쑥 솟아나온 그 남자는 그에게 한 손을 들어 "안녕하세요! 좋은 밤이죠!"라고 인사했다. 강씨도 얼떨결에 허리를 숙여 마주 인사했다. 그가 다시 허리를 폈을 때 이미 거기에는 남자도 선녀도 자취를 감추고 없었다.

"어? 어? 엉?"

마치 귀신에 홀린 기분이었다. 그래서 강씨는 두 사람의 종적을 찾아 사방을 두리번거렸다. 그러다가 마침내 그는 그것을 보고야 만 것이다. 달빛이 비치는 수면을 헤엄치는 길고 거대한 몸통! 그것은 분명 전설 속에나 나오는 용이 분명했다. 그렇지 않고서는 저 크고 기다란 몸통은 설명이 불가능했다. 강씨는 공포에 오금이 저렸다. 잡아먹힐지도 모른다는 공포가 그를 사로잡았던 것이다. 다행히 그런 일은 일어나지 않았다. 그 용은 호수 한가운데가 아닌 뭍으로 헤엄쳐가고 있었다. 마치 두 사람의 뒤를 쫓아가는 것 같았다.

용의 그림자가 시야에서 사라지고 나서도 한참 후에야 강씨는 배 위에 주저앉을 수 있었다. 그리고 용을 만나고도 무사한 데 대해 용왕님께 감사를 올렸다. 사실 그것은 용이 아니라 묵린혈망이며 살아있는 게 아니라 이미 죽은 채로 비류연의 뇌령사에 끌려가는 중이라는 것을 그는 죽었다 깨어나도 알 수가 없었던 것이다. 비류연은 분해해서 팔면 돈이 될 게 분명한 혈망을 상황의 어려움을 핑계로 버려두고 올 만큼 녹록하지는 않았다.

비류연은 일단 정신을 잃은 그녀를 끌고 물가로 나온 후, 마른 땅에 그녀를 눕혔다. 코에 손을 대봐도 숨쉬는 기색이 없었다.

이럴 땐 설왕설래(舌往舌來), 인공 호흡밖에는 없었다.
일단 그녀를 반듯하게 땅에 눕힌 비류연은 그녀의 우아한 목을 뒤로 젖혀 기도를 확보했다. 수뢰비를 익히면서 물을 열두 양동이 이상 먹고, 수십 차례의 익사 위기를 넘기고 끈질기게 살아남은 비류연은 인공 호흡과 응급 조치에도 일가견이 있었다.
원래 인공 호흡은 갈비뼈가 부러질 정도의 힘으로 심장을 압박해야 하지만 무공의 고수인 비류연은 나예린의 갈비뼈를 부러뜨릴 일은 없었다. 그저 그녀의 '봉긋한 가슴' 사이에 손을 대고 가볍게 기를 불어넣어 주면 그만이었다.
스윽!
비류연이 천천히 자신의 손을 그녀의 가슴 사이로 가져갔다. 여태껏 그 누구도, 그 어떤 남자도 감히 범접치 못한 성역에 지금 감히 무례하게도 첫발, 아니 첫손을 뻗으려 하고 있었다.
쿵쿵!
갑자기 심장의 박동수가 빨라지고 피가 빨리 도는 듯 비류연의 얼굴이 붉어지기 시작했다.
'어라? 어라? 이거 왜 이러지?'
전에는 없던 독특한 생리 현상이 별로 마음에 들지는 않았지만 비류연은 자신이 해야 할 일만 했다.
비류연은 나예린의 가슴 부분에 손바닥을 갖다 대고 기를 불어넣었다. 기를 통해 심장을 압박하는 것이 목적이었다. 평소 비류연을 아는 사람들은 놀랄지도 모르겠지만 그는 흑심을 품고 잠시 손을 옆으로 옮긴다거나 하는 행동은 하지 않았다. 비류연은 허가도 받지 않고 그런 짓을 할 만큼 막돼먹은 놈은 아니었다.

그 다음 해야 할 일은 입과 입을 통해 공기를 폐 속으로 넣어 주는 일이었다. 당연히 입맞춤은 불가피한 것이었다. 그의 시야에 정신을 잃고 쓰러져 있는 나예린의 홍옥(紅玉) 같은 입술이 들어왔다. 비류연은 자신도 모르게 꿀꺽 하고 침을 삼켰다.

쿵! 쿵! 쿵! 쿵! 콩닥, 콩닥, 콩닥.

심장 박동이 전보다 두 배 반 정도는 더 빨라진 듯한 기분이 들었다.

'이거 왜 이래? 정말 이러다가 심장 파열로 죽는 거 아냐? 옛날엔 이렇지 않았는데?'

그러나 심장의 이상 박동 정도로 하던 일을 그만둘 수는 없었다. 비류연과 나예린의 입술이 한데 겹쳐졌다.

후욱!

비류연은 경건한 마음으로 그녀에 입술에 자신의 입술을 갖다 대고 공기를 불어넣었다. 물론 이때 그녀의 코를 막는 것도 잊지 않았다.

한 번, 두 번, 세 번.

비류연은 심장 압박과 숨 불어넣기를 번갈아 가며 반복했다. 원래 교본대로라면 십오 대 일의 비율로 심장 압박과 숨 불어넣기를 반복해야만 했다. 하지만 비류연은 무공의 고수인지라 그 절차를 매우 간소화할 수 있었다.

가슴 애무(?) 그리고 인공 호흡… 인공 호흡 다음 순서는……?

'당연히 설왕설래(舌往舌來)지!'

비류연은 마음속으로 소리쳤다. 물론 인공 호흡에 그런 절차는 존재하지 않았다. 비류연이 혼자만의 추가 절차를 만들어내고 있을 뿐이었다.

"콜록 콜록!"

나예린이 기침을 하며 물을 토해냈다. 곧 그녀에게 호흡이 돌아왔다. 순간 비류연의 얼굴이 환하게 밝아졌다. 그것은 순수한 기쁨이었다. 그는 절대로, 결단코 자신만의 추가 절차를 실행하지 못한 데 대한 불만을 품고 있는 것은 진짜로 아니었다. 그러나 조금은 서운한 감정이 있을지도 몰랐다.

"예린! 예린! 정신이 들어요, 예린!"

비류연이 계속해서 나예린의 이름을 불렀다. 그의 목소리가 심연의 결계를 뚫고 그녀의 의식 수면 위까지 도달하는 데는 약간의 시간이 걸렸다. 다행히도 비류연에게는 그 약간의 시간 소요를 기다릴 인내심이 있었다.

"…류연?"

그녀의 눈꺼풀이 떠지며 밤하늘의 별무리를 담아 놓은 듯한 검은 보석 같은 눈동자가 모습을 드러냈다. 밤하늘의 별이 담긴 호수에 비류연의 얼굴이 비쳤다.

"이제 정신이 들어요?"

입가에 미소를 지으며 비류연이 말했다.

"우리 살아난 건가요?"

"물론이죠! 죽으려면 아직 3,4백 년은 더 있어야 할걸요?"

"그것 참 다행이군요."

아직 그의 품에 안겨 있는 나예린이 살포시 미소 지었다. 그 미소는 그 어떤 값진 보석보다도 아름답고 인상적이었다. 한순간에 사람의 영혼을 매료시키는 그런 미소였다.
"당신을 보면 항상 웃게 되는군요."
　나예린은 자신이 평생 동안 지은 미소보다, 비류연을 만나고 지은 미소의 횟수가 더 많은 듯한 느낌이 들었다. 그것은 그녀가 인정하고 싶지 않았지만 부정할 수 없는 사실이었다.

고(故) 비류연 신위
- 나예린과 그녀 부록의 장례식

화장(火葬)을 위한 잘 마른 굵은 나무들로 이루어진 단이 만들어졌다.
그 위에 두 개의 관이 마련되었다. 두 개 모두 빈 관이었다.

환마동 붕괴 사고 이후 44일이 지났지만 사람은커녕 시신조차도 발견되지 않았다. 현재 실종자는 비류연과 나예린 단 두 사람뿐이었다. 하늘의 도우심인지 아니면 그것이 바로 실력인지, 그 엄청난 폭발 사고에도 불구하고 사망자가 없었다. 그것은 기적 같은 일이었다. 그러나 그 대신 부상자는 엄청나게 많았다. 개중에는 떨어지는 낙반에 사지 중 하나를 깔려 불구가 된 사람도 있었다.

현재 집계로는 총 참가자 321명에 사망자 0명, 부상자 151명, 그리고 실종 2명이었다. 그 2명의 실종자가 바로 비류연과 나예린이었다.

매몰된 동굴 아래에서 10일 이후에 피골이 상접한 채 구조된 사람만 해도 20명이 넘었다. 가장 최근 발견된 매몰자는 붕괴된 지 18일만에 구조된 사람이었다. 그러나 나예린과 비류연만은 아무리 열심히 삽질을 해도 종적이 묘연했다. 그리고 한 달이 넘어가자 사람들의 마음속에 포기하는 마음이 점점 더 커져 갔다.

화장대 위에 올려진 두 개의 빈 관도 시체를 찾을 수 없었기 때문에 어쩔 수 없는 임시방편으로 올려놓은 것이었다. 혼백의 안녕을 기원하는 상이 차려지고 두 사람의 이름이 적힌 위패가 놓여졌다.

고 비류연 신위(故 飛流連 神位)!
고 나예린 신위(故 羅濊璘 神位)!

그리고 장례식이 거행되었다.

무당과 옥현진인의 주도 하에 경문이 읊어지고 경문 소리와 함께 은은한 향이 타들어 갔다. 식장에는 많은 사람들이 운집해 있었다. 그들 대부분은 비류연의 죽음이 아닌 나예린의 죽음을 추모하기 위해 모인 이들이었다.

화르르륵!

이윽고 지전(紙錢)이 불살라졌다. 불붙은 지전이 재가 되어 허공중에 바람을 타고 휘날렸다. 만일 이 자리에 비류연이 있었다면 "지전도 돈인데 미쳤다고 태우냐"며 광분했을 것이다.

처음에는 많은 사람들이 비류연의 관과 나예린의 관을 같이 놓는 것을 극렬하게 반대했다. 특히 빙봉영화수호대가 중심이 되어 반대운동에 앞장섰고 수많은 남자 관도들이 그 의견에 적극 찬성했다. 그것은 죽은 나예린에 대한 모독이라는 것이 그들의 주된 주장이었다. 부부도 아닌데 둘을 같이 화장해야 할 이유가 전혀 없다는 것이 그들의 생각이었다. 그러나 학관 측은 장례식 두 번은 너무 번거롭고 예산도 많이 든다는 이유로 그들의 의견을 무시했다. 현실적인 돈 문제에 처하면, 인간은 누구도 자유로울 수 없는 것이다.

 몇몇 이들에 의해 단정지어진 나예린의 죽음은 수많은 남자들의 마음을 슬픔으로 물들게 했다. 사람들이 그녀의 죽음을 처음부터 믿었던 것은 아니었다. 처음에는 그들도 나예린의 생존을 믿고 그녀의 구출 작전에 적극 동참했다. 천무학관이 생긴 이래로 백 명이 넘는 일류 고수들로 이루어진 가장 능력 있는 구조대가 만들어졌다. 그들은 파고 파고 또 파며 삽질에 미친 사람처럼 환마동을 파고 들어갔다. 작업 속도는 눈부실 정도였다. 모두 일류 고수이다 보니 일반 일꾼의 열 배 이상의 능력을 발휘했던 것이다. 즉 일류 고수 백 명이면 일반 장정 천 명에 해당하는 작업 능률을 보일 수 있었던 것이다.
 그러나 작업은 순탄하지 않았다. 그러기에는 작업 공정 중에 장애가 너무 많았던 것이다. 우선 붕괴 지역의 암석이 금강석이라도 되는 양 너무 단단했다. 철이라도 섞여 있는 모양이었다. 그래서 그들은 천무학관 최고의 검장(劍匠)에게 부탁해 신병이기(神兵異器)에 버금가는 곡괭이와 삽을 긴급히 만들었다. 환마동의 암석은 그 장비를 사용해야만 뚫는 게 가능했던 것이다. 게다가 웬만큼 기력을 사용해서 곡괭이질을 하지 않으면 가루만 조금 떨어질 뿐, 암석에는 조그마한 흔적조차 생기지 않았다. 모두 무공을 펼친다는 생각으로 곡괭이질 하나하나에 심혈을 기울여야만 했다. 그러다 보니 자연 작업에 차질이 생길 수밖에 없었다.

하루가 지나고 이틀이 지나고… 이윽고 일주일이 지났다. 점점 더 생존 가능성이 희박해져 가는데도 그들은 포기하지 않았다. 그녀 같은 미녀가 죽는다는 것은 천하의 큰 손실이었던 것이다. 비류연의 목숨 따위는 그들이 알 바가 아니었다. 비류연의 목숨 따위는 어찌 되어도 좋았다. 그러나 나예린의 목숨만큼은 어떤 일이 있어도 반드시 구해내야만 했다. 그들이 임하는 열혈 작업의 힘의 원천은 바로 나예린에 대한 갈망이었다.

사람들은 미친 듯이 동혈을 파고 들어갔다. 빙봉영화수호대와 나예린의 추종자들이 핵심을 이루는 이 구조대는 쉬는 것도 잊은 사람처럼 미친 듯이 일했다. 기관 진식에 조예가 깊은 천기문의 원로 천기수(千機手) 도굴군이 작업의 전체 과정을 지휘했다. 굴착 작업의 기본도 모르고 팠다가는 언제 어디서 무너질지 모르기 때문에 굴파기(도굴군이 이런 소리를 들었다면 노발대발했겠지만) 전문가의 도움이 반드시 필요했다.

천기수의 지시에 따라 중간중간 버팀목을 세워 가며 그들은 주야를 가리지 않고 3교대로 열심히 파들어 갔다.

'아아! 조사께서 일익을 담당하신 환마동을 내 손으로 헤집게 될 줄이야……'

사람의 육신이 아닌 정신을 가둔다는 취지에서 시작된 이 환마동 계획에 천기문의 조사(祖師)도 관여되어 있었던 것이다. 원래 이 환마동은 천기문의 전대 문주 환신군 조을환과 당가의 전대 가주 천환신수 당유기, 그리고 제갈세가주 만통 선생 제갈천우의 합작품이었던 것이다.

그러나 이미 이 정도로 완전히 무너진 이상 복구는 물 건너간 것이나 다름없었다. 광속을 방불케 하는 속도로 빠르게 진행되는 구조 작업을 보며 사람들은 막연한 희망을 불태웠다. 8일째와 10일째와 12일째까지 속속 매몰자들이 생존한 채 발견되자 그들의 희망은 더욱 더 환하게 빛을 발했다.

그러나 그들의 희망은 그리 오래가지 않았다. 하늘은 꽤나 무심했다. 아무래도 남자들의 정성은 여자들의 정성에 비해 천지신명의 앞에 도달하는 속도가 느린지도 몰랐다. 하늘이 남녀 차별을 하고 있는 게 아닌가 하는 억하심정이 들 정도로 그녀의 자취는 발견되지 않았다. 연쇄 붕괴된 긴 동굴을 모두 뚫고 들어가 봤지만 이상하게도 그녀와 떨거지 부록 비류연의 모습은 온데간데없이 사라지고 없었다.

사고일로부터 벌써 한 달하고도 14일, 해가 뜨고 지기를 마흔 네 번 반복했다. 한 달이 지난 그 시점에서 이미 그녀의 생존에 대한 희망은 사그라지고 말았다. 식량도 없는 상황에서 어떻게 그 안에서 살아남을 수 있단 말인가? 이제 그들도 그녀가 죽었다는 현실을 받아들여야만 했다. 괴로워도 어쩔 수 없었다.

인간의 체력에는 분명 한계라는 것이 존재하고 그들은 이미 그 한계를 돌파해 버렸기 때문이다. 구조 활동에 열을 올리던 이들의 어깨에서도 차츰차츰 힘이 빠져나가기 시작했다.

모두 말은 안 했지만 이제 비류연과 나예린의 생환 가능성이 희박하다는 사실에 동의할 수밖에 없었다. 자신들의 우상이 하루아침에 사라진 것을 깨닫자 그들은 생의 허무함과 비애를 함께 느껴야만 했다.

드디어 두 개의 관이 올려진 화장대 위에 불이 놓여졌다. 불길은 삽시간에 커지며 두 개의 관을 집어삼키고 석양보다 짙은 붉은빛을 뿌리며 활활 타올랐다. 이글거리는 불길 한쪽에서는 백도무림맹 맹주 나백천이 체통도 체면도 잊은 채 눈물을 흘리며 통곡하고 있었다.

"예린아, 예린아……. 사랑스런 널 누가 이렇게 만들었단 말이냐. 예린아……."

마진가가 위로해 주려고 했지만 나백천의 얼음 같은 시선만 되돌아 올 뿐 손쓸 도리가 없었다. 나백천이 늙어서 만년에 겨우 얻은 외동딸이었다. 눈에 넣어도 아프지 않은 소중한 아이였다.

장중보옥(掌中寶玉)! 손 안의 보석처럼 애지중지 길러 왔는데… 그런데 그 딸이 죽어 버린 것이다. 그 슬픔과 분노의 심정을 말로 다 할 수 있을까.

"천겁우(天劫狩)의 소행이라고 했던가?"

차츰 나백천의 전신에서 무시무시한 살기가 뿜어져 나왔다. 마진가 정도의 초고수조차도 몸을 흠칫 떨 정도로 강력한 살기였다.

"그럴 가능성이 가장 높습니다. 금지된 병기인 천겁령 독문뇌탄인 염마뢰를 쓸 수 있는 곳은 그곳뿐이니까요. 그들이 아니라면 누가 감히 이런 천인공노할 짓거리를 저지를 수 있겠습니까? 누군가가 그것을 환마동 안에서 폭파시킨 게 분명합니다."

"그렇다면 참가자들 중에 간세가 있을 수 있단 이야기가 아닌가?"

"물론 그렇습니다. 그들은 지금 모두 감시를 받고 있습니다!"

마진가의 말대로 환마동 시험 참가자는 모두 비영각의 엄중한 감시를 받고 있었다. 그러나 아직 아무런 단서도 찾지 못하고 있었다.

나백천의 눈에서 엄청난 살기가 폭사되었다.
"내 맹세컨대 그놈들을 이 세상에서 몰살시켜 버리고야 말겠네. 그리하여 그들의 피로 딸아이의 죽음에 조문(弔問)하고자 하네!"
그에게는 그럴 수 있는 충분한 능력이 있었다. 그의 말 한마디면 전 강호가 떨쳐 일어날 것이다.
"알겠습니다. 마땅히 그러셔야죠."
마진가가 대답했다. 과연 어둠 속에서 음모를 꾸미는 자들이 이 거인의 분노를 받아낼 수 있을까? 그것은 두고 볼 일이었다.

"류연! 자네같이 죽여도 죽여도 절대 죽을 것 같지 않던 사람이 죽다니 믿을 수가 없네. 아무리 죽여도 죽여도 다시 살아날 것만 같던 자네가 이렇게 어처구니없이 죽다니……."
장홍은 활활 타오르는 불가에 앉아 술을 벌컥벌컥 들이키고 있었다. 다들 자기 나름의 방식으로 둘을 잃은 슬픔을 달래고 있었다. 모용휘는 굳은 표정으로 타오르는 불길을 바라보고 있었다. 그의 옆에는 은설란이 눈물을 훔치고 있었다. 숙맥인 모용휘는 그녀를 달랠 생각조차 하지 못하고 당황한 채 뻣뻣하게 서 있었다. 반대로 효룡은 통곡하는 이진설을 달래느라 정신이 없었다. 그녀의 눈물샘은 장마에 터진 둑처럼 쉴 새 없이 눈물을 쏟아냈다.
"으아아아앙! 언니! 언니! 언니!"
효룡은 울부짖는 그녀의 모습이 너무나 애처로웠다. 그러나 그가 할 수 있는 일은 그녀의 옆에서 그녀를 지켜주는 것뿐이었다. 독고령의 외눈에서도 피 같은 눈물이 흐르고 있었다. 그녀는 반드시 복수할 것을 그녀의 빈 관을 두고 맹세했다. 그녀의 꽉 쥔 손에서 피가 흘러내렸다. 주작단원들은 허탈한 눈으로 화장대를 바라보았다. 그들은 여전히 비류연의 죽음이 실감이 나지 않았다. 아니 신뢰가 가지 않는다는 표현이 그들에게는 더욱 어울렸다.

"내가 꼭 배후를 밝혀내 자네의 원한을 풀어주도록 하겠네. 그러니 저승에서 편히 쉬게나!"

장홍은 술에서 슬픔을 달래는 방법을 찾은 듯했다. 계속해서 술이 목구멍을 타고 그의 뱃속으로 들어갔다. 그러나 어찌된 영문이 전혀 취기가 오르지 않았다.

"젠장! 마셔도 마셔도 소용이 없구나. 이제는 술 먹고 취하지도 못한단 말인가……."

그는 호리병을 입에 물고 아예 병나발을 불었다.

꿀꺽! 꿀꺽! 꿀꺽!

그의 목젖을 타고 쉴 새 없이 술이 들어갔다. 한참을 마셔대자 마음이 착잡해졌고, 그제야 취기가 조금씩 올라오기 시작했다. 그때 그의 뒤에 그림자 하나가 나타났다. 그 그림자가 물었다.

"누구 장례식이에요?"

"자네 장례식!"

장홍은 무의식중에 그렇게 대답했다. 그러고도 그는 취기 때문인지, 자신이 누구에게 대답을 하고 있고, 상황이 어떻게 돌아가는 영문인지 아무런 낌새도 느끼지 못하는 듯했다.

"어, 그래요? 조의금(弔意金)은 많이 거두었나요?"

그림자의 관심은 장례식보다는 조의금 쪽에 가 있는 것 같았다. 아무래도 그 인영은 그게 가장 궁금한 모양이었다.
"애석하게도 그리 많이 거둬들이지 못했네. 조촐할 뿐이지. 반면 나예린 소저 쪽은 난리도 아니라네."
나예린의 관이 놓인 쪽은 조문 행렬이 끝도 없이 이어지고 있었다.
"제자들을 좀 손봐줄 필요가 있겠네요. 이건 능력의 문제를 떠나서 성의의 문제로군요."
뚜둑! 뚝!
손마디를 꺾으며 그림자가 말했다. 그 그림자는 바로 비류연이었다. 그는 아무래도 부족한 조의금을 제자들의 영업력 부족 탓으로 돌릴 생각인 모양이었다. 그는 젖은 옷을 말리기 위해 장소를 찾다가 불길이 치솟아 오르는 이곳을 발견했던 것이다.
"그래… 그러게나. 응?"
한참이나 비류연과 말을 나누던 장홍의 눈이 그제야 휘둥그렇게 떠졌다. 그가 뒤를 돌아보며 외쳤다.
"류… 류연!"
그의 목소리가 어찌나 큰지 장례식장이 떠나갈 듯 진동했다. 그만큼 그의 경악과 충격은 어마어마한 것이었다. 장홍은 자신의 두 눈을 믿을 수가 없었다.
"뭐?"
"뭐라고?"
"무에야?"
"아니 왜?"
"제길!"

뜻밖의 경악성이 이곳저곳에서 터져 나왔다.

사방에 흩어져 나름대로의 슬픔에 잠겨 있던 사람들의 시선이 일순간에 장홍에게로 집중되었다. 처음에는 목소리의 근원지인 장홍에게로 향했던 그 시선은 그의 뚫어질 듯한 강렬한 시선을 멋쩍게 받고 있는 비류연에게로 향했다. 오만 가지 생각이 사람들의 머릿속을 스쳐 지나갔다.

'아니 저 자식이 왜 살아 있지?'

'어라? 죽은 거 아니었나? 어떻게 살아남았지?'

'오! 신이시여! 저에게 어찌 이런 시련을 주시나이까!'

'망할 놈의 하늘! 엿이나 먹어라!'

등등의 황당무계와 환장하겠다는 반응이 주류를 이루고 있었다. 그런 반응을 보인 사람들 대부분은 바로 나예린의 추종자들이었다.

"왜 이렇게 소란스럽죠, 류연?"

천상의 음률 같은 목소리에 사람들의 시선은 일제히 비류연의 등 뒤로 이어진 어두운 곳으로 향했다.

사박사박!

월광이 은은하게 부서지는 창백한 뺨! 아직 채 마르지 않은 흑단같은 머릿결, 물기를 머금어 몸에 착 달라붙은 옷 사이로 보이는 우아한 곡선. 사람들의 눈은 이 신비스런 광경을 직접 보고도 믿지 못하는 듯했다. 가려졌던 비류연의 등 뒤에서 우아한 걸음으로 아름다운 자태를 드러낸 것은 바로 빙백봉 나예린이었다. 한 달 이상의 고립된 생활과 열악한 환경도 그녀에게서 아름다움의 눈부신 빛을 빼앗아 가는 데는 실패한 모양이었다. 게다가 몸에 착 달라붙은 옷은 너무나 고혹적이었다.
"와아아아! 우와아아아!"
일제히 사방에서 함성이 터져 나왔다. 역시나 비류연이 살아 있다는 것을 확인했을 때 보였던 반응과는 하늘과 땅 차이였다. 열광의 도가니 속에서 사람들이 들끓고 있었다.

"오오! 예린아! 이것이 꿈은 아니겠지?"
나백천은 믿을 수 없다는 표정으로 나예린의 뺨을 쓰다듬었다. 분명히 귀신이 아닌 실체였다.
"네! 아버님! 다녀왔습니다."
나예린이 아버지의 품에 안겼다.
"오오! 천지신명이시여! 감사드리나이다!"
나백천은 감격의 눈물을 흘렸다. 부녀간의 감격적인 재회가 이루어진 것이다. 비류연은 잠시 부러운 눈으로 그녀의 모습을 바라봤지만 그 부러운 눈빛은 금세 사라졌다.
나예린이 의식 불명 상태에서 깨어나자 비류연은 자신과 나예린의 옷을 말릴 필요성이 있었다. 그래서 주위를 둘러보던 중 이곳의 불길이 보였던 것이다. 그래서 비류연은 은밀한 곳에 묵린혈망을 숨겨 놓고 나예린과 함께 이곳을 찾아온 것이다. 그러나 설마 그 불길이 자신과 나예린의 관을 태우는 불길인 줄은 짐작도 하지 못했었다.

비류연에게도 그를 반겨줄 사람들은 있었다.
"무사히 돌아오셔서 기쁩니다, 사부!"

염도가 독특한 미소를 지으며 말했다.

"내가 안 죽고 살아와서 무척이나 아쉽죠?"

비류연이 한쪽 눈을 찡끗했다.

"아, 아닙니다……."

지금 염도의 마음은 무척이나 복잡했다. 자신이 지금 기쁜지 슬픈지 종잡을 수가 없었던 것이다.

'그동안 부림 받았던 것과 당했던 것을 생각하면, 그의 죽음에 폴짝폴짝 뛰며 즐거워해야 마땅하거늘…….'

비류연이 죽었다는 소식을 들었을 때 왠지 마음 한구석이 허전했던 것이다. 그렇다고 해서 지금 이 순간이 날아갈 듯 기쁘다는 이야기는 아니었다. 그것은 말로 설명하기 힘든 복잡 미묘한 감정이었다. 옆에서 소태 씹은 표정으로 있는 인상 없는 인상 다 쓰고 있던 빙검도 이하동문이었다.

"정말 잘 돌아오셨습니다. 다시 한 번 생환을 축하드립니다. 무사하셔서 기쁘군요."

정말로 기쁜지 속마음은 열어봐야 알 수 있는 것이지만…….

그럴 수는 없고 비류연은 그들이 정말로 자신의 생환을 기뻐하고 있다고 생각하기로 했다. 염도와 빙검이 생환 인사를 마치자마자 효룡과 장홍을 포함한 친구들이 모여들었다. 그리고 저쪽에서 후다닥 허둥지둥 달려오는 이들이 있었다. 바로 주작단원들이었다. 그들은 기쁨과 슬픔, 원망과 억울함 등 각양각색의 표정을 담고 그를 향해 달려오고 있었다.

비류연은 그들을 보며 입가에 미소를 지었다. 그리고는 꼭 조의금 문제에 대해 걸고 넘어가야겠다고 결심했다.

"동굴 안은 어땠나?"

마진가가 물었다. 기적적으로 생환한 비류연과 직접 대화를 나누고 싶었던 것이다.

"꽤나 안락했다 할 수 있지요. 재미있는 경험이었습니다. 폐쇄된 공간에서 그렇게 오랜 시간 동안 절세미녀와 함께 있을 수 있는 것은 손쉽게 할 수 있는 경험이 아니지요. 아마 누군가는 황금 백만 냥의 돈을 주고 이 경험을 대신하고 싶어하는 사람도 있을 겁니다."

잠자코 귀를 쫑긋 세워 듣고 있던 남자들의 복장을 뒤집는 소리였다. 비류연의 말에 무슨 상상들을 하는지, 다들 움찔거리며 안달복달하는 모습을 보이고 있었다. 그들은 끊어져 가는 자신의 이성을 가까스로 붙잡으며 자신들의 질투심과 비류연의 무공 실력을 열심히 재가며 마음을 억누르는 안쓰러운 모습이었다. 아직도 화장대의 불길은 맹렬했다. 이들은 마음 같아서는 비류연을 타오르는 불길 속으로 던져 넣어버리고 싶을 것이다. 하지만 어느 누가 감히 비류연을 던져 넣을 수 있는 실력을 갖추고 있을까?

"자네들의 생환은 정말 기적이라고밖에는 달리 말할 수가 없군. 천운이 자네들을 도왔군. 노부는 하늘에 수십 번 절을 해도 모자랄 판이네! 노부가 아끼던 조카딸까지 무사히 돌아왔으니 말일세! 자네의 덕이 큰 것 같군!"

마진가가 경탄하며 말했다.

"과찬이십니다. 운이 좋긴 했죠. 실력이 더 좋았지만요."

비류연이 생글거리며 대답했다.

"그런데 한 가지 질문을 해도 되겠습니까?"

"물론일세. 뭐든지 물어 보게나!"

"저희들은 합격인가요?"

시험으로부터 꽤나 시간이 흐른 후였기에 비류연은 그 사실이 궁금했다. 너무 늦게 나온 것은, 그것도 다른 사람과 전혀 다른 방법으로 나온 것은 실격의 대상이 될 수 있었다. 그래서 확인해 보고 싶었던 것이다. 어쨌건 시험에 합격했다면, 슬슬 강호 구경도 해보고 싶은 참이었다.

"자넨 그 안에서 무엇을 보았나?"

마진가는 비류연과 나예린의 합격 불합격의 당락 여부를 알려주기 전에 물었다.

"내가 반드시 뛰어넘어야만 하는 존재! 그리고 내 자신입니다."

비류연은 추호의 망설임도 없이 그렇게 대답했다. 마진가는 고개를 끄덕였다. 그러나 그것이 끝이 아니었다. 비류연은 그 외의 또 하나를 본 것이었다. 잠시 생각하던 비류연이 이윽고 다시 말문을 열었다.

"아! 그리고 또 하나, 그 안에서 아름다운 한 명의 선녀를 만났죠. 나를 향해 미소 지어주는 차가운 선녀를 말입니다."

마진가는 흡족한 미소를 지으며 고개를 끄덕였다.

"자넨 합격일세! 물론 나예린도 마찬가지네!"

그리고 나서 잠시 뜸을 들인 후 마진가가 조심스럽게 물었다.

"그런데 한 가지만 물어 보세!"

"네! 뭐든지 물어 보세요."

그러자 마진가는 심각한 얼굴을 하며 그의 귀에 대고 은밀히 속삭였다.
"정말 저 안에서 아무 일도 없었나?"

"예린아!"
"네, 아버님!"
나백천의 부름에 나예린이 공손하게 대답했다.
"이 아비가 하나 궁금한 게 있구나!"
나백천의 말은 살얼음판을 걷는 사람처럼 매우 조심스러웠다.
"무슨 일이신지요?"
"혹시나 저 안에 갇혀 있는 동안 무슨 일이 있었던 건 아니냐?"
아버지의 질문에 담긴 저의를 파악한 나예린의 얼굴이 딱딱하게 굳어졌다.
"……."
나예린은 당장 대답할 말을 찾아낼 수가 없었다. 그러자 나백천은 나예린은 경직된 반응에 딸의 대답은 기다리지 않고 혼자 지레짐작해 버렸다.
"호… 혹시나 그 호로 자식이 너에게 설마 찝쩍이기라도 했더냐? 설마 무슨 일이 있었던 건 아니겠지?"
나백천의 걱정은 오직 그것뿐이었다. 그동안 자기 딸의 미모에 홀린 남자들이 자제력을 잃고, 비록 미수에 그치기는 했지만 어떤 일들을 저질러 왔는지 익히 잘 알고 있었던 것이다. 그러니 그의 걱정은 당연하다 할 수 있었다.

나예린이 약간 얼굴을 붉히며 대답했다.

"아무 일도 없었습니다, 아버님!"

그러나 나백천은 쉽게 믿을 수가 없었다. 더욱더 의심만이 증폭될 뿐이었다. 나예린이 대답을 하면서 얼굴을 붉히다니……. 딸의 얼굴에 쳐져 있던 얼음이 한 겹 녹는 느낌이었다. 부모의 감은 의외로 날카로웠다.

"혹시라도 욕을 당했으면 이 아비에게 숨김없이 말하거라! 내 그놈의 사지를 갈기갈기 찢어 늑대 밥으로 던져줄 것이다."

천하의 무림 맹주가 딸 사랑에 눈이 먼 팔불출 아버지라는 게 다시 한 번 증명되는 순간이었다.

"아무 일도 없었습니다, 아버님! 더 이상 절 곤란하게 만들지 마십시오. 전 이만 가보겠습니다."

화가 난 나예린은 몸을 돌려 나백천 앞에서 사라졌다.

"분명 무슨 일이 있긴 있었는데……."

아버지는 부모 나름의 직감을 발휘하고 있었다. 그러나 그것이 무엇인지는 명확히 밝혀낼 수가 없었다. 그러나 무엇보다 다행인 것은 딸이 무사히 상처 하나 없이 살아 돌아왔다는 사실이었다.

44일 만의 기적적인 생환이었다.

선출(選出)

며칠 후면 화산규약지회를 향한 대표들의 출발일이었다.
이제 남은 것은 후보 발표뿐이었다.
마진가는 천무전에서 여러 노사들이 모인 가운데 이번 화산지회의 후보자를 발표했다.

그 발표가 끝나자마자 모두 술렁거리기 시작했다. 지난번까지의 후보 양상과는 많은 점에서 차이가 있었던 것이 이 동요의 원인이었다.
"한 가지 의문 사항을 여쭤 봐도 되겠습니까?"
질문한 사람은 늑기한 노사였다.
"뭔가? 기탄없이 말해 보게."
마진가는 선선히 고개를 끄덕였다.
"왜 이렇게 후보가 많은 겁니까?"
아무리 머리를 굴려 보아도 후보 50명은 너무 많았다. 최종적으로 필요한 사람은 열 명도 채 되지 않았다. 아무리 규칙이 바뀌었다 해도 이번 건은 너무했다. 화산규약지회 역사상 이렇게 많은 후보를 뽑은 것은 이번이 처음이었다. 두 손과 양발에 달린 발가락을 모두 합쳐도 셀 수 없는 숫자였던 것이다.

"당연히 필요하기 때문이지요."

마진가의 말에는 추호의 의심도, 번민도, 망설임도 없었다. 그가 얼마나 이 상황을 당연시 여기고 있는지 명확하게 알 수 있었다. 그런 만큼 맥 빠지는 대답이기도 했다.

"왜입니까? 좀더 구체적으로 설명해 주십시오."

"만일의 사태에 대한 대비책입니다. 또한 이번 화산지회는 화산규약지회 백주년을 맞이하여 이제까지와는 전혀 다른 방식으로 대회를 치를 예정입니다."

"그… 그럴 수가!"

여기 모인 노사들 중 그 사실을 정확하게 통고받은 이는 없었다.

"그러므로 철회는 없을 것입니다."

마진가가 단호하게 대답했다.

마진가의 부리부리한 시선이 좌중을 한 번 훑자 모두들 찔끔해서 말을 잇지 못했다.

"이번 화산규약지회는 이제껏 있었던 그 어떤 대회보다 중요한 의의를 지니고 있습니다. 아직 그 이유를 설명해 줄 수는 없으니 양해를 구합니다. 게다가 모두들 쉬쉬하고는 있지만 화산으로 가는 길에 얼마나 많은 사건 사고가 있어 왔는지 여러분도 잘 아시리라 믿습니다. 이유를 알 수는 없지만 항상 화산규약지회를 향하는 관도들에게는 사건 사고가 끊이질 않았습니다. 사인을 알 수 없는 변사체가 종종 나오곤 했지요. 때문에 항상 정 인원 그대로 약속된 화산에 도착한 적이 한 번도 없었습니다. 하지만 우리는 흑천맹을 욕할 수가 없었습니다. 그것은 상대도 마찬가지로 피해자를 냈기 때문입니다. 때문에 우린 항의할 수 없었습니다."

　화산을 향하는 화산규약지회 대표들은 항상 죽음의 위험을 안고 지내야 했다. 언제 습격을 당할지 몰랐던 것이다. 자칫 방심하면 가는 도중에 도착도 못해 보고 어이없이 죽게 될 수도 있었다. 당연히 그곳에 흑천맹이든 마천각이든 어느 쪽이든 음모가 개입되어 있을 가능성이 컸지만 증거가 없는 이상은 제대로 흑천맹에 항의조차 할 수 없었다. 게다가 정사(正邪) 어디에도 속하지 않는 천겁우의 존재도 있어 함부로 흑천맹만을 지목하고 단정 짓기도 힘들었다.

　강호에서 타 세력을 상대하는 정치 행위란 그런 것이다. 물증 없는 심증만으로는 그 어떤 일도 해결되지 않는 것이다.

"그렇다면 호위는?"

　그런 문제가 발생했다면 당연히 호위가 붙어야 했다. 그편이 안전했던 것이다. 그러나 그럴 수가 없다는 데 문제가 있었다.

"관례대로 없소이다."

　마진가가 말했다.

"알다시피 화산규약지회의 장소인 화산으로 떠나는 것은 참가자들뿐입니다. 그 외의 인물들은 동행이 금지되어 있습니다. 비록 화산에는 화산파가 있지만 화산규약지회가 열리는 천무봉과는 상당한 거리가 있고, 그 주위는 금지(禁地)로서 선택된 사람들이 지키고 있지요. 물론 이것이 관례로 정해진 이유는 화산규약지회를 만든 무신 태극신군 혁월린 대협과 무신마 패천도 갈중혁이 정해 놓은 규칙 때문이지요."

선발 대표들과 동행을 하지 못한다 뿐이지 초대받은 참관객은 있었다. 그러나 어찌된 영문인지 참가자들은 화산규약지회가 열리기 한 달 전에 화산에 도착해야만 했다. 그것이 규칙이었고 시간 내에 도착하지 못하면 패배로 간주됐다.

"너무 걱정하지는 마시게나. 호위는 없지만 인솔자는 있으니깐 말일세!"

마진가가 늑기한을 보며 말했다. 상황이 그런 만큼 인솔자는 무척이나 중요하고 누구보다 탁월한 능력을 갖추고 있어야 했다.

"절 보내 주십시오!"

늑기한이 망설이지 않고 말했다. 마진가도 고개를 끄덕였다.

"그렇지 않아도 자네와 고약한 노사, 그리고 염도 노사와 빙검 관노사를 이번 화산규약지회의 인솔자로 선정할 생각이네."

늑기한은 고약한이 같은 인솔자에 속했다는 사실에 인상을 찌푸렸지만 자신이 함께 뽑힌 관계로 더 이상 왈가왈부하지 않고 만족하기로 했다. 염도와 빙검은 서로를 한 번 쳐다보다가 시선이 마주치자 얼른 외면해 버렸다.

될 수 있으면 얽히기 싫어 자꾸만 거리를 두는데도 계속해서 얽히기만 하는 두 사람이었다.

그날 밤!

"부르셨습니까, 관주님?"

제갈 노사가 지금 야심한 밤에 마진가의 개인 집무실 안에 서 있는 것은 마진가의 은밀한 호출을 받았기 때문이다. 그에게 지난 한 달은 가장 숨가쁜 한 달이었다.

"잘 왔네, 제갈 노사! 매번 번거롭게 해서 미안하군!"

"아닙니다, 하명하십시오!"

제갈 노사가 공손하게 대답했다.

"드디어 내일이 출발이네!"

"예!"

"그러나 마음이 놓이질 않는군! 아직 환마동 붕괴 사건의 주범도 찾지 못한 시점에서 그 애들을 화산으로 보내야 한다는 사실이 자꾸만 마음에 걸린다네!"

"그 점에 대해서는 죄송할 따름입니다. 저희들이 비영각을 비롯한 모든 기관을 최대한 가동했음에도 불구하고 아직 꼬리조차 잡지 못하다니… 부끄러울 뿐입니다. 용서를 빌 뿐입니다."

"아닐세! 자네는 언제나처럼 잘해 주었네! 그들이 너무 용의주도할 뿐이야. 너무 심려하지 말게!"

"감사합니다, 관주님!"

제갈 노사는 마진가의 넓은 아량에 진심으로 감사했다.

"제갈 노사, 이번에는 아이들이 무사히 화산에 도착할 수 있겠는가?"

마진가의 얼굴이 갑자기 심각해졌다. 지금부터가 본론이었다.

"쉽지는 않을 겁니다. 분명히 이번에 뽑힌 후보들 중에도 흑천맹이나 천겹우의 간세가 끼어 있을 가능성이 큽니다."

마진가의 눈이 크게 떠졌다.

"정말인가? 그들은 다들 명문정파의 후예들이네. 그럴 리가…….".

쉽사리 믿어지지 않는 일이었다.

"명문의 제자라 해서 다 믿을 수 있는 건 아니란 걸 이번 사건을 통해 뼈저리게 배우지 않으셨습니까! 그들의 마수는 우리들이 생각하는 것보다 깊이 미쳐 있는 게 분명합니다."

"무슨 방도가 있는가? 자네가 여기까지 말하는 걸 보면 무슨 조치를 취해 놓은 게 분명한 것 같은데?"

제갈 노사가 싱긋이 웃었다.

"역시 날카로우십니다. 이미 후보들 속에 몇몇 믿을 만한 아이들을 심어 놓았습니다."

"오오! 역시 자네로군! 과연 천무학관의 두뇌 중 하나라 할 만하네!"

마진가의 얼굴이 금세 환해졌다.

"과찬이십니다. 그 외에도 몇 가지 안배를 더 해놨으니 안심하십시오. 제 명예를 걸고 기필코 아이들이 무사히 화산에 도착하도록 하겠습니다. 간세의 색출은 물론이고 말입니다."

"그럼 잘 부탁하네!"

"심려 마십시오."

화산으로 출발
- 천무학관을 떠나다!

"드디어 출발이구나."
윤준호에게 오늘은 매우 뜻 깊은 날이었다. 그는 가슴이 뿌듯했다.
어제 저녁은 너무 흥분해서 한숨도 자지 못했다. 그래도 상관없었다.

왜냐하면 오늘이 바로 화산으로 출발하는 날이기 때문이었다. 놀랍게도 윤준호도 저번 환마동 시험에 합격하여 비록 후보지만 화산 규약지회 참가를 허락받았다. 환마동의 갑작스런 붕괴 사고로 150여 명에 가까운 부상자가 속출한 덕에 간신히 윤준호도 후보로 뽑히는 행운을 누릴 수 있었던 것이다. 이번 사고로 실력 있는 고수들이 많이 병상 신세를 졌던 것이다.

그 외에도 비류연은 물론이고 모용휘, 효룡, 장홍 모두 합격이었다. 주작단원도 모두들 후보로 뽑혔다. 그 중에서 남궁상과 현운은 주전으로 뽑혔다.

친구들과 함께 자신의 사문이 있는 화산으로 갈 수 있다는 사실에 윤준호는 흥분하고 있었다.

'내가 화산규약지회 대표로 뽑힌 걸 알면 사형제들과 사숙들, 그리고 사부님이 어떤 얼굴을 할까?'

아마도 다들 누군가 자신들을 놀린다고 화를 낼 것이 불을 보듯 뻔했다. 그래도 상관없었다. 그러나 그는 누가 뭐라 해도 화산규약지회 선발 대표단의 일원이었다. 하루 빨리 화산에 도착해 태사부님의 얼굴을 뵙고 싶었다. 태사부님이 자신을 얼마나 대견해할지 생각할 때마다 준호는 마음이 흐뭇했다.

"이제 시작인 거야."

윤준호는 굳은 결의를 다지며 자신의 검을 집어 들었다. 이제 그는 그 전까지의 미숙하고 따돌림만 받던 윤준호가 아니었다. 여전히 매화 과민증은 고치지 못했지만 말이다.

"쿨쿨쿨… 음냐 음냐… 예린… 음냐 음냐…."

여전히 비류연은 기상종이 요란하게 울렸는데도 불구하고 침대 속에 파묻혀 꿈나라를 헤매고 있었다.

오늘도 비류연을 깨우기 위해서는 여러 명이 고생을 해야 할 필요가 있을 듯했다.

천무학관주 철권 마진가는 단상 위에 서서 화산으로 떠나갈 정파의 청년 대표들을 향해 마지막 훈시를 하고 있었다. 이들의 어깨에 백도의 명예와 힘의 판도가 달려 있다 해도 과언이 아니었다.

"이번에 치러질 화산규약지회는 지난 백 년 동안 치러졌던 그 어떤 대회와는 다른 형태로 치러질 것이다. 예전에 들었던 화산규약지회의 상식 따위는 오늘로 머릿속에서 깡그리 지워버려도 된다. 다만 잊지 말아야 할 점은 이번에 백주년을 맞이한 화산규악지회에 백도의 명예와 운명이 걸려 있다고 생각하고 최선을 다해주길 바란다. 향후 10년의 힘의 역학 관계가 어느 쪽으로 기울지를 결정하는 대회이다. 수많은 사람들의 시선이 너희들의 용기와 지혜와 무예를 지켜볼 것이다.

이제 그대들이 믿을 것은 그대들 자신의 힘과 용기와 지혜뿐이다. 이제 이곳을 벗어난 이상 그대들을 도와줄 도움의 손길은 없을 것이다. 모든 것을 스스로 해결하지 않으면 안 된다. 내가 해줄 말은 하나뿐이다. 그대들은 영광스런 천무학관의 자랑스러운 제자들이다. 자신감을 가지고 당당하게 행동하라! 그대들의 무운을 빈다!"

마진가는 이렇게 연설을 마쳤다.

"그럼 다녀오겠습니다, 관주님."

인솔자의 총책임자인 빙검이 마진가를 보며 인사했다.

"잘 부탁하네."

"예."

"화산에서 보세나. 그곳에 무사히 도착하기를 빌겠네. 보이지 않는 손을 조심하게나."

"물론입니다."

빙검은 자신이 조심해야 할 점을 잊지 않고 있었다.

"곱게 자란 화초는 비바람에 쉽게 꺾이기 마련이네. 너무 자네들에게 의지하지 않도록 해주게."

마진가는 끝까지 한마디 충고를 잊지 않았다. 빙검은 고개를 끄덕였다. 온실의 화초는 강해질 수 없는 법! 비바람과 폭풍우 속에서 사나은 현실을 마주하고도 꺾이지 않는 자만이 진정으로 강해질 수 있다. 마진가는 자신의 관도들을 온실 속의 화초들처럼 애지중지하며 키우고 싶지는 않았다. 지금은 강자가 필요한 때였다. 그는 길을 가르쳐 주기만 할 뿐 그 길을 대신해서 걸어줄 수는 없다. 그것은 그뿐만이 아니라 이 세상 모든 사람에게 동등하게 해당되는 이야기였다.

이제 이들은 백도의 명예를 짊어지고 자신들의 능력을 시험받기 위해 떠난다. 빙검이 열병(列兵)하고 있는 청년들을 바라보며 외쳤다.

"출발!"

지평선 너머로 떠오르는 여명이 어둠을 몰아내는 시각, 그들은 그렇게 화산으로 떠났다.

"후후후, 드디어 오는가."

짙은 어둠 속에서 몸을 감싼 존재가 나직한 목소리로 말했다. 음산한 저음이 실내를 불안스럽게 울렸다. 이곳은 마천각 내부에 존재하는 한 밀실이었다.

마치 어둠과 동화되어 있는 듯한 착각을 불러일으키는 존재! 그는 바로 대공자였다.

화르르륵!

그의 손아귀 안에서 한 장의 서찰이 불꽃과 함께 재가 되어 사라졌다. 바로 천무학관에서 이번 화산규약지회 참가자들이 출발했다는 보고를 담고 있는 바로 그 서찰이었다.

"저번에 축하 선물로 관을 보냈다면 별로 소용이 없을 뻔했군요."

나직한 목소리였지만 치사한은 엄청난 공포에 떨어야 했다. 그가 바닥에 넙죽 엎드렸다.
"죄… 죄송합니다."
치사한의 계획은 환마동에서 그리 크게 빛을 보지는 못했던 것이다. 부상자는 여럿 나왔지만 사망자는 단 한 명도 없었다. 즉 그의 계략은 실패로 끝나 버리고 말았던 것이다.
"뭐가 죄송하다는 건가요?"
대공자가 여전히 감정 없는 목소리로 되물었다. 그것이 치사한을 더욱 두렵게 했다. 그의 생존 본능은 분명히 어떤 죽음의 숨결을 느끼고 있었다.
"죄송합니다. 대공자의 기대에 부응하지 못하였으니 백 번 죽어 마땅한 몸입니다."
"그래요?"
대공자의 감정 없는 차가운 대꾸에 치사한은 기겁했다. 그는 지금 자신의 주군이 무척이나 화가 나 있다는 사실을 알고 있었다. 때문에 그는 두려웠다. 그의 분노를 감당할 자신이 없었던 것이다.
"하지만 다시 한 번만 기회를 주십시오. 이번에는 반드시… 반드시 방해꾼들을 처리하겠습니다."
잠시 생각에 잠겨 있던 대공자가 이윽고 입을 열었다.
"…그렇다면 그들의 길안내를 부탁해야겠군요."
"기… 길안내 말씀입니까?"
대공자는 고개를 끄덕였다
"오는 길이 좀 험할지도 모르는 일 아닙니까?"
치사한의 간사한 머리는 대공자가 하는 말의 숨은 뜻을 금방 알아

차렸다. 그의 입가에 간사한 미소가 떠올랐다.
"호호호. 그러게 말입니다. 요즘 도로 사정이 좋질 않아서요. 여행하기가 좀 험난하죠. 안내자가 없으면 길을 헤매게 될지도 모르지요."
"무척이나 안된 일이야……."
대공자가 중얼거렸다.
"안된 일이죠. 게다가 무척이나 안쓰러운 일입니다. 헤헤헤."
그러나 치사한의 모습으로 미루어 볼 때 전혀 안쓰러워 보이지는 않았다.
"길잡이를 보내도록 하지요."
치사한이 대답했다.
"좋은 길잡이를 붙여 주도록 하세요. 물론 흑천맹의 여우들이 모르도록 해야겠지요?"
"물론입니다. 일단 십이혈마대(十二血魔隊)를 내보내겠습니다."
"그들이라면 믿을 만한 길잡이지요."
대공자는 치사한의 대답에 만족한 것 같았다. 치사한은 속으로 안도의 한숨을 내쉰 다음 음흉한 웃음을 터뜨렸다.
"호호호, 물론입니다. 십이혈마대야말로 그들이 염라대왕 명부(冥府)로 가는 저승길을 가장 친절하게 안내해 줄 사람들이죠. 칼과 피와 불로써요!"
이번에는 절대 실패하지 않으리라 그는 속으로 다짐했다.
"이번 화산규약지회의 입회인으로 수많은 정사의 기인들과 인사들이 증인으로 참석할 겁니다. 천무학관주와 무림 맹주 그리고 그 저주

받을 천무삼성들까지!

 눈엣가시 같은 정사의 기둥들이 모두 모인 자리. 이 자리에서 대형 사고가 터지면 그것은 무척이나 커다란 슬픈 비극이 되겠지요."

 대공자의 눈에서 처절한 살기가 폭사되었다. 그 무시무시한 살기에 짓눌린 치사한과 심복들은 공포심과 외경심을 한꺼번에 느껴야만 했다.

 핏빛 악몽 같은 지독한 살기, 그는 마치 응집된 어둠과도 같았다. 치사한은 속으로 생각했다.

 '아무리 정파의 대표단이 화산에 무사히 도착한다 해도 감히 이분의 적수는 되지 못할 것이다.'

 그것은 거의 신앙에 가까운 믿음이었다. 그만큼 대공자의 기도와 무공은 뛰어났다. 대공자가 자리에서 벌떡 일어나 좌우에 시위(侍衛)하고 있는 자신의 심복들을 바라보았다.

 "이제 그들에게 백 년 전에 사라졌던 피의 공포가 무엇인지 다시 떠올리게 해주자. 그동안 그들이 발버둥치며 잊고자 했던, 자신들의 뇌리에서 지우려 안간힘을 썼던 가장 끔찍했던 악몽을 지금부터 다시 재현해 주자꾸나. 이번 화산규약지회는 천하를 피로 물들이는 비극의 시작을 알리는 첫 사건이 될 것이다."

 그러자 좌우에 시위해 있던 심복들이 일제히 부복하며 입을 모아 외쳤다.

 "겁난혈세(劫亂血洗)! 혈신재림(血神再臨)! 천겁천하(天劫天下)!"

 음침하고 불길한 기운으로 가득 찬 목소리가 일제히 하나의 소리가 되어 우렁차게 터져 나왔다. 아무래도 비류연 일행의 여정은 순탄치 못한 여정이 될 것 같았다. 마침내 천무학관을 벗어난 그들 앞에 어떤 운명이 펼쳐질지 자신 있게 대답할 수 있는 사람은 아무도 없었다.

〈『비뢰도』 11권에서 계속〉

비류연과 그 일당들의 좌담회

비 류 연 : 안녕하세요! 독자 여러분! 초절정 최고 극상 무쌍 미소년 비류연입니다!

효룡 & 장홍 : 저런 뻔뻔스런 말은 얼굴 표정 하나 안 변하고 잘도 하는군…….

비 류 연 : …어디선가 잡음이 들리는군요. 개의치 마시기 바랍니다. 드디어 비뢰도도 10권을 맞이했습니다. 드디어 두 자리 수가 되었군요. 놀라운 일입니다! 제 눈으로 보고도 믿을 수가 없군요.

장　　홍 : 글쎄 말일세! 중간에 포기할 줄 알았는데……. 작가도 상당히 끈질기군!

효　　룡 : 그래도 마감한 게 어딥니까! 그걸 봐서 용서해 줘야죠. 그래도 비뢰도가 두 자리 권수가 되는 기념비적인 날이잖아요.

비 류 연 : 흐흠… 그럴까나…….

장　　홍 : 그러는 게 좋겠네!

비 류 연 : 자넨 자네 팔을 부러뜨린 작가를 용서한단 말인가? 전치 4주 이상은 나왔을 텐데?

효　　룡 : 크윽! 간신히 잊으려 하는 상처를 건드리지 말게! 그래도 이제는 다 나았네. 게다가 이 소저랑 화해도 했고……. 뭐 이 정도 선에서 참기로 했다네.

비 류 연 : 자넨 분명히 위험 수당을 받은 게 분명해! 출연료 말고도 분명 추가 위로금을 받은 거지? 그렇지?

효　　룡 : (뜨끔!) …하하하, 설마 그럴 리가 있겠나? 그런 일 절대로 없다네! 하, 하, 하하하… 친구를 못 믿는 건가? 우린 그래도 친구가 아닌가?

비 류 연 : 자네가 그렇게까지 말한다면 믿어 주도록 하겠네! 여전히 미심쩍기는 하지만 말일세!

장　　홍 : 확실히 좀 미심쩍기는 하지.

비 류 연 : 그럼 저… 저어번에 비뢰도 다음 카페 검류혼 장편 신무협 환타지 소설 ☆비뢰도★(cafe.daum.net/TGSNOSF) 이벤트 당첨자 발표를 하도록 하겠습니다. 벌써 이 카페는 회원이 3만 명이 넘었습니다.

장　　홍 : 독자 여러분의 깊은 관심에 감사드립니다.

효　　룡 : 그 밑에 있는 두 번째로 큰 ▶▷비뢰도◁◀ 카페도(http

://cafe.daum.net/biroido)도 벌써 회원이 만 명이네! 그쪽도 좀 신경 써달라고 나에게 신신당부를 하더구만!

비류연 : 자네 점점 더 수상하구만!

효 룡 : 내… 내가 뭘? 난 결백하다네! 초겨울 날 처음 내린 초설처럼 난 결백해! 정말이야! 그런데 그… 의심 어린 눈동자는 뭔가?

비류연 : 흐흠… 뭐 어쨌든 이번 이벤트는 작가가 얼마나 무심한지 알 수 있는 좋은 기회였다고 생각합니다. 도대체 이게 언제 적 거야? 자넨 혹시 기억하나?

장 홍 : 글쎄, 난 선사 시대 이전 것은 잘 기억 못한다네.

효 룡 : 나도 하도 오래된 일이라 기억이 가물가물하군.

비류연 : 작가의 특이한 버릇 중 하나가 바로 해야지 해야지 하면서 안 하는 거죠. 문제에요! 문제!

효 룡 : 그래도 잊지는 않잖아요. 오래 걸려서 그렇지.

비류연 : 변호하지 마, 홍! 그렇게 변호하면 다음 권에서 출연 비중을 높여 준다는 뒷거래라도 있었던 것 아냐?

비류연 & 장홍 : 수상해! 수상해!

효 룡 : 그… 그 건에 대해서는 노코멘트네! 일일이 답할 필요는 없지! 아아! 이 세상에 점점 더 의심병이 만연해 가는구만!

비류연 : 점점 더 수상하군!

장 홍 : 맞아! 맞아! 자네 말이 다 옳네!

비류연 : 그럼 이벤트 당첨자를 발표하겠습니다. 발표에 앞서 이 발표를 듣기 위해 4개월씩이나…(더 된 거 아닌가…) 기다리

신 독자님들의 인내심에 경의를 표합니다. 나 같으면 가…….(에잇! 그만두자! 그만둬!)

그럼 발표하겠습니다.

1등 (1명) : Great!! 天上天下!! 님
2등 (1명) : 雷神飛雷門主 님
3등 (10명) : 1. 비뢰문개파조사 님
            2. 魔王 님
            3. 비류연최고 님
            4. 뇌전검룡 님
            5. 사신무 님
            6. 마황자 님
            7. 디어보이즈 님
            8. 비뢰천하 님
            9. 케타로.. 님
            10. 류연의형제 님

당첨되신 분들은 작가 이메일 ragnadan@hanmail.net으로 주소랑 이름을 적어 보내 주세요.
약속대로 상품은 1등에게 20만 원권 상품권을, 2등에게는 10만 원권 상품권을! 3등 하신 열 분께는 비뢰도 1~9권을 드리도록 하겠습니다.

늦으면 취소될 수도……. 가차없습니다. 피도 눈물도 없습니다. 원래 이 세상! 비정합니다. 그러니 빠른 시간 안에 메일 보내주세요. 물론 빠른 시간 안에 작가가 상품을 보낼 수 있을지는 의문이지만요!

장　　홍 : 이번 10권에 실린 그림도 역시 다음 카페의 두문불출 님입니다. 좋은 그림 항상 감사드립니다. 그분 이외에도 자료실에 비뢰도 캐릭터들의 여러 가지 모습들을 그려 주신 모든 분들께 감사드립니다. 지면 관계상 그 모든 그림을 올리지 못하는 게 아쉽습니다. 앞으로도 잘 부탁드립니다.

비류연 & 효룡 & 장홍 : 그럼 여러분! 다음 권에 뵙겠습니다. 항상 저희 비뢰도를 사랑해 주셔서 감사합니다. 그럼 건강한 모습으로 다음 권에서 뵙기를 기대하겠습니다. 안녕히 계세요!

『비뢰도』 다음 카페 소개

검류혼 장편 신무협 환타지 소설 ☆『비뢰도』★

카페 주소 : http://cafe.daum.net/TGSNOSF
운영진 : 노사부님, 레디아, 이메리아, 시류, 검류혼, 뢰매, 세를리오즈, 진령

회원수 3만 5천 명의 국내 최대『비뢰도』카페입니다.
『비뢰도』신작에 대한 가장 빠르고 폭넓은 정보를 구할 수 있고, 작가 목정균 씨에게 직접 메일을 보낼 수 있습니다. 『비뢰도』와 관련된 다양한 이벤트, 작가가 선물하는 푸짐한 상품을 받으실 수 있는 기회도 있습니다.
'천무학관', '마천각', '중앙표국' 등의 게시판과 함께 창작 소설을 연재할 수 있는 게시판이 준비돼 있습니다.

▶▷『비뢰도』◁◀

카페 주소 : http://cafe.daum.net/biroido
운영진 : 비류연, 세레니티, 뇌룡운비

회원수 1만 명을 자랑하는 두 번째로 큰『비뢰도』카페입니다. 실속 있는 자료를 위주로 운영되며, 소모임 활동이 활발합니다.
'소설정리' 라는 문서들을 정리해 놓은 소모임과 신비(?)에 가려진 소모임 '비류연파' 가 운영되고 있습니다. 특히 '비류연파' 는 뇌룡운비 문주를 중심으로 4천왕과 직속 12지신 호위가 모두 선남선녀 분들이라고 알려져 있습니다.
비뢰문, 애소저회, 비류연과 일당들의 좌담회, 안목 품평회 등 재미난 제목의 게시판을 운영하며,『비뢰도』에 대한 심도 깊은 작품평 및 등장인물평을 하실 수 있습니다.
정팅은 매주 수요일, 토요일 늦은 10시, 카페 대화방에서 열립니다.